변두리 로켓

고스트

변두리 로켓

고스트

이케이도 준

김은모 옮김

INFLUENTIAL
인플루엔셜

데이코쿠중공업 추락하다!

미국계 자회사의 3천억 엔 손실로 이번 분기 적자 전망

3년 전 미국 원자력회사 헤이스팅스사를 매수한 데이코쿠중공업이 해당 자산 내용을 내사한 결과 3천억 엔에 이르는 회계부정 사실이 드러났다고 발표했다. 그외에도 선박·항공 사업의 납기 지연으로 손실이 불어나, 데이코쿠중공업은 이번 분기 손익 전망을 1천 2백억 엔 흑자에서 2천억 엔 적자로 하향 수정했다.

—《도쿄경제신문》

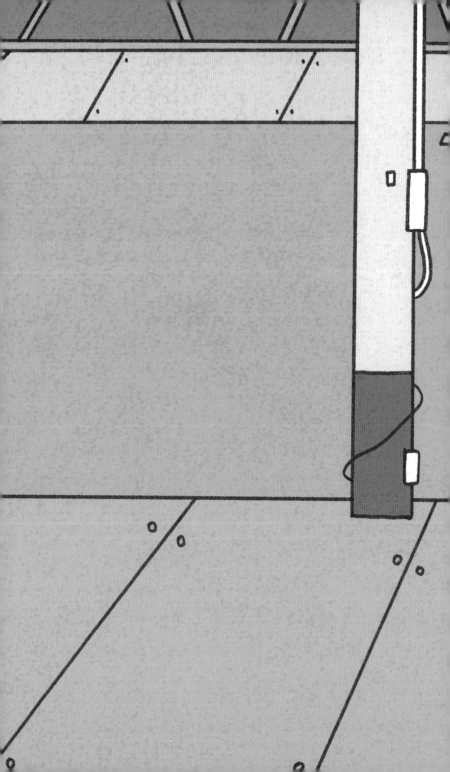

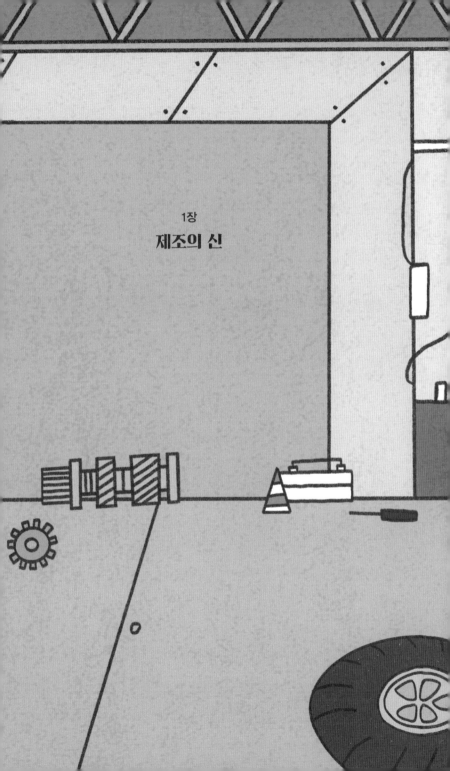

1장

제조의 신

1

도쿄 외곽의 오타구에 위치한 쓰쿠다제작소는 도큐지상선 나가하라역 근처 주택가에 조금 오래된 본사 사옥을 두고 있다.

우쓰노미야시의 공장에서 근무하는 파견직원과 파트타임 직원을 합치면 직원이 총 300명에 가깝지만, 본사 직원은 경리부와 영업부 외 연구개발 부문의 기술자를 포함해 50명 정도다.

올해 쉰네 살인 사장 쓰쿠다 고헤이는 십수 년 전 선대 사장인 아버지가 갑자기 세상을 떠난 후, 근무하던 우주과학개발기구를 사직하고 가업을 물려받았다. 최첨단 로켓엔진 기술자에서, 당시는 아직 연매출 수십억 엔에 지나지 않던 변두리 공장의 사장으로 변신한 괴짜다.

쓰쿠다제작소의 주요 거래처 중 하나인 주식회사 야마타니에서 긴히 할 이야기가 있으니 보자는 연락이 온 건 장마가 끝나기를 기다리는 6월 말의 일이었다.

"바쁠 텐데 불러서 미안해요, 쓰쿠다 사장님."

응접실에서 마주 앉은 야마타니의 구매부장 구라타 신지의 표정은 전에 없이 딱딱했다. "요즘 회사 사정은 좀 어떤가요?"

"덕분에 그럭저럭 잘 꾸려나가고 있습니다."

구라타는 늘 단도직입적으로 용건을 꺼낸다. 이날도 얼른 본론으로 들어가지 않을까 싶었는데, 말투가 시원찮은 것이 용건을 꺼내지 못하고 미적대는 것처럼 보였다. 애당초 구라타는 쓰쿠다 제작소가 돌아가는 사정을 신경 쓰는 사람이 아니다.

"요전에 말씀하신 신형 엔진도 드디어 시제품 제작이 끝나 조만간 보여드릴 수 있을 것 같습니다. 기존 제품과 비교해 연비를 5퍼센트 가까이 줄이면서도 고출력으로 만들 예정입니다. 기대해주십시오."

"하지만 그런 만큼 비싸지겠지."

구라타와 이야기를 나누면 비용 관련이 70퍼센트를 차지한다.

"가격에 대해서는 차차 얘기하시죠."

쓰쿠다는 쓴웃음을 지었다. "이제 막 테스트가 끝났으니까요."

구라타는 웃음기 하나 없이 흘려 넘긴 후, 짤막하게 한숨을 내쉬었다.

"실은 음…… 그쪽의 신형 엔진을 채택하는 건은 일단 백지로 돌렸으면 하는데."

"뭐라고요?"

날벼락 같은 소리에 쓰쿠다가 숨을 삼켰다가 반론하려 하자 "무슨 말을 하고 싶은지 알아요" 하고 구라타가 한 손을 들어 제지했다. "알다시피 4월에 새로 취임한 와카야마 사장님께서 외부 자재 비용을 전면 재검토하라고 지시를 내리셨거든. 이제 와서 계획을 백지화해서 미안하게 됐어요."

"잠깐만요."

쓰쿠다는 당황했다. "가격이야 분명 예전 엔진보다는 높아지겠지만, 그걸 메우고도 남을 만큼 사양이 향상됐습니다. 성능을 고려하면 결코 비싼 게 아니에요. 비용 절감 대상에서 제외해주시면 안 되겠습니까?"

"나도 그렇게 설명은 했어요. 하지만 사장님은 그런 사고방식 자체를 받아들이는 분이 아니라서 말이야."

구라타는 과장되게 인상을 찌푸리더니 "잘 들어요" 하고 쓰쿠다에게 상체를 내밀며 딱딱한 어조로 말했다. "까놓고 말해서 신임 사장님은 농기계 엔진 같은 건 돌아가기만 하면 된다고 생각하시거든."

참으로 퉁명스러운 답변이었다.

"와카야마 사장님은 원래 농기계 분야 출신 아닙니까? 그런데 돌아가기만 하면 된다니, 너무하시네요."

쓰쿠다는 발끈해서 반론했다.

"오히려 농기계 분야 출신이라서 아니겠어요?"

구라타가 역설적인 이야기를 꺼냈다. "엔진 성능이 중요하기야 하지. 하지만 성능이 약간 좋아진다고 가격이 오를 바에야 지금 그대로가 낫다고 볼 수도 있거든. 고속도로를 백 킬로미터로 달리는 자동차가 아니잖아요. 트랙터는 기껏해야 시속 이삼십 킬로미터로 농로나 논밭을 달리는 거니까. 거기서 엔진 효율이 몇 퍼센트 좋아지든 사용자인 농가 입장에서는 별 의미가 없어요."

쓰쿠다는 눈앞이 새하얘질 만큼 충격을 받았다. 이건 그야말로 날마다 기술을 닦아 엔진의 효율화를 추구해온 쓰쿠다제작소의 존재 의의를 정면으로 부정하는 이야기가 아닌가.

"이 엔진을 개발하기 위해 저희가 얼마나 고생했는지 구라타 부장님은 잘 아시잖습니까!"

쓰쿠다는 밀려 올라오는 복잡한 감정을 억누르며 하소연했다.

"그야 알죠."

구라타는 민망한 듯 시선을 돌리고 의자 등받이에 몸을 기댔다. "하지만 어쩌겠어요, 사장님의 방침이 그런 걸. 아, 그리고 이건 앞으로의 발주 계획."

구라타가 테이블 위에 엎어두었던 서류를 뒤집어서 쓰쿠다에게 밀어주었다. 이번 분기 후반부와 다음 분기에 걸친 발주 계획이다.

쓰쿠다는 서류에 적힌 숫자를 보고 자기 눈을 의심했다.

"이게 어떻게 된 겁니까?"

신형 엔진 개발 계획을 백지화했을 뿐만 아니라, 기존 제품의 발주량까지 크게 삭감된 것이 아닌가.

"트랙터를 비롯해 농기계 라인업이 새로워질 겁니다. 쓰쿠다제작소 엔진은 일부 고급 기종용으로 한정하고 싶어요. 앞으로는 엔진 성능보다 실용성을 추구한 범용 모델을 판매 주력상품으로 삼을 예정입니다."

대체 어느 틈에 그런 계획이 진행됐단 말인가.

"이러시면 곤란합니다."

쓰쿠다는 몹시 동요했다. "수주를 전제로 제조라인을 잡았고, 인원도 충원했어요. 사전에 상의해주셨으면 가격도 좀 더 검토했을 텐데⋯⋯."

"기존 제품의 가격을 낮출 수 있다는 건가요?"

구라타의 눈이 번쩍 빛난 것처럼 보였다.

"대체 가격을 어느 정도로 생각하고 계시는 겁니까?"

구라타의 대답을 듣고 쓰쿠다는 저도 모르게 말문이 턱 막혔다. 예상보다도 낮았기 때문이다. 그 말인즉슨, 그렇게 낮은 가격으로 엔진을 납품하는 경쟁 상대가 존재한다는 뜻이다.

"어디입니까?"

목이 졸리는 것처럼 답답한 심정으로 쓰쿠다는 물었다. "어느 회사에 발주하시려는 겁니까? 지장이 없으시면 좀 알려주시겠습니까? 절대 발설하지 않겠습니다."

망설이던 구라타는 이야기해도 별문제 없으리라 판단했는지 알려주었다.

"다이달로스입니다."

"다이달로스⋯⋯."

최근 이따금 들리는 엔진 제조사다. 한때는 경영 상태가 바닥을 기었지만, 경영 혁신으로 부활했다는 이야기를 들은 적이 있다. 다이달로스의 강점은 생산력으로, '저가격 일류, 기술은 이류'가 업계의 평판이다.

그나저나 이 정도로 저가일 줄이야.

쓰쿠다는 다이달로스가 제시한 가격에 놀라 패배감에 입술을 깨물었다. 기술이 가격에 패배한 것이다. 게다가 이것은 쓰쿠다 제작소 입장에서 통한의 패배였다.

2

"이대로라면 다음 분기에 적자가 날지도 모르겠네요."

회사로 돌아와 즉시 회의를 열자 경리부장 도노무라 나오히로는 심각한 표정으로 팔짱을 끼었다.

길쭉한 말상에 눈이 큼지막한 도노무라의 별명은 '도노'다. 풀무치를 뜻하는 '도노사마밧타'에서 따왔다. 고지식하니 답답한 게 흠이지만, 쓰쿠다제작소에서 없어서는 안 될 재무관리의 중심이며 쓰쿠다가 전적으로 신뢰하는 의논 상대이기도 하다.

'적자'라는 한마디에 긴급 소집된 쓰쿠다제작소의 중역들, 기술개발부장 야마사키 미쓰히코, 영업 1부장 쓰노 가오루, 영업 2부장 가라키다 아쓰시의 안색이 일제히 변했다.

영업 1부는 주요 제품인 엔진을 담당, 영업 2부는 그 외의 제품을 담당하고 있으며, 쓰노와 가라키다는 서로 경쟁하는 라이벌 관계다.

야마사키가 울컥해서 말했다.

"야마타니도 너무하네요. 사전에 넌지시 언질 정도는 해주는 게 상식 아닙니까! 쓰노 씨, 무슨 이야기 못 들으셨어요? 이거 뒤통수치는 격이잖아요."

"이런 이야기는 못 들었어."

쓰노가 고개를 저었다.

"우릴 제외시킨 거 아닌가?"

가라키다가 싸늘하게 말했다. "적어도 우리를 제친 다이달로스는 들었을 거야. 새로 취임한 사장의 방침이라지만, 어쩌면 다이달로스가 제안했는지도 모르지. 그렇다면 뒤통수를 맞았다기보다 그냥 진 거야."

예전에 외국계 기업 영업부장이었던 가라키다는 비즈니스에 있어 냉철하다. 화가 나서 쓰노의 얼굴이 붉으락푸르락했지만, 반론하지 않는 건 자신의 실책임을 알기 때문이다. 야마타니에 관한 정보 수집 또한 영업 1부의 업무다.

"확실히 최근에 다이달로스의 이름을 가끔 듣기는 했는데요."

야마사키가 복잡한 표정으로 말하며 턱을 쓰다듬었다. "처음에는 싼 게 비지떡이라고 무시했습니다만."

"다이달로스는 어떤 회사예요? 상대에 대해서는 조사해봤습니까?"

가라키다가 도노무라에게 물었다. 전직 은행원이었던 터라 신용조사는 도노무라가 담당한다.

"아까 도쿄인포스에 문의해서 자료를 받았습니다."

도쿄인포스는 쓰쿠다제작소가 계약한 신용조사회사다. 도노무라는 손에 든 자료를 보며 말을 이었다.

"주식회사 다이달로스는 원래 주식회사 다이토쿠기술공업이라는 이름으로 1965년에 개업했습니다. 창업주는 다이니혼모터의 기술자였던 도쿠다 노리유키 씨입니다. 소형 동력원인 모터 등을 제조 개발하다 소형 엔진 분야에 뛰어들었고, 오랫동안 하마쓰오토공업의 전속 하청기업으로 엔진을 개발해왔지만 영업 실적은 시원치 않았고요. 이렇다 할 활약 없이 12년 전에 노리유키 사장이 병으로 은퇴하자, 전무였던 장남 히데유키 씨가 사장직을 물려받았어요. 그 후에도 영업 실적에는 큰 변화가 없었는데, 몇 년 전에 히데유키 씨가 마침내 경영권을 내려놓고 사외에서 시게타 도시유키 씨가 사장으로 취임했습니다. 그 시게타 사장의 새로운 경영방침에 따라 영업 실적이 급속도로 회복돼 현재에 이르렀습니다."

쓰쿠다는 수첩에 시게타라는 이름을 적었다. 도노무라의 보고가 이어졌다. "작년도 다이달로스의 매출액은 50억 엔, 경상이익이 6억 엔, 세전 당기이익은 4억 3천만 엔입니다. 이 정도 규모의 회사치고는 수익이 상당히 양호하다 할 수 있겠습니다. 현재 태국에 내년도 가동을 목표로 공장을 건설 중인데, 이게 완성되면 다이달로스의 저가격 노선에 더욱 탄력이 붙어 지금 이상으로 저희에게 위협이 될 가능성이 있습니다."

도노무라가 설명을 끝내자 위기감과 의문이 뒤섞인 침묵이 찾아왔다.

"시게타라는 사람의 경력은 어떻습니까?"

가라키다가 물었다.

"아쉽지만 이 자료로는 상세한 내용을 알 수가 없네요. 프로필에는 기업가라고만 적혀 있습니다. 자료에 따르면 다이달로스의 주식 대부분을 소유하고 있는 실질적인 오너입니다."

"그만큼 급속도로 영업 실적을 회복시키기는 여간 힘들지 않을 텐데. 어떻게 한 거지?"

쓰노가 질문했다.

"철저한 구조조정과 저가격 노선을 추구한 것 같습니다."

도노무라가 대답했다. "비용을 절감하기 위해 생산 거점을 해외로 옮기는 동시에 정직원을 대거 해고했다는군요."

"이익을 위해 직원을 희생한 셈이로군."

쓰노는 비아냥거리듯이 말했다. "대단한 경영 방침이네."

그때였다.

문을 두드리는 소리와 함께 경리부의 사코타 시게루가 고개를 쑥 들이밀더니 도노무라에게 메모를 건네고 나갔다.

"도노, 무슨 일이야?"

메모를 읽은 도노무라의 표정이 굳어지는 걸 보고 쓰쿠다가 물었다.

"아무것도 아닙니다. 실례했습니다."

도노무라는 메모를 황급히 호주머니에 집어넣고 본론으로 돌아왔다.

"어쨌거나 다이달로스가 강적인 건 틀림없습니다. 방심은 금물입니다."

"죄송한데요, 본론과는 관계없는 질문인데, 다이달로스가 무슨 뜻입니까?"

야마사키가 물었다.

"그리스 신화에 나오는 제조의 신 이름이었던가."

도노무라 대신 가라키다가 대답했다. "전 직장 거래처 중에 업종은 다르지만 이름이 똑같은 회사가 있었거든. 이류 제품을 대량생산하는 회사에 어울리는 이름은 아니지만."

"하지만 이류 제품을 싸게 판매하는 것도 엄연한 비즈니스지."

쓰노가 인정하고 고개를 숙였다. "이번 일은 면목 없습니다, 사장님. 앞으로 다른 회사에서도 경쟁을 걸어올 테니 마음을 다잡고 임하겠습니다."

"어떻게든 이번 손실을 메우자고. 다 함께 힘내도록 하지."

그건 그렇고.

비용 절감을 위해 직원들을 자른다─.

"이익이 난다면 그래도 되는 건가."

회의를 마치고 자기 방으로 돌아오자 쓰쿠다의 입에서는 저절로 그런 말이 나왔다.

적어도 쓰쿠다는 지금까지 직원을 비용이라 생각해본 적이 없다. 한 사람 한 사람이 둘도 없는 재산이다. 최우선적으로 지켜야하는 존재다.

"그딴 회사에 질 수는 없지."

쓰쿠다가 또 혼잣말을 했을 때 문을 두드리는 소리가 들려 고개를 들었다.

그리고 다음 순간 깜짝 놀란 건 도노무라의 얼굴이 전에 없이 창백했기 때문이다.

"저, 사장님."

방으로 들어온 도노무라는 아주 당황한 것처럼 보였다. "하필 이럴 때 죄송합니다만 이삼 일 휴가를 내고 싶은데요. 실은 아까 아버지가 쓰러지셨다는 연락이 와서요."

쓰쿠다는 뭐, 하고 외치면서 자리에서 벌떡 일어섰다.

"아무래도 심장 문제인 것 같습니다. 이제부터 정밀 검사를 하고 응급수술을 받으실 거라는군요."

회의할 때 사코타가 도노무라에게 메모를 전달한 게 생각났다. 분명 본가에서 급히 연락한 것이리라.

"알았어. 회사 일은 걱정 안 해도 되니까 어서 가봐."

"죄송합니다, 사장님. 이렇게 중요한 시기에, 정말 죄송합니다."

도노무라는 송구스럽다는 듯 얼굴을 잔뜩 찌푸리고 거듭 사과했다.

"그런 말 말고."

쓰쿠다가 말했다. "회사는 어떻게든 알아서 할게. 그것보다 빨리 아버님한테 가봐."

"감사합니다. 그럼."

도노무라는 공손하게 머리를 숙이고 쓰쿠다 앞에서 물러난 후, 허둥지둥 부하직원인 사코타에게 업무를 인계하고 도치기현에 있다는 본가로 향했다.

3

"도노무라 씨한테 연락은 왔나요?"

그날 밤 일을 마치고 직원들과 함께 간 근처 술집에서 야마사키가 걱정스레 물었다.

"심근경색이래."

한 시간쯤 전에 도노무라가 전화로 아버지의 용태를 알려주었다.

"산책 중에 쓰러지셨는데, 마침 근처를 지나가던 사람이 구급차를 불러줬대. 빨리 발견된 덕분에 목숨은 건졌지만, 연세가 많으셔서 회복하려면 시간이 좀 걸릴 모양이라는군."

"도노무라 부장님의 본가, 농사를 짓는다죠?"

영업 2부의 에바라 하루키 역시 걱정스럽다는 듯 이맛살을 모으고 말했다. "부모님이 쌀농사를 지으신다고 들은 적이 있습니다. 농한기면 몰라도, 이런 시기에 여러모로 고생이시겠네요."

"그러게 말이야."

쓰쿠다는 씁쓸한 얼굴로 대답하고 가까이 있는 사코타에게 "도노가 복귀할 때까지 잘 부탁할게" 하고 말을 걸었다. "어쩌면 오래 걸릴지도 모르니까."

"휴, 어떻게든 버텨봐야죠……."

느닷없이 떨어진 중책에 사코타는 아주 불안해 보였다. "경리 업무는 괜찮지만, 은행과의 대출 협의는 부장님처럼은 무리입니다. 아까 부장님이 나가실 때 다음 분기 이후의 경영 계획을 재검토하라고 하셨는데, 어디를 어떻게 손봐야 할지도 모르겠고요."

"야마타니에게 한 방 맞은 탓이지. 미안해."

쓰노가 머리를 숙였다. "어떻게든 구멍을 메울 수 있도록 우리 쪽에서 열심히 할게."

술집 2층에 있는 방은 거의 전세를 낸 셈이나 다름없었다.

금요일 밤, 시간이 나는 직원들과 한잔하러 가는 건 쓰쿠다제작소의 정기 행사에 가깝다. 이날도 스무 명 가까운 직원들이 마음껏 먹고 마시고 있었다. 참가는 자유고, 회비는 3천 엔. 총 회비를 넘어서면 나머지는 쓰쿠다가 계산하는 게 암묵적인 규칙이다.

"그거 말인데 쓰노 씨."

그때 가라키다가 끼어들었다. "그렇게 쉽지는 않을 거야. 야마사키 씨도 좀 들어봐. 우리는 애당초 엔진의 성능을 높여야 한다는 자세로 계속 일해왔잖아. 하지만 그게 정말로 고객이 원하는 바인지 고려해야 할 때가 온 것 아닐까?"

가라키다는 쓰쿠다제작소의 본질에 관련된 문제를 제기했다.

"야마타니의 영업 실적이 시원찮은 것도 영향을 주었을 겁니다. 요즘 매출도 이익도 감소해서 새로 취임한 사장이 초조한 것 아니겠습니까?"

에바라가 의견을 덧붙였다.

"그것도 있겠지만 와카야마 사장은 농기계 분야 출신이잖아. 나는 거기서 위기감을 느껴."

가라키다가 말했다. "말하자면 '기술의 야마타니'가 기술을 버린 셈이야. 거기에는 그 나름의 무거운 사정이 있지 않겠어?"

쓰노를 비롯해 엔진을 담당하는 영업 1부 소속 직원들이 입을 다물었다. 엔진은 이를테면 쓰쿠다제작소의 곳간이고, 쓰노를 비롯한 영업 1부는 회사의 뼈대를 지탱해왔다는 자부심이 있다. 쓰쿠다 옆에 앉은 기술개발부장 야마사키도 미간에 주름을 잡고 조바심 섞인 목소리로 물었다.

"그러니까 무슨 말씀을 하고 싶으신 거예요? 엔진 성능 향상을 목표로 하는 건 의미가 없다 그겁니까?"

"의미가 없다고는 하지 않았어. 나야 엔진은 최대한 고성능이어야 한다고 생각하지."

가라키다는 냉정하게 답했다. "하지만 성능 운운하기 전에 그걸 실제로 사용하는 고객을 생각했느냐, 그걸 말하고 싶은 거야."

엄격한 지적에 술자리의 분위기가 더욱 심각해졌다.

"뭐, 무슨 말인지는 알겠는데요."

야마사키가 논박에 나섰다. "야마타니가 엔진은 돌아가기만 하면 된다잖아요. 돌아가기만 하면 된다니, 그건 아니죠. 그게 업계 최고라는 농기계 제조사가 할 소립니까?"

"야마타니도 그러고 싶어서 그러는 건 아닐 거야."

쓰노가 전에 없이 진지한 얼굴로 변명했다. "나는 오랫동안 야마타니와 일해왔고, 실은 이번에 취임한 와카야마 사장에 대해서도 잘 알아. 그들은 성심성의껏 고객을 대하지. 그래서 우리도 지금껏 거래해온 거고. 그런 야마타니가 그렇게 말했으니 경영 환경에 무시할 수 없는 변화가 생긴 것 아닐까? 아쉽게도 난 엔진을 파는 일만 생각하느라고 거기까지는 생각이 미치지 못했어."

여기에는 야마사키도 대꾸할 말이 없었다. 분위기가 숙연해졌다.

"우리 업무를 점검할 좋은 기회잖아."

쓰쿠다는 모두의 얼굴을 둘러보았다. "우리에게 뭐가 요구되는지, 앞으로 어떻게 달라져야 할지 다 함께 고민해보자고."

"하지만 다이달로스와 염가 판매 경쟁이 붙는 건 싫은데요."

영업 2부의 젊은 직원, 무라키 아키오가 말을 꺼냈다. 에바라와 어깨를 나란히 하는, 젊은 직원들의 리더다.

"염가 판매는 안 해."

쓰쿠다는 딱 잘라 부정했다. "가격을 내리려고 다운그레이드 버전 엔진을 만들지도 않겠어. 우리의 강점은 어디까지나 기술력이야. 기술력을 내세우는 회사가 기술에 등을 돌려서 되겠어? 고객을 위하는 것과 고객에게 알랑거리는 건 전혀 달라."

드디어 만족스럽다는 듯 야마사키가 의연하게 고개를 들었다. 쓰쿠다는 말을 이었다.

"이번 실패를 밑거름 삼아, 우리는 우리의 방식으로 거래처와 고객을 상대하자고. 분명 우리만이 할 수 있는 일이 있을 거야."

과연 그건 무엇일까.

그걸 조속히 찾아내는 것이 쓰쿠다제작소가 직면한 최우선 과제였다.

4

그다음 주, 쓰쿠다와 야마사키는 로켓 발사에 대비한 회의에 참석하기 위해 데이코쿠중공업 본사를 방문했다.

쓰쿠다제작소의 주 업무는 소형 엔진 제작이다. 한편 대형 로 켓의 수소엔진용으로 공급 중인 밸브 시스템은 이제 쓰쿠다제작소의 대명사라고 해도 과언이 아닐 만큼 핵심기술로 자리 잡았다. 쓰쿠다제작소의 기술력이 업계에서 '로켓에도 사용되는 품질'이라 일컬어지는 것도 이 공급 실적 덕분이다.

오후 5시경에 회의가 끝난 후, 개발 현장 책임자인 우주항공본부 자이젠 미치오 부장의 제안으로 도쿄역 부근 야에스에 있는 양식집으로 향했다.

"다음 발사 때도 잘 부탁드립니다."

맥주잔을 들어 건배한 자이젠의 표정은 전에 없이 딱딱했다.

"이미 들으셨을지도 모르지만, 다음 회기를 끝으로 임기가 만료되어 도마 사장님의 퇴임이 기정사실화되고 있습니다."

"도마 사장님이 퇴임하신다고요?"

쓰쿠다는 칼질을 하고 있던 스테이크에서 엉겁결에 고개를 들었다.

"다음 회기라면……."

데이코쿠중공업은 3월 결산이므로 내후년인 셈이다. 도마 히데키는 대형 로켓 발사 계획인 '스타더스트 프로젝트'를 구상해 일본의 우주항공 분야를 선도해온 중심인물이다.

"언론에 보도돼서 아시겠지만, 현재 저희 회사를 둘러싼 경영 상황이 상당히 혹독합니다."

"헤이스팅스사 때문인가요?"

쓰쿠다가 물었다. 미국의 헤이스팅스사는 데이코쿠중공업의 자회사로 이번에 거액의 손실을 냈다.

아니나 다를까 자이젠은 고개를 끄덕였다.

"실은 헤이스팅스사의 매수를 도마 사장님이 주도하셨거든요. 그뿐만 아니라 수주한 크루즈선 시스타도 설계 변경으로 납기를 대폭 연기하는 바람에 적자가 불어났습니다. 거액의 예산을 투입한 제트 여객기도 완성이 많이 늦어져 아직 실용화될 전망이 보이지 않고요. 여러모로 불운이 겹쳤다고는 하나 도마 사장님께 책임을 묻는 목소리가 날로 커져가고 있죠."

이야기가 어떻게 흘러갈지 예측한 쓰쿠다는 포크와 나이프를 내려놓았다.

"스타더스트 프로젝트는 괜찮을까요?"

"그거 말씀인데요."

자이젠은 본론으로 들어갔다. "스타더스트 프로젝트는 도마 사장님이 직접 추진하신 사업이고, 나름대로 발사 실적을 남겨왔습니다만, 대형 로켓 발사 사업이 돈이 되느냐 하면 꼭 그렇다고 할 수는 없거든요. 민간사업으로서 결실을 거두려면 시간이 제법 필요하겠죠. 지금 이 사업에 대해서도 사내에서 역풍이 상당히 강해지는 실정입니다. 수익을 올리고 있을 때라면 모를까, 이러한 위기 상황에서 계속할 의미가 있느냐고요."

"잠깐만요."

야마사키가 황급히 끼어들었다. "그럼 뭔가요. 도마 사장님이 만약 사장직에서 물러난다면, 로켓 발사 사업에서 손을 뗄지도 모른다는 말씀이신가요? 안 될 말입니다. 여기서 그만두면 앞으로 우주항공 분야는……."

"야마."

울컥해서 열을 내는 야마사키를 쓰쿠다가 제지했다. "그건 자이젠 부장님이 제일 잘 알고 계실 거야."

"죄송합니다. 저도 모르게 그만."

고개를 숙이고 입을 다문 야마사키를 대신해 쓰쿠다가 물었다.

"그나저나 벌써부터 후임 사장의 인선을 놓고 움직이다니 과연 데이코쿠중공업은 빠르군요."

"부끄러운 이야기입니다만, 임원들의 알력 다툼이라고나 할까요."

자이젠은 떨떠름한 표정을 지었다. "회장님과 사장님의 불화도 거기에 박차를 가하고 있고요."

현 회장인 오키타 이사무는 경제단체연합회 회장을 역임한 일본 경제계의 중진이다. 일선에서 물러난 회장이라고는 하나 아직도 실권을 쥐고 데이코쿠중공업 내에서 영향력을 행사한다고 일컬어진다.

"원래는 도마 사장님이 점찍어둔 인재를 등용해야겠지만, 경영 책임 문제가 제기되고 있는 현재로서는 그것도 마땅치 않은 데다, 반 도마파의 세력이 급속히 커지고 있어서요."

"반 도마파라고요?"

쓰쿠다는 암담한 기분으로 말했다. 쓰쿠다도 쓰쿠다제작소의 사장이 되기 전에는 우주과학개발기구라는 국가기관의 연구직에 있었다. 그곳에도 파벌과 수직적인 관료의식 같은 폐단이 만연했는데, 데이코쿠중공업에도 그와 같은, 아니 그 이상의 다양한 폐단이 복잡하게 얽혀 있는 게 틀림없다.

"도마 사장님께 경영 책임을 물어, 오키타 회장님의 입김이 미치는 사람이 사장이 된다면, 차기 사장으로 유력해 보이는 임원이 한 명 있습니다."

자이젠은 그 이름을 꺼내기 전에 잠깐 뜸을 들였다. "……마토바 슌이치. 국내 제조 부문을 통괄하는 사람인데요, 이른바 평이사입니다. 결정된다면 스무 명을 제치고 발탁되는 셈이죠."

야마사키의 눈이 동그래졌지만 자이젠은 변함없이 딱딱한 표정이었다.

"무슨 사연이라도 있습니까?"

쓰쿠다가 물었다.

"일찍이 저는 마토바 이사 밑에 있었습니다. 실은 여러모로 친한 사이입니다."

자이젠은 그렇게 대답했다.

"차기 사장과 친하다면 잘된 일 아닙니까?"

쓰쿠다는 의외라는 듯 말했다.

"이 조직에서 친하다는 게 반드시 좋은 일이라고만은 할 수 없습니다."

자이젠은 수수께끼 같은 말을 했다. "마토바 이사는 반 도마파의 최선봉입니다. 만약 사장이 된다면 도마 노선을 철저하게 부정하겠죠."

"즉, 그때는 스타더스트 프로젝트도 존폐의 위기에 선다는 말씀이시군요."

쓰쿠다의 말에 자이젠은 침묵으로 긍정했다.

대형 로켓엔진의 밸브 시스템 공급은 쓰쿠다제작소의 정신적 지주다. 지금 그것이 전혀 손이 닿지 않는 곳에서 궁지에 몰리려 하고 있었다.

"각오는 됐습니다."

쓰쿠다는 그렇게 대답하는 것이 고작이었다.

5

그 주의 토요일 오전, 차를 끌고 오타구에 있는 집을 나선 쓰쿠다는 시나가와구에 있는 맨션 앞에서 야마사키를 태우고 슈토고속도로를 탔다.

오후 1시가 지났을 무렵 정체 구간을 빠져나와 도호쿠자동차도로로 진입했다. 장마가 소강상태에 접어들어 한여름을 연상시키는 강한 햇살을 앞유리창 가득 받으며 하행 차선을 달려 사노후지오카 나들목을 빠져나왔다.

몇 킬로미터를 달리자 차창 양쪽으로 논밭이 이어지는 전원 풍경이 가득 펼쳐졌다. 바람이 잠잠하니 초여름 햇살이 내리쬐는 논에 구름 하나 없이 맑은 하늘이 파랗게 비쳤다.

"도노무라 씨는 병원에 계시지 않을까요?"

도노무라의 집에 간다고 하자 야마사키가 의아한 표정을 지었다.

"아니, 오후에는 집에 있다나 봐. 아버님 대신 농사를 지어야 한대."

"농가는 고달프네요. 아, 저 주변 아닐까요?"

내비게이션의 지시에 따라 한적한 도로를 달리다 양쪽이 논에 감싸인 외길을 거쳐 아담한 농촌 마을로 들어왔다. 기다란 담에 둘러싸인 낡은 건물이 보였다.

"저 집인가."

쓰쿠다는 다가가서 '도노무라'라는 문패를 확인하고 차를 집 앞의 공터에 댔다.

유서 있는 집이다.

안을 들여다보자 토광*과 셔터를 열어둔 창고가 중정을 감싸듯 이 자리 잡고 있었다. 전통식으로 건축된 2층짜리 안채는 그 안쪽에 있다.

"훌륭하네요."

야마사키의 눈이 휘둥그레진 것도 무리는 아니었다. 300년을 이어온 농가라는 이야기는 예전에 들었지만, 상상 이상으로 대농이었다.

• 두꺼운 흙벽에 기와를 올린 일본 전통식 창고 건물.

조용한 오후였다. 안채 현관에서 부르자 높은 대답 소리와 함께 일흔 살이 넘어 보이는 작은 체구의 여자가 나왔다. 도노무라의 어머니이리라. 도노무라의 어머니는 쓰쿠다를 보자마자 깜짝 놀라며 허리를 구부렸다.

"쓰쿠다 사장님이시죠? 일부러 이렇게 먼 곳까지 찾아오시다니, 감사합니다."

"아드님께 늘 많은 도움을 받고 있습니다."

쓰쿠다는 야마사키와 함께 고개를 숙였다. "아버님께서 입원하셨다길래 병문안을 왔습니다."

가지고 온 과일 바구니를 어머니에게 건네자 더욱 황송해해 몸이 더 작아진 것처럼 보였다.

"아버님 몸은 좀 어떠십니까?"

쓰쿠다가 물었다.

"덕분에 수술은 잘 끝났어요. 의사 선생님이 순조롭다면 2주 후에는 퇴원할 수 있을 거라고 하시더군요."

"그거 참 다행입니다."

쓰쿠다는 진심을 담아 말한 후 "아드님은요?" 하고 물었다.

"나오히로는 논에 나갔는데요. 요 주변에 있을 거예요."

어머니는 쓰쿠다와 야마사키를 데리고 집을 나서서 도로 건너편에 펼쳐진 논을 둘러보았다.

장마철 습기를 머금고 부는 바람에서 어쩐지 그리운 흙냄새가 났다.

바람을 타고 소형 엔진 소리가 들렸다. 쳐다보니 트랙터 한 대가 저 멀리 논을 달리고 있었다.

"아아, 저기 있네요. 지금 불러올게요."

"아니요, 괜찮습니다. 저희가 가면 되니까 신경 쓰지 않으셔도 됩니다."

두 사람은 어머니를 만류하고 논두렁길을 걸어 작업 중인 도노무라 쪽으로 향했다. 너무 넓어서 가까워 보여도 걸어가자 제법 멀었다.

"그리운 소리로군. 야마, 알겠나?"

걸으면서 야마사키에게 묻자 "스텔라 1호네요"라는 답변이 돌아왔다.

'스텔라'는 쓰쿠다제작소에서 만드는 소형 엔진이다.

아버지의 죽음을 계기로 연구의 길을 포기하고 쓰쿠다제작소를 이어받아 처음으로 출시한 신형 엔진, 그게 바로 스텔라 1호다. 수랭식 2기통 디젤, 30마력. 당시로서는 가장 효율적인 연비와 성능을 겸비했다.

쏟아지는 강한 햇살을 가릴 것은 하나도 없었다. 습도가 높은 탓에 걷기만 해도 땀이 배어나 순식간에 셔츠가 살에 달라붙었다.

"도노무라 씨, 저희가 온 줄 모르네요. 놀라게 해줄까요?"

야마사키가 씩 웃으며 말했다.

"아냐, 됐어. 작업이 끝날 때까지 기다리자. 방해하면 미안하잖아."

인접한 논 옆에 마침 창고가 있었다. 차양 아래 놓인 맥주박스를 의자 삼아 앉아서 한숨 돌렸다.

트랙터는 엔진 회전수를 일정하게 유지하며 넓은 구획을 일직선으로 나아가다 끝에 다다르면 방향을 트는 움직임을 되풀이했다.

주변 논에는 푸릇푸릇한 벼가 우거져 있는데, 거기만 물을 대어놓지 않은 건 휴경지이기 때문이리라. 위아래 작업복에 밀짚모자, 목에 수건을 두르고 운전대를 조작하는 도노무라는 작업에 몰두해서 쓰쿠다 일행이 온 줄도 알아차리지 못했다.

트랙터 뒤쪽에는 회전하는 경운날*이 달린 로터리라는 이름의 작업기가 장착되어 있었다.

구조상 트랙터와 자동차는 완전히 다른 점이 있다. 자동차는 엔진이 만들어낸 힘을 타이어에만 전달하지만, 트랙터는 뒤에 장착된 부속기계를 움직이는 데도 엔진의 힘을 이용한다는 점이다.

트랙터가 논의 끄트머리에 다다르자 도노무라가 트랙터 속도를 바꾸고 기어를 전환했다는 것을 알 수 있었다. 로터리는 계속 회전한다. 왼쪽으로 방향을 돌리려면 왼쪽 타이어에만 브레이크를 걸고 작게 도는 것이 트랙터 특유의 운전법이다.

쓰쿠다가 있는 곳에서 회전하는 경운날이 보였다. 흙에 박히는 깊이는 십수 센티미터 정도일까. 회전 속도가 빨라서 날 자체는 보이지 않는다.

"생각해보니, 스텔라가 탑재된 트랙터로 작업하는 광경은 처음 보는군요."

* 로터리에 달린 회전하며 땅을 갈거나 흙을 부수는 칼날.

문득 야마사키가 그렇게 말했다. 로터리의 회전수는 유지한 채 이번에는 오른쪽으로 돌았다. 몇 번째일까. 도노무라가 목에 두른 수건으로 얼굴을 닦았다.

"그나저나 찌는 듯이 덥네요."

야마사키가 누구에게랄 것도 없이 말하며 하늘을 올려다보았다. "열 받지만 앞으로 농기계에 실용성을 추구해야 한다는 야마타니의 주장에도 일리가 있는 것 같습니다."

야마사키는 손수건으로 이마를 닦으며 "그렇죠, 사장님?" 하고 쓰쿠다에게 동의를 구했다.

대답은 없었다.

쓰쿠다는 야마사키의 목소리가 귀에 들어오지 않을 만큼 진지한 표정으로 트랙터의 움직임을 응시하고 있었다.

도노무라가 기어를 조작하자 엔진 회전수가 달라졌다. 작업기가 흙을 헤집자 흙먼지가 느릿느릿 피어올랐다.

"야마, 저 트랙터의 움직임을 보고 뭔가 알아차린 거 없어?"

야마사키는 어리둥절한 표정을 지었다.

"트랙터의 움직임이요?"

야마사키는 트랙터로 시선을 돌려 도노무라가 작업하는 모습을 관찰하다가 고개를 갸웃했다.

그때 벌떡 일어선 쓰쿠다가 용수로를 펄쩍 뛰어넘어 논두렁길을 걸어갔다.

"사장님, 같이 가시죠."

야마사키가 뒤따라왔다.

"도노!"

쓰쿠다는 걸어가면서 입에 손나팔을 대고 도노무라를 불렀다.

"도노!"

이쪽을 돌아본 도노무라가 드디어 쓰쿠다를 알아본 모양이었다. 트랙터가 멈추고 "아, 사장님!" 하는 목소리와 함께 도노무라가 트랙터에서 내렸다.

"오셨군요!"

시동이 꺼지자 한순간에 주변이 조용해졌다.

"응, 작업하는 걸 잠깐 지켜봤어. 아버님, 예후가 괜찮으시다면서."

"감사합니다. 그래도 퇴원하자마자 농사일을 하실 수는 없을 테니, 제가 좀 도와야 할 것 같습니다. 병석에서 막 일어난 노인이 이 더위를 견디기는 힘들 테니까요."

"한동안 고생이 많겠군."

쓰쿠다는 한숨을 섞어 말한 후, "그런데 부탁이 있어. 이 트랙터 한번 몰아봐도 될까?" 하고 부탁했다.

"이걸요?"

도노무라의 트레이드마크인 큼지막한 눈이 동그래졌다. "상관은 없는데, 운전할 줄 아십니까?"

"알아. 뒤쪽 작업기를 움직이는 법만 좀 알려줘."

명색이 엔진 전문가다. 간단한 설명을 들은 후, 영문을 모르겠다는 표정으로 바라보고 있는 야마사키는 아랑곳없이 쓰쿠다는 운전석에 올라탔다.

쓰쿠다가 시동을 걸었다. 도노무라와 야마사키가 논두렁으로 물러나는 동시에 트랙터가 움직이기 시작했다.

직진하다 논두렁이 가까워지자 배운 대로 브레이크를 밟아 한쪽 바퀴를 고정시키고 작게 회전했다.

"잘하시네요."

도노무라가 감탄할 만한 솜씨였다. "소질이 있으십니다. 농사일로도 먹고살 수 있으실 것 같은데요."

"워낙 기계를 좋아하시니까요."

옆에 있던 야마사키가 말했다. "저런 건 보면 대충 구조를 아세요, 사장님. 천성인 거죠."

쓰쿠다가 운전하는 트랙터가 앞으로 쭉 나아가자 로터리의 경운날이 흙덩이를 세차게 파 뒤집으며 가느다란 흙먼지를 피워 올렸다.

"어?"

엔진 소리가 달라지자 도노무라가 멈칫했다. "직선 주로니까 굳이 기어를 변경하지 않아도 될 텐데."

말이 끝나기가 무섭게 또 엔진 소리가 달라졌다. 다음으로 로터리를 올렸다 내렸다 하는 동작을 되풀이했다.

"뭘 하시는 거지?"

야마사키가 고개를 갸웃했다. 레버를 조작할 때마다 쓰쿠다는 운전석에서 뒤쪽 로터리의 움직임을 확인했다.

다시 방향을 바꿔 이쪽으로 향했다. 몇 번이나 기어를 바꿀 때마다 엔진 소리가 높아졌다 낮아졌다 했다.

10분쯤 지났는데도 쓰쿠다는 트랙터에서 내릴 기색이 전혀 없었다. 논두렁길에서 보고 있던 도노무라와 야마사키는 어쩔 수 없이 창고의 그늘로 들어가 멀리서 작업을 지켜보기로 했다.

"뭔가 마음에 걸리는 점이라도 있으신 걸까요?"

도노무라가 반쯤 얼떨떨한 표정으로 물었다. "이렇게 더운데 괜찮으시려나. 잠깐 집에 가서 마실 걸 가져오겠습니다."

도노무라는 그렇게 말하고 집으로 돌아가 스포츠음료 페트병을 들고 돌아왔다.

"좀 더 타봐도 될까, 도노?"

도노무라가 음료수를 가져다주자 쓰쿠다가 말했다.

"그럼요. 타고 싶은 만큼 실컷 타십시오."

일단 뭔가에 몰두하면 철저히 해야 직성이 풀린다. 그런 쓰쿠다의 성격을 도노무라는 잘 안다. "저는 잡초라도 뽑고 있겠습니다. 다 타고 나시면 말씀해주십시오. 옆쪽 휴경지까지 해주셔도 상관없습니다."

결국 쓰쿠다는 그로부터 두 시간이나 지난 후에야 트랙터에서 내려왔다.

"고마워, 도노. 덕분에 다음에 뭘 해야 할지 감이 오는 것 같아."

쓰쿠다가 예상치 못한 말을 꺼낸 건 휴식을 위해 도노무라의 집으로 돌아갔을 때였다.

쓰쿠다는 땀에 흠뻑 젖었다며 응접실을 거절하고 안채 옆에 있는 헛간의 작업대에 걸터앉아 이제는 작동을 멈추고 떡하니 자리를 잡고 있는 트랙터를 사랑스럽다는 듯 바라보았다.

"저어, 사장님. 다음에 해야 할 일이라니, 그게 뭡니까?"

야마사키가 물었다.

"그 전에 도노에게 물어보고 싶은 게 있어. 작업기에 달린 경운날 말이야, 농사일을 하려면 회전수가 일정한 게 좋겠지?"

"그야 물론이죠."

도노무라는 고개를 끄덕였다. "그게 일정하지 않으면 작업이 들쭉날쭉하다고 할까요, 잘 갈린 곳과 안 갈린 곳이 생깁니다. 그러면 논이든 밭이든 그 두 부분은 작물의 생육환경이 달라진다나 봐요."

"역시 그렇군."

쓰쿠다는 떼어낸 로터리에 시선을 고정한 채 생각하다 물었다.

"만약 작업이 들쭉날쭉하지 않은 트랙터가 있다면 어떨까? 사려고 할까?"

"그야 사고말고요."

도노무라가 대답했다. "뭐, 사는 건 제가 아니라 저희 아버지겠지만요. 작업이 고르게 되지 않을까 봐 늘 신경 쓰셨거든요. 그런데 그런 게 가능한가요?"

"가능해."

쓰쿠다는 단언했다. "하지만 지금 당장은 안 되고."

"그게 무슨 말씀이세요?"

도노무라는 수수께끼라도 들은 듯한 표정이었다.

차가운 보리차를 마시고 있던 야마사키가 고개를 들었다. 쓰쿠다가 말하려는 바를 드디어 이해한 모양이었다.

"사장님, 혹시 트랜스미션을 생각하고 계신 겁니까?"

"정답!"

쓰쿠다는 마침내 속내를 밝혔다. "도노가 작업하는 모습을 보다가 알아차린 점이 있어. 작업기의 정밀도는 트랜스미션의 성능에 좌우된다는 거지."

"트랜스미션이요?"

도노무라는 곧바로 와닿지 않는 모양이었다. "음, 물론 트랜스미션이라는 말은 들어봤습니다. 트랙터나 자동차에 그게 있다는 것도 알고요. 그런데 트랜스미션의 역할이 구체적으로 뭡니까?"

"다른 말로는 변속기죠. 누구나 다 아는 제일 단순한 트랜스미션은 자전거의 변속기어입니다."

야마사키가 자청해서 설명하는 역할을 맡았다. "변환 레버를 조작하면 1단이니 2단이니 기어가 변환되죠. 체인이 작은 톱니바퀴에서 큰 톱니바퀴로 이동해 페달을 밟을 때의 속력이 달라져요. 그거랑 똑같은 역할을 하는 물건이 자동차에도, 그리고 이 트랙터에도 탑재돼 있는 겁니다."

"알쏭달쏭하네요……. 죄송합니다, 바로 알아듣지 못해서."

도노무라는 사과하고 말을 이었다. "그런데 다음에 우리가 해야 할 일이라는 건……."

"그 트랜스미션을 만드는 거야."

쓰쿠다가 번뜩이는 아이디어라 할 만한 한마디를 꺼냈다.

"아무리 고성능 엔진을 개발한다 해도 승차감과 작업 정밀도를 결정하는 건 엔진이 아니라 트랜스미션이야. 그런 의미에서는 분명 엔진은 돌아가기만 하면 되는지도 모르지. 하지만 트랜스미션은 그렇지 않아. 고성능 엔진과 고성능 트랜스미션. 쓰쿠다제작소가 그 양쪽을 만드는 제조사가 될 수 있을지 없을지, 진지하게 검토해볼 가치가 있다고 봐."

"그거 좋은데요."

투지에 불타는 어조로 야마사키가 말했다. "도전할 보람이 있겠어요. 어때요, 도노무라 씨?"

"글쎄요."

도노무라는 고개를 기웃하며 약간 망설이는 눈치로 경리부장다운 한마디를 내놓았다. "그거 개발하는 데 얼마나 들까요?"

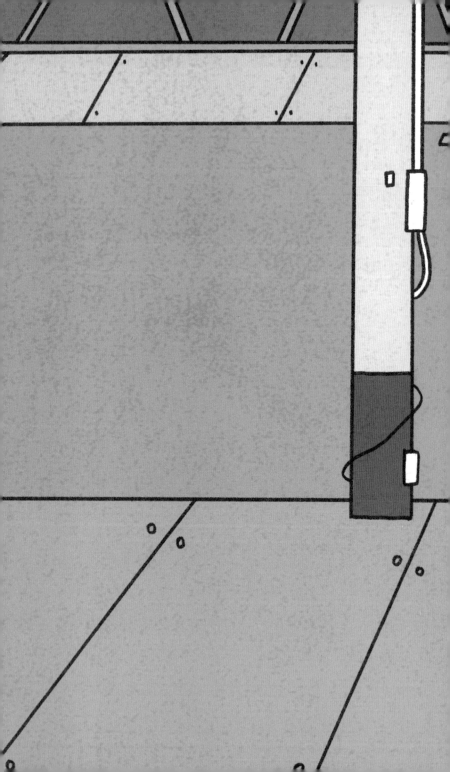

2장
변두리 공장의 천재 엔지니어

1

쓰쿠다가 트랜스미션 분야에 뛰어들겠다는 구상을 밝혔을 때, 막연한 계획으로 들렸을지도 모른다. 매주 월요일 아침에 열리는 회의 시간이었다.

"우리의 노하우로 그게 가능하겠습니까?"

가라키다는 즉시 핵심을 찌르는 질문을 던졌다.

"현 시점에서는 개발이 어려울 거라고 봅니다."

야마사키가 대답했다. "뛰어든다면 지금 있는 인력을 활용해 시간을 들여서 연구개발을 진행하든지, 노하우가 있는 인재를 외부에서 영입해 새로운 팀을 만드는 수밖에 없겠죠."

"전자를 선택한다면 완성품이 나올 때까지 비용과 시간을 제법 많이 잡아먹을 텐데요."

가라키다가 다시 입을 열었다. "그렇다면 현실적으로는 외부 인재를 영입해 팀을 꾸리는 편이 빠르겠군요. 어느 쪽이든 10억 엔 이상의 투자가 필요하지 않겠습니까?"

금액을 듣고 회의에 참석한 계장 이상의 직원들 사이에서 술렁이는 목소리가 일었다.

"한 가지 여쭤봐도 되겠습니까?"

옆에서 영업 2부의 에바라가 손을 들었다. "현재 야마타니의 농기계에 탑재되는 트랜스미션은 어디서 제조하고 있습니까?"

"야마타니에서 자체 생산한 거야."

쓰노가 대답했다. "야마타니 입장에서는 트랜스미션에 자신이 있으니까 엔진 성능을 보완할 수 있다고 생각하는 건지도 모르지."

"그렇군요. 그런데 그토록 성능이 좋은 트랜스미션이 이미 존재한다면, 그 분야에 뛰어들어봤자 저희한테 승산이 없지 않겠습니까?"

"바로 그거야."

쓰쿠다는 기다리고 있었다는 듯이 일어서서 뒤쪽 화이트보드에 트랜스미션의 간단한 도면을 그렸다.

"이게 일반적인 트랜스미션인데, 이 녀석의 성능이 과연 어디서 결정되느냐, 그게 포인트지."

쓰쿠다는 화이트보드에 시선을 집중한 직원들에게 말했다.

"설계나 구조 같은 걸 제쳐두고 생각하면, 당연히 각 부품의 가공 정밀도가 극히 중요해. 톱니바퀴 하나만 예를 들어도 연마의 정밀도는 제조자의, 즉 우리의 기술 수준과 직결된다고 할 수 있겠지. 하지만 그 이상으로 트랜스미션에 중요한 부품이 존재해. 바로 밸브야."

모두가 숨을 삼키는 걸 알 수 있었다.

"트랜스미션의 성능을 좌우하는 큰 요인 중 하나는 유압을 비롯한 유체 제어이자, 그걸 통제하는 밸브의 성능 그 자체지."

"그래서 우리인가……."

어디선가 그렇게 중얼거리는 소리가 새어나와 쓰쿠다는 고개를 끄덕였다.

"확실히 현재 우리에게 트랜스미션 전체에 관한 노하우가 부족한 건 사실이야. 하지만 밸브 관련이라면 이야기는 별개지. 트랜스미션에 필요한 밸브 기술에 관해서는 우리만이 가지고 있는 노하우와 기술력으로 대처가 가능한 부분이 많아. 로켓엔진이 그랬듯이 말이야."

"그러니까 이런 말씀이십니까?"

가라키다가 말했다. "밸브를 정복하는 자가 트랜스미션을 제패한다."

그야말로 이 비즈니스의 핵심을 짚어내는 말이 틀림없었다.

2

"느닷없이 트랜스미션을 만드는 건 벽이 높아. 그래서 일단 트랜스미션용 밸브부터 시작해보면 어떨까 싶은데, 어떻게 생각해?"

"좋은 아이디어로군요."

쓰쿠다의 제안에 도노무라는 두말없이 찬성했다. 그날 저녁 도노무라와 야마사키를 단골 술집에 데리고 가서 이야기를 나누는 중이었다. "부품, 그것도 저희의 특기인 밸브라면 비교적 무리가 없겠죠. 그렇지만 발주해줄 만한 회사가 있을까요?"

"야마타니에 영업을 해볼까 하는데."

쓰쿠다는 속마음을 털어놓았다. "아까 회의에서도 언급됐지만, 야마타니는 트랜스미션을 자체 생산하고 있어. 밸브만이라도 외주로 돌려주십사 부탁해볼 가치는 있지 않겠어?"

"괜찮을 것 같네요. 마침 이번 주 금요일에 야마타니의 하마마쓰 공장에 갈 예정이었는데, 이야기해볼까요?"

야마사키가 말했다. "아참, 모처럼 도노무라 씨도 같이 가보시는 게 어때요?"

도노무라는 미안하다며 갑자기 머리를 숙였다.

"실은 금요일에 월차를 내려고……."

"농사일 때문에?"

"네."

도노무라가 말을 이었다. "근처 농가에 부탁해 당장 시급한 일은 하고 있지만, 그쪽도 워낙 바쁘다 보니…… 죄송합니다."

"그야 어쩔 수 없죠, 도노무라 씨."

야마사키가 안쓰럽다는 듯 얼굴을 찡그렸다. "부모님을 돌봐야 하는 건 누구나 밟아야 할 길이니까요. 저희 부모님은 아직 건강하시니까 괜찮지만, 혹시 편찮으시기라도 하면 집이 홋카이도라 어떻게 해야 할지 모르겠는걸요."

"그렇게 말씀해주시니……."

도노무라는 송구스럽다는 듯이 입술을 깨물었다.

"그나저나 도노, 앞으로 어떻게 할 거야?"

쓰쿠다는 말투를 가다듬어 물었다. "아버님이 퇴원하셔도 바로 농사일을 하실 수는 없을 텐데."

도노무라는 대번에 심각한 표정으로 골똘히 생각에 잠겼다.

"어떻게든 잘 대처해가며 올해 수확철까지만 무사히 넘기면 좋겠어요."

"도노무라 씨네는 300년 가까이 이어 내려온 농가잖아요. 논을 얼마쯤 가지고 계세요?"

"300마지기쯤 됩니다."

그렇게 말해도 쓰쿠다는 그게 얼마나 넓은지 감이 오지 않았다.

"한 마지기가 약 200평이니까, 한 변이 약 26미터짜리 정사각형인 셈이죠."

"그게 300개나! 그럼 6만 평이나 되잖아요."

야마자키가 아니더라도 놀랄 만한 일이다. "그럼 부모님 두 분이서는 무리겠네요. 아니, 지금까지도 용케 해오셨다고 할 만큼 넓잖아요."

야마사키의 말대로였다.

"부끄러운 이야기지만, 그걸 알면서도 부모님께 기대서 지내왔습니다."

"설마…… 물려받으실 건가요, 농사를?"

야마자키가 놀라서 묻자 "그건 아니고요" 하며 도노무라는 얼굴 앞에서 손을 내저었다.

"앞으로 농사는 틀렸으니 당신들 대에서 끝내겠다며 저를 대학까지 보내주신걸요. 아버지는 자기가 잘못되면 그걸로 끝이라고 처음부터 그렇게 말씀하셨지만……."

도노무라가 침울하게 말을 끊고 술을 입으로 가져갔다. "이번에 돌아가실 뻔하셨으면서도 병실에 누워 논 걱정만 하시더라고요. 그 모습을 보고 부모님께 논은 보물이라는 걸 절실히 느꼈습니다. 부모님뿐만이 아니라 300년 동안 조상님들이 소중히 지켜온 것이라는 사실도……. 그렇게 생각하니 나는 회사원이니까 농사가 어떻게 되든 모른다는 말은 못 하겠더군요."

"그 심정 잘 알지."

쓰쿠다는 진심에서 우러난 한숨을 쉬었다. "부모님이 돌아가시면 효도도 못 해, 도노. 지금 할 수 있는 일은 해두는 게 좋아."

"감사합니다."

도노무라는 탄식을 섞어 고개를 숙였다. "이렇게 힘들 때, 죄송합니다."

"마음에 두실 것 없어요. 어디 힘들지 않을 때가 있었나요."

야마사키가 웃으며 위로했다. "불면 날아갈 듯한 중소기업이니까요."

"어쩐지 쓸데없는 말이 붙은 것 같은데, 야마."

발끈한 쓰쿠다의 한마디에 야마사키와 도노무라는 무심결에 웃음을 씹어 삼켰다.

3

그 주 금요일 이른 아침, 쓰쿠다, 야마사키, 쓰노 세 사람은 신칸센을 타고 시나가와역을 출발해 야마타니의 공장 중에서 최대 규모를 자랑하는 하마마쓰 공장으로 향했다.

하마마쓰역에서 택시로 20분. 이곳의 공장장으로 있는 이루마 나오토는 쓰쿠다가 오랜 세월 두터운 관계를 지속해온 야마타니 제조 부문의 핵심인물이다.

"이야, 미안해. 이번에는 여러모로 골치 아프게 됐네."

싹싹하게 웃으며 방으로 들어온 이루마는 성격이 서글서글하니 남을 잘 챙기는 사람으로, 신형 엔진 개발 단계에서는 기탄없이 의견을 주는 걸출한 기술자이기도 하다.

"사장님이 바뀌어서 전략이 달라진 건 그렇다 쳐도, 다이달로스의 엔진을 탑재하는 데 대해서는 현장에서도 이런저런 말이 많이 나오고 있어."

그러나 결국 이루마에게도 사장의 결정을 뒤집을 만한 힘은 없다는 뜻이다.

"아니요, 저희도 이번 일로 많이 반성했습니다. 오늘은 긴히 의견을 여쭙고 싶어서 왔습니다."

쓰쿠다는 간직해온 생각을 밝혔다.

"아하, 트랜스미션이라."

이루마는 흥미롭다는 듯이 듣고서는 "꼭 거래를 하고 싶은걸" 하고 바로 찬성해주었다.

"특히 트랜스미션의 밸브에 주목한 게 좋아. 쓰쿠다제작소 입장에서도 무리가 없고, 게다가 쓰쿠다 사장이라면 아주 좋은 밸브를 만들 수 있잖아. 오히려 지금까지 왜 그러지 않았는지 의외일 정도야."

확실히 그렇다. 쓰쿠다 본인도 사업 감각이 느슨해졌음을 인정하지 않을 수 없었다.

"Y302의 트랜스미션은 야마타니에서 직접 제조하죠?"

'Y302'는 이곳 하마마쓰 공장에서 제조하는 소형 트랙터의 형번*이다. 40마력의 주력 제품으로, 도노무라가 몰던 트랙터의 후속 기종에 해당한다.

"밸브는 어떻게 하고 계십니까?"

야마사키가 질문했다. 밸브를 새로이 개발했을 때, 상대가 이루마라면 적정한 평가를 해주지 않을까 하는 기대감이 있었다.

"지금은 오모리밸브 것을 넣고 있는데."

대규모 밸브 제조사다. 버겁겠다는 듯한 표정으로 야마사키가 조용히 숨을 들이마시고 입을 다물었다.

"만약 저희가 개발한다면 도입을 검토해주실 수 있을까요?"

쓰쿠다가 물었다.

"물론 가능성은 있지."

이루마는 즉시 답했지만 "다만 현행 제품에 끼어드는 건 삼가주게" 하고 바로 말을 이었다. "신형은 내년쯤부터 부품 선별에 들어갈 예정이야. 그런데 어쩌려나……."

* 제품을 식별하는 형식 번호.

이루마는 손을 턱에 대고 생각에 잠겼다. "여기서만 하는 이야기인데, 트랜스미션 자체를 외주로 돌릴지도 몰라."

"그건 또 무슨 말씀이십니까?"

"이것도 와카야마 사장의 방침이야."

그 방침이 마음에 들지 않는다는 듯 이루마는 말을 이었다. "비용 절감이 가능한 건 철저하게 절감하라는 방침이거든. 자체 생산했을 때와 외주로 내보냈을 때의 비용을 재검토하라더군. 그 결과에 따라서는 신형 트랜스미션 제조 계획 자체가 날아갈 가능성이 있어."

"외주라면, 어디에……."

쓰노가 물었다. "역시 대형 트랜스미션 제조사입니까?"

"아냐, 아냐. 지금 이름이 거론되는 회사는 대기업이 아니야. 댁들보다 훨씬 작은 회사지."

뜻밖의 이야기였다. 야마사키도 놀란 표정이었다. 그런 트랜스미션 제조사가 있단 말인가.

"그 회사를 점찍다니 와카야마 사장도 제법이다 싶더군. 아무튼 차린 지 얼마 안 된 회사야. 시모마루코 부근에 있을 텐데."

오타구다.

"잠깐만 있어봐. 자료를 가져올게."

이루마가 잠깐 자리를 비우자 쓰쿠다가 작게 물었다.

"시모마루코 부근에 그런 트랜스미션 제조사가 있었나?"

"저도 처음 들었습니다."

쓰노도 고개를 갸웃했다.

쓰쿠다와 쓰노가 모를 정도라면 그야말로 작은 회사인 셈이다. 아니면 아주 신생 회사든지.

"자, 이거야. 기어 고스트라는 회사. 모르나?"

회사 소개 팸플릿을 들고 돌아온 이루마가 팸플릿을 세 사람 앞에 펼쳤다.

주식회사 기어 고스트. 사장의 이름은 이타미 다이. 회사 소재 지는 분명 오타구 시모마루코였다. 역시나 창업한 지 5년밖에 안 된 젊은 회사였다. 팸플릿 표지에는 대규모 공장 사진이 큼지막 하게 박혀 있었지만, 시모마루코 일대에는 이만한 공장을 지을 만한 부지도, 실제 공장도 없다.

"어느 공장인가 했더니 계약처인 말레이시아 공장이라고 적혀 있군요."

쓰노가 눈치 빠르게 지적했다.

"벤처기업이야."

이루마가 말했다. "독특한 회사지. 어디까지나 기획 설계 회사 로, 모든 부품의 제조와 조립은 계약 기업에 위탁해."

"즉, 팹리스•라는 말씀이신가요?"

제조 거점을 가지지 않는다는 뜻이다. 미국의 애플이 유명한 사례다.

"그래 가지고 트랜스미션을 만들 수 있나?"

야마사키가 의아해하는 것도 무리는 아니다. 쓰쿠다도 혀를 내 두를 만한 비즈니스 모델이다. "여기, 사장 이타미 씨는 어떤 분

• fabrication과 less의 합성어로 무설비 제조를 가리키는 말.

입니까?"

"예전에 데이코쿠중공업의 직원이었어."

쓰쿠다의 물음에 의외의 대답이 돌아왔다. "분명 기계사업부에 있었다고 들었는데, 사무직으로. 그러다 독립해서 트랜스미션 회사를 차린 거지."

"데이코쿠중공업의, 그것도 사무직에 있던 사람이요?"

쓰쿠다는 자이젠 미치오의 친숙한 얼굴을 언뜻 떠올리며 물었다. "어떤 트랜스미션을 만듭니까?"

"설립 당시는 MT에서도 실적을 올렸지만, 유명해진 계기는 아이치모터스의 소형차에 채택된 CVT지. 지금은 그게 매출의 대부분을 차지하고 있을걸."

'MT(Manual Transmission)'란 수동으로 기어를 변환하는 차에 탑재되는 트랜스미션이다. 일본 국내에서는 오토매틱 차량이 주류라 수동 차량은 소수라고 생각하기 십상이지만, 세계적으로 보았을 때 제일 많은 건 수동 차량이다.

한편 'CVT(Continuously Variable Transmission)'는 MT와는 내부 구조가 완전히 다른 트랜스미션으로, 오토매틱 소형차 등에 탑재된다. 가장 큰 차이는 저속, 2단, 3단 같은 단계 자체가 존재하지 않는 무단변속기라는 점이다. 소형이나 중형차에 주로 탑재되는, 이를테면 새로운 타입의 트랜스미션이다.

그건 그렇고 기술자도 아닌 사람이 정밀기계인 트랜스미션을 제조하는 회사를 차려서 성공하다니, 믿기지 않는 이야기였다.

"요컨대 그는 프로듀서야."

이루마가 단적으로 평가했다. "그 사람 자신에게는 기술력이 없어. 직원은 고작 30명이고 3분의 1이 영업, 나머지는 전부 우수한 기술자들이지. 기어 고스트는 기획과 설계, 영업, 그리고 재료 구매관리만 담당하고 시제품 제작과 양산은 전부 외부의 계약 공장에 위탁해."

"기술력을 영업 전략으로 삼아, 고정비를 최소화해 효율을 높이겠다는 건가요?"

감탄한 듯 쓰노가 물었다.

"흥미가 있으면 소개할게. 이타미 사장을 한번 만나보는 게 어떻겠나?"

이루마가 마음씨 좋게 제안했다. "가령 야마타니의 트랜스미션을 기어 고스트에 맡기더라도, 그쪽에서 쓰쿠다제작소 밸브를 채택하면 결국 매한가지지. 안 그런가?"

그렇게 될지는 별개의 문제지만.

"잘 부탁드립니다."

쓰쿠다 일행 세 명은 나란히 고개를 숙였다.

4

일행은 그날 오후 4시가 되기 전에 야마타니 하마마쓰 공장에서 쓰쿠다제작소 본사로 돌아왔다.

다음 약속이 있다기에 쓰노와는 시나가와역에서 헤어졌다. 회사로 돌아와 한숨 돌린 후 쓰쿠다는 "잠깐 가보지 않겠나?" 하고 야마사키에게 말을 꺼냈다.

"기어 고스트에요?"

야마사키도 신경이 쓰였던 게 틀림없다.

"이렇게 가까운 곳에 트랜스미션 제조사가 있다니 의외잖아. 어떤 회사인지 사전에 한번 살펴보자고."

"저도 궁금하던 차였습니다."

둘이서 바로 회사 차를 타고 나갔다. 회사 팸플릿에 적힌 주소까지 20분도 안 되는 거리였다.

익숙한 주택가를 누비듯이 달리다, 저녁녘이라 다소 붐비기 시작한 국도를 타고 남쪽으로 나아갔다. 이윽고 주택과 상점, 소규모 공장이 뒤섞인 준공업지역으로 들어섰다.

다마가와강을 따라 펼쳐진 평평한 지대다. 조금 더 나아가면 일찍이 고도성장기의 대동맥이었던 산업도로가 나오고, 바다 쪽에는 게이힌 공업지대의 항만과 드넓은 공장, 창고들이 자리 잡고 있다.

도로 양쪽에는 옛날과 다름없는 소박한 동네의 풍경이 이어지고 있었다. 구멍가게, 자전거가게, 작은 간판을 내건 다방이 있다. 연필처럼 가늘고 길쭉한 단독주택과 연립주택이 늘어선 구획을 빠져나가자 작은 공장이 처마를 잇대고 늘어선 길이 나왔다.

녹슨 간판을 내걸고 입구를 열어젖힌 어스름한 동네 공장은 쓰쿠다가 어릴 적부터 익숙하게 봐온 서민 동네의 모습을 그대로 간직하고 있었다.

"이런 곳에 벤처기업이라니 좀 의외네요."

왕복 2차선 도로를 제한속도 이하로 달리는 자동차 조수석에서 야마사키가 좌우로 두리번거렸다.

"이 부근일 텐데."

차가 허름한 공장 앞을 지나치려 했을 때였다.

쓰쿠다는 브레이크를 밟고 비상등을 켰다. 그리고 도로 오른쪽에 있는 그 건물을 믿기지 않는다는 표정으로 바라보았다.

"여기인가요?"

야마사키가 쭈뼛쭈뼛하는 목소리로 물었다.

그도 그럴 만했다. 지금 쓰쿠다와 야마사키가 보고 있는 것은 지은 지 50년은 됐을 법한 낡은 목조 건물이었기 때문이다. 도로에 면한 넉 장짜리 유리문 위에 '주식회사 기어 고스트'라는 간판이 큼지막하게 걸려 있었다.

"설마 직접 쓴 건 아니겠지만 간판 모양새가 영 별로인데요, 사장님."

야마사키가 그렇게 말하는 것도 무리는 아니었다. 회사 이름위에 들어간 '트랜스미션 전문'이라는 글씨를 보자, 쇼와 시대•로 시간여행을 온 듯한 느낌마저 들었다.

"이거야 원! 쇼와 시대의 화석이로군."

쓰쿠다도 놀라움을 감추지 못하고 고풍스럽다기보다 시대착오라고 해야 할 법한 사옥을 멍하니 바라보았다. 활짝 열린 유리문 안쪽이 마루 없이 흙바닥을 그대로 둔 봉당(封堂)이라는 걸 밖에

• 일본에서 쇼와[昭和] 연호가 사용된 1926년부터 1989년까지의 시대.

서도 알 수 있었다.

"옛날에는 공작기계 같은 걸 놔두지 않았을까? 공장을 통째로 사들였나."

지금은 공작기계 대신 쇼케이스 같은 것이 놓여 있었고, 어스름한 가운데 그곳에만 작은 스포트라이트가 비춰지고 있었다. 트랜스미션일까.

그 안쪽의 사무실 같은 공간에서 직원 몇 명이 일하는 모습이 보였다.

"창업한 지 5년 된 벤처기업이랬죠?"

"이래서는 창업 50주년을 맞았다고 해도 곧이듣겠어."

차 몇 대가 두 사람이 타고 온 차 옆을 지나갔다. 쓰쿠다는 비상등을 깜박이로 바꾸고 차를 출발시켰다.

"이야, 깜짝 놀랐어요. 어쩐지 굉장한 걸 본 기분이네요."

야마사키의 감상을 듣고 쓰쿠다는 저도 모르게 웃었다.

"그러게."

쓰쿠다는 무심코 빙긋 웃음을 지었다. 회사의 역사는 짧은데 우스꽝스러울 만큼 긴 세월의 느낌을 자아내는 독특한 벤처기업이다. 그럼에도 사옥에 감도는 분위기와 묘하게 잘 어울린다.

밀리기 시작한 간선도로로 다시 돌아가면서 쓰쿠다는 말했다.

"이봐, 야마. 아직 어떻게 될지는 모르지만, 나는 저 회사 제법 마음에 들었어."

야마타니의 하마마쓰 공장을 방문한 다음 날, 이루마에게 연락이 왔다. 기어 고스트의 이타미 사장에게 이야기하자 꼭 소개해 달라고 쾌히 승낙했다고 한다. 즉시 다음 주 월요일에 방문하기로 약속을 잡았다.

"기어 고스트의 평판은 나쁘지 않습니다."

그 직후에 열린 영업회의에서 에바라가 수집해온 정보를 보고했다.

"5년 전에 창업했고, 이제는 연매출 1백억 엔이 넘는답니다. 사장님 말씀을 듣고 저도 보고 왔는데, 사옥만 봐서는 상상도 못 할 실적을 올리고 있네요."

"1백억……."

쓰쿠다는 저도 모르게 야마사키와 얼굴을 마주보았다. "그 정도일 줄이야. 대단하군."

에바라의 설명이 이어졌다.

"연매출 1백억 엔이라지만 기어 고스트는 제조 거점이 없습니다. 즉, 매출의 90퍼센트 가까이가 외주나 하청업체에 지불되니까 실질적으로 매출이라 부를 수 있는 금액은 10억 엔 정도 아닐까 싶습니다."

그래도 창업한 지 고작 5년 만에 그만한 회사로 성장시키다니 쓰쿠다는 대단하다고 생각했다. 에바라가 다시 입을 열었다.

"사장인 이타미 다이 씨, 그리고 부사장이자 기술 담당인 시마즈 히로시 씨는 둘 다 데이코쿠중공업 출신이라고 합니다. 이타미 씨는 데이코쿠중공업 입사 후, 기계사업부에서 사업기획을 담당하다 연구직이던 동료 시마즈 씨와 함께 데이코쿠중공업을 퇴사해 기어 고스트를 차렸다는군요."

"데이코쿠중공업에서 일하다 벤처에 뛰어들다니 둘 다 아주 기백 있는 사람들이군요."

도노무라도 감탄한 듯한 말투였다.

"회사는 작지만 기어 고스트의 기술력은 업계에서도 최고 수준이라는 평판입니다. 그걸 지탱하고 있는 사람이 시마즈 씨인데요, 데이코쿠중공업 시절에는 천재 엔지니어라고 불렸다나 뭐라나⋯⋯."

"천재 엔지니어?"

그 말이 야마사키의 경쟁 심리를 자극했는지 그는 "세상에 천재 같은 건 없어" 하고 중얼거렸다.

"천재인지 아닌지는 제쳐놓고요."

에바라가 쓴웃음을 섞으며 말을 이었다. "기어 고스트는 시마즈 씨가 기획 및 설계한 최첨단 트랜스미션을 이타미 사장의 비즈니스 모델을 통해 시장에 공급하는 회사입니다. 처음에는 고전했던 모양입니다만, 3년 전 마침내 제품이 아이치모터스의 소형차에 채택되면서 궤도에 올랐습니다. 앞으로 갈 길이 멀지만, 기술력이 있고 비즈니스 모델도 뛰어납니다. 저희와 손잡기에는 최적의 상대가 아닐까 싶습니다."

에바라는 쓰쿠다에게 시선을 돌리고 결론을 내리는 듯한 한마디로 이야기를 마무리 지었다.

"이번 안건은 꼭 성사시켜주십시오, 사장님."

에바라의 응원을 가슴에 품고 쓰쿠다와 야마사키, 그리고 담당 영업부 부장 가라키다 세 사람이 기어 고스트를 방문한 것은 가랑비가 추적추적 내리는 날의 오후였다.

가라키다가 운전하는 밴으로 도착한 기어 고스트의 사옥은 옅은 먹물을 칠한 듯한 하늘 아래 아침부터 내리는 비에 간판이 젖은 채, 어쩐지 살풍경한 거리의 풍경에 녹아들어 있었다.

"실례합니다."

미닫이문을 열자 콘크리트 바닥에 스며든 기름 냄새가 희미하게 풍겼다. 그리운 냄새였다.

지난번 밖에서 들여다보았을 때는 몰랐는데, 내부는 칙칙하니 지저분한 변두리 공장과는 차별화된 구조였다. 깔끔하게 단장해 과거 무슨 공장이었는지는 모르겠지만 당시의 고풍적인 구조를 잘 살리면서도 최신식 사무실로서 숨 쉬고 있었다.

쓰쿠다가 이름을 대자 30대 중반의 남자가 나타나 응접실로 안내했다.

손님을 맞으면서도 웃음기 하나 없는 투블럭 헤어스타일의 무뚝뚝한 남자였다. 평소 관리하는 듯한 탄탄한 몸에 눈빛이 날카로웠다. 기어 고스트라는 회사명이 들어간 겉옷과 슬랙스 차림으로, 팔 부분에 달린 주머니에는 볼펜을 두 자루 꽂았다.

"사장 이타미입니다."

명함을 교환한 후 쓰쿠다 일행에게 소파를 권하고, 자기는 팔걸이의자에 털썩 앉았다.

쇼와 시대에서 빠져나온 듯한 방이었다. 검은색 가죽소파에, 등받이에 흰색 레이스 커버를 씌운 팔걸이의자가 두 개. 어떤 의미에서는 역사와 전통이 있는 응접실이었다.

"이 사옥은 직접 마련하신 겁니까?"

무례한 줄 알면서도 쓰쿠다가 물어보자 "본가입니다"라는 의외의 대답이 돌아왔다.

"본가라고요?"

예상치도 못한 대답이었다. "즉, 공장을 경영하셨다는 말씀이신가요?"

"아버지가 옛날에 기계가공을 하셨습니다."

이타미가 대답했다. "이타미공업소라는 이름이었는데, 10년 전에 돌아가셔서요."

"아버님의 회사를 이어받지 않으신 겁니까?"

"이어받지 못한 겁니다."

쓰쿠다의 질문에 그런 대답이 돌아왔다. "대기업의 재하청인데다 별다른 기술이고 설비고 없었거든요. 직원도 다들 고령자에다, 경쟁력이라고 해봤자 싼 임금뿐이었고요."

이타미는 진지한 표정이었다. 쓰쿠다도 그 말에 납득한 것은 그게 수많은 영세기업의 실태였기 때문이다.

"어머니도 나이가 많이 드셨고, 제가 돌아온들 결국은 다 같이 망할 게 불 보듯 뻔했습니다. 결과적으로 이타미공업소는 아버지 대에서 간판을 내렸죠. 30년 경영해서 마지막에 남은 종업원은 세 명이었고요. 사옥을 빼앗기지 않고 회사를 접은 것만 해도 다행입니다."

실은 접으려도 접을 수 없는 회사가 수두룩하게 많다. 회사와 자택을 팔아도 다 못 갚을 만큼 빚을 끌어안고 있기 때문이다.

"만년에는 경영이 점점 악화됐지만, 그래도 아버지는 직원을 끝까지 지켰습니다. 고생스러운 가운데서도 빚을 갚고 퇴직금을 지불할 수 있을 정도의 저금은 남겨두셨죠. 당신은 사치를 부리기는커녕 여행 한 번 제대로 가보신 적이 없습니다. 그런 아버지는 제 자랑입니다."

쓰쿠다를 똑바로 바라보며 흔들림 없이 말하는 이타미는 제대로 된 남자가 틀림없다. 쓰쿠다는 이타미가 마음에 들었다.

"5년 만에 회사를 이 정도까지 키우시다니 대단하십니다."

쓰쿠다는 빈말도 아첨도 아니고, 마음을 있는 그대로 표현했다.

"아니요, 아직 궤도에 올랐다고는 할 수 없습니다."

겸손일까.

"3년 전에 제품이 아이치모터스에 채택된 덕분에 겨우 창업 적자를 해소하고 드디어 출발선에 선 참이죠."

응접실 유리창 너머로 보이는 사무실에는 지금도 열 명 정도의 직원이 있었다. 기술직인지 털털한 차림새가 많았다.

"공장 없이 경영하신다고 들었는데, 트랜스미션 개발은 어떻게 하고 계시는지요?"

"시마즈라는 사람이 리더로서 이끌고 있는데요, 개발비가 장난 아니게 많이 들어갑니다. 아, 호랑이도 제 말하면 온다더니."

돌아보니 한 여자가 건물 입구에서 우산에 묻은 빗방울을 털어내고 있는 중이었다.

30대 중반의 통통한 여자였다. 머리는 뒤통수에 경단처럼 틀어올렸고, 유자빛 민소매 셔츠에 모시 소재의 반바지 차림이었다.

놀랐는지 야마사키의 눈이 휘둥그레졌다. 가라키다도 입을 반쯤 벌린 채 눈을 깜박이는 것조차 잊은 듯했다. 놀란 건 쓰쿠다도 마찬가지였다.

"아아, 안녕하세요. 어서 오세요."

쓰쿠다 일행의 놀란 반응을 아는지 모르는지 여자는 응접실을 들여다보더니 마치 옛날부터 알고 지낸 사이인 것처럼 쓰쿠다 일행을 반겼다. 그리고 이타미에게 대뜸 물었다.

"나도 있는 편이 나을까?"

"이쪽은 쓰쿠다제작소에서 오신 분들이야. 그 왜, 밸브를 제작하는."

이타미가 말했다.

"아아, 그렇구나. 잠깐만 기다리세요."

여자는 들고 있던 작은 토트백을 아무렇게나 놓아둔 채 응접실에서 나갔다. 입구가 벌어진 토트백에 똘똘 뭉친 니트와 스마트폰이 들어 있는 게 보였다. 토트백에 그려진 귀여운 곰이 쓰쿠다를 올려다보았다.

"저는 시마즈 유라고 합니다. 잘 부탁드립니다."

이윽고 명함을 들고 돌아온 시마즈가 양손을 무릎에 얹고 머리를 꾸벅 숙였다.

명함을 교환한 쓰쿠다는 이름을 새삼 들여다보았다.

시마즈 유[島津 裕]

'히로시'가 아니라 '유'라고 읽는다. 분명 지난번 회의에서는 에바라가 히로시라고 읽었다.

멋대로 남자라고 생각한 것이다. 하지만―.

천재 엔지니어는 여자였다.

6

"야마타니의 이루마 공장장님께 들었는데, 쓰쿠다제작소에서 는 데이코쿠중공업의 로켓엔진에 사용하는 밸브를 제작하신다 면서요? 그런 건 어떻게 만들 줄 아시는 거예요?"

자리에 앉은 시마즈는 흥미진진하다는 표정으로 서슴없이 소 박한 질문을 던졌다.

"예전에 우주과학개발기구에서 수소엔진을 개발하는 일을 했 거든요."

쓰쿠다는 지금에 이르기까지의 경위를 간단하게 설명하고 두 사람에게 물었다. "두 분 다 데이코쿠중공업 출신이라고 들었는 데, 우주항공본부와도 관계가 있으신지."

"아쉽게도 없습니다."

이타미가 대답했다. "저희는 둘 다 기름 냄새가 풀풀 풍기는 기계 분야 출신이라서요. 그것도 회사에 순응하지 못하고 뛰쳐나온 문제아들이라. 그렇지?"

이타미가 옆에 있는 시마즈에게 동의를 구했다.

"뭐, 그렇죠. 하지만 솔직히 데이코쿠중공업에 있을 때보다 지금이 훨씬 재미있어요."

시마즈는 그렇게 말하고 환하게 웃었다. "돈도 없고 일에 치일 때도 많지만, 조직에서 부조리한 대접을 받는 것보다는 훨씬 낫죠. 고생스럽기는 해도 제가 만들고 싶은 걸 만들 수 있어서 정말로 행복해요."

그 말에는 실감이 깃들어 있었다. 한편으로 이타미는 어째서인지 눈살을 찌푸리며 감정을 지우는 듯했다. 시마즈와 달리 이타미에게 데이코쿠중공업은 그다지 돌아보고 싶지 않은 과거인지도 몰랐다.

"어쨌거나 승부는 이제부터입니다."

이타미가 이야기를 되돌렸다. "야마타니를 대상으로 개발한 트랜스미션이 채택되느냐 마느냐. 그 결과에 따라 저희의 장래는 상당히 달라질 겁니다. 잘되면 농기계 분야에 본격적으로 진출하기 위한 발판이 되겠죠. 농기계는 자동차와 비교하면 시장이 훨씬 작습니다만, 그런 만큼 대기업과의 경쟁도 적습니다. 저희 정도 규모의 회사가 안정적으로 성장하기 위해 꼭 진출하고 싶은 시장입니다."

"압니다. 저희도 같은 이유에서 소형 엔진을 제작하고 있으니까요."

쓰쿠다가 말했다.

"쓰쿠다 씨, 한 가지 여쭤볼게요. 왜 트랜스미션의 밸브를 만들려고 생각하신 거죠?"

시미즈가 한가운데 직구 같은 질문을 던졌다.

"앞으로의 위기에서 탈출하기 위해서입니다."

"위기라고요?"

시미즈의 얼굴에 의문스럽다는 표정이 맺혔다.

"네, 그렇습니다."

쓰쿠다는 숨김없이 솔직하게 털어놓았다. "지금처럼 소형 엔진만 만들어서는 미래가 없어요. 그래서 주목한 것이 바로 트랜스미션이었습니다. 지금 이런 말씀을 드리는 건 좀 그렇습니다만, 제 목표는 회사를 트랜스미션 제조사로 키우는 겁니다. 현재 시점에서 저희가 할 수 있는 건 밸브 제조 정도예요. 그래서 야마타니의 이루마 씨께 부탁해 귀사를 소개받은 겁니다."

"즉, 쓰쿠다제작소는 장차 저희 라이벌이 될지도 모른다는 말씀이십니까?"

이타미가 몸을 앞으로 구부려 쓰쿠다의 얼굴을 들여다보았다. 발끈한 것처럼 퉁명스러운 얼굴이었다. 야마사키와 가라키다가 긴장해서 숨죽이는 것을 알 수 있었다.

"언제가 될지는 모르겠습니다만."

거래를 거절당할까. 마음을 단단히 먹었지만 이타미의 입에서 나온 건 "그때는 살살 부탁드리겠습니다"라는 한마디였다.

"앞으로야 어쨌거나 지금은 밸브 제조사로서 거래를 검토하면 되겠죠?"

"물론입니다."

"그럼 좋은 밸브를 만들어주십시오. 기대하겠습니다. 그렇지, 시마즈?"

쓰쿠다의 대답을 듣고 이타미는 시마즈에게 말했다.

"물론이죠. 역시 밸브가 뛰어나야 좋은 트랜스미션을 만들 수 있으니까요."

쾌활하게 대답하는 시마즈는 '천재'라는 말이 주는 이미지와는 동떨어져 보였다.

"그런데 지금까지는 트랜스미션에 어느 회사의 밸브를 사용하셨습니까?"

가라키다가 묻자 아니나 다를까 시마즈는 "오모리밸브요" 하고 강적의 이름을 꺼냈다. 요전번에 야마타니가 제조 중인 트랜스미션에도 오모리밸브 제품을 사용 중이라고 들었다.

"오모리밸브와 경쟁하게 될 거라는 말씀이신가요?"

가라키다가 머뭇머뭇 물었다.

"그럼요."

이타미가 당연하다는 듯 대답했다. "저희 트랜스미션은 기본적으로 설계 이외에는 전부 외주입니다. 그리고 모든 부품에서 경쟁 입찰을 하죠. 국제적으로 경쟁이 붙는 일도 드물지 않습니다."

그것이 기어 고스트의 비즈니스 모델이다. "밸브는 돈과 수고와 시간을 들이면 훌륭한 걸 만들어낼 수 있죠. 하지만 그래서는 저희의 요구 수준을 달성할 수 없습니다. 비용도, 발주부터 납기까지의 리드타임도 분명 생각하시는 것보다 빡빡할 겁니다. 기술 수준을 유지하며 요구 조건을 달성하기는 그리 쉽지 않을 거예요. 도전해보시겠습니까?"

"물론입니다."

쓰쿠다에게 이의는 없었다. 어렵든 빡빡하든 시도하지 않으면 미래의 문은 열리지 않는다. 도전만 있을 뿐이다.

7

"오랜만에 자네랑 밥을 먹는군."

아사쿠사바시역 근처 가게의 작은 방은 크기가 다다미 석 장밖에 되지 않는다.[•] 일찍이 다실로 사용된 흔적인지, 방에는 특유의 낮은 문이 달려 있었다.

"이 가게에도 몇 년 만에 오는 것 같은데요."

그렇게 말하며 자이젠은 맥주병을 들어 테이블 너머 상석에 앉은 마토바 슌이치의 반쯤 빈 잔에 술을 따랐다. 술잔을 비운 후, 이번에는 마토바가 자이젠의 잔에 술을 따라주었다.

금요일 밤이라 가게에는 손님이 많았다. 방에 있어도 카운터에 앉은 손님들의 시끌벅적한 목소리가 들려왔다.

• 다다미 한 장은 약 180×90센티미터로 석 장의 넓이는 4.95제곱미터, 1.5평 정도다.

"실은 알아봤어. 10년도 넘었더군. 자네가 지금 부서로 이동하기 전에 온 게 마지막이었어."

이곳은 마토바의 단골 가게다. 노부부가 운영하는 곳으로, 돈가스 가게 간판을 내걸고 있지만 다른 안주도 수준급이다. 마토바가 이 가게를 애용하는 건 여기가 데이코쿠중공업이 위치한 오테마치에서 떨어져 있어 아는 사람과 마주칠 우려가 없기 때문이다. 더욱이 차로는 회사에서 20분밖에 걸리지 않아 편리하다.

그리고 마토바가 이 가게에 누군가를 데려올 때는 반드시 내밀한 이야기가 있을 때다. 적어도 지금까지 자이젠과는 그랬다.

"지금 하는 일은 어때?"

술이 맥주에서 청주로 바뀌고 회가 담긴 접시가 안주로 나왔을 무렵이었다. 마토바의 질문에 자이젠은 은근히 마음의 대비를 했다.

"덕분에 즐겁게 일하고 있습니다."

무탈한 대답이었지만 대꾸는 없었다. 마토바는 자이젠을 힐끗 바라보고 눈을 돌리는가 싶더니, 입으로 가져간 술잔을 테이블에 탁 내려놓고 단도직입적으로 물었다.

"솔직히 말해봐. 세계 강국과 경쟁해 이길 수 있다 생각하나?"

이것도 가까운 사이기에 할 수 있는 이야기다.

차기 사장의 유력한 후보로 여겨지는 마토바 슌이치가 스타더스트 프로젝트에 회의적이라는 소문은 온갖 곳에서 자이젠의 귀로 들어왔다. 분명 도마 사장의 귀에도 들어갔을 것이다. 그래도 마토바가 차기 사장 레이스의 선두를 달릴 수 있는 건, 타의 추종을 불허하는 실적과 도마로서도 어떻게 할 수 없는 뒷배 때문이었다.

"승부에 결판이 나려면 아직 멀었습니다."

자이젠은 대답했다. "현재 상태로는 채산이 맞지 않을지도 모릅니다. 하지만 장래를 고려한다면 이 사업에는 다양한 가능성이 존재합니다. 10년, 20년, 또는 반세기 앞을 내다봤을 때 필수적인 투자라 해도 되겠죠."

거짓 없이 솔직한 견해였지만, 마토바의 마음에는 어떻게 가닿을까.

"참 장대한 이야기로군."

쌀쌀맞은 말투였다. "자네의 발상은 도마 사장의 발상과 하등 다를 게 없어."

도마의 이름을 올리는 마토바의 표정이 살짝 일그러졌다.

"꿈이니, 미래니, 대의명분이니, 말은 번지르르하지만 발밑의 실적은 참담하지. 정말로 그런 것에 거액을 계속 투자하는 의미가 있겠나. 난 솔직히 반세기는커녕 10년 앞조차 내다볼 필요가 없다고 생각해. 우리가 바라봐야 하는 건 길어도 5년 앞까지의 채산이야."

"마토바 이사님."

자이젠은 조용히 마토바와 대치했다. "지금 이 사업에서 손을 떼면, 우리는 우주라는 광대한 공간에서 사업다운 사업을 하나도 주도하지 못하게 될 겁니다. 그래서야 되겠습니까! 제조로 먹고 사는 나라가 무한한 가능성을 감추고 있는 사업 분야에서 주도권을 잡지 못한다면, 그걸 지탱하는 수많은 기술, 노하우를 버리는 건 물론이고 수많은 하청 제조사의 일감과 장래까지 빼앗는 셈이 되겠죠. 그건 데이코쿠중공업답지 못합니다. 데이코쿠중공업은 사회, 그리고 국가와 함께해야 합니다."

"자네는 변함없군."

마토바는 차갑게 웃으며 술을 마셨다. "우주사업에서 물러나겠다는 건 아니야. 로켓을 그만두겠다는 거지. 그런 건 다른 회사에서 하라고 하면 돼."

"저희니까 도전할 수 있는 사업도 있습니다."

자이젠은 더욱 힘주어 말했다.

"스타더스트 프로젝트, 이름은 거창하지만 결국 백억 엔짜리 불꽃놀이잖아."

통렬한 야유였다. "그걸 작년에 몇 기나 쏘아 올렸나? 다섯 기? 여섯 기?"

마토바가 더 아픈 곳을 찔렀다. 발사 실적을 토대로 비교하면 경쟁 상대인 다른 선진국들에 비해 데이코쿠중공업의 실적은 하위에 머무르기 때문이다.

"자네는 인정하고 싶지 않겠지만, 대형 로켓 사업에서 우리는 이미 진 것 아닌가?"

거침없는 평가였다. "로켓을 발사하려면 그만한 수요가 필요해. 그런데 기상위성이든, 준천정위성•이든 수요에는 한계가 있지. 연간 몇십 기나 쏘아 올릴 만한 수요가 적어도 일본에는 없어.

• 일본에서 독자적으로 개발한 위성이자, 일본판 GPS.

즉, 이 사업은 국제적으로 보아도 작은 파이의 쟁탈전이야. 그리고 이 경쟁에서 강자는 더욱 강해지고 약자는 더욱 약해지지. 현재 일본의 우주사업이 처한 상황은 유감스럽지만 후자야."

"아니요. 아직 가능성은 충분합니다."

여기서 마토바의 주장을 인정하면 모든 것이 끝난다. 자이젠은 끈질기게 호소했다. "일단 발사 성공률에서 경쟁 국가를 웃도는 실적을 올리고 있습니다. 대형 로켓 발사 비용도 철저히 재고한 결과, 10년 전의 2백억 엔에서 이제는 그 절반인 1백억 엔으로 축소시켰고요. 발사 비용 축소는 우주사업 참가의 촉진제로 작용할 겁니다. 지금은 아직 뚜렷하게 드러나지 않지만, 앞으로 비용이 더 절감되면 다양한 상업적 수요도 탄생할 테고요. 지금 손을 떼면 물 밑에 잠들어 있는 거대한 시장을 버리는 셈입니다."

"미꾸라지처럼 빠져나가기 바쁘군."

마토바는 납득하는 기색이 아니었다. 자이젠을 매섭게 노려보더니 "그 시장은 대체 어디쯤에 가라앉아 있는 건가?" 하고 물었다.

대답할 길이 없는 질문이었다.

"그건 아직 모르겠습니다. 다만 그게 있다는 것만은 압니다."

자이젠의 대답에 마토바는 잠시 생각에 잠겼다.

"만약 우주사업이 활발해진다면, 로켓 발사 자체보다 오히려 거기서 파생되는 사업 쪽이겠지."

"그럴 가능성도 있습니다. 다만 그때 쏘아 올리는 것이 무슨 용도든, 로켓은 저희 물건이기를 바랍니다."

"자네, 지금 일을 몇 년이나 했나?"

마토바는 다시 술잔을 들며 질문의 방향을 바꾸었다.

"11년입니다만."

대체 무슨 말을 꺼내려는 걸까. 자이젠은 약간 당혹스러운 마음으로 대답했다.

"도마 사장이 구상한 스타더스트 프로젝트에서 자네는 충분히 활약했다고 생각해. 하지만 이만하면 됐잖나."

자이젠은 경직되는 뺨을 어떻게 할 수가 없었다. 마토바 입에서 그런 말이 나올 줄은 꿈에도 몰랐다.

"임원들 모두 자네의 실적을 인정해. 스타더스트 프로젝트라는, 뭐랄까 어떤 의미에서 황당무계한 프로젝트를 용케 여기까지 추진했다고 말이야. 하지만 슬슬 다음 경력으로 옮겨갈 때가 아닐까?"

마토바치고는 부드러운 말투였지만 이렇게까지 말하는 이상, 이미 사전 공작을 끝냈음이 틀림없었다.

"실은 요전에 미즈하라와 이야기했어."

우주항공본부 본부장 미즈하라 시게하루는 자이젠의 직속상사다. 데이코쿠중공업이라는 거대한 조직에서 본부장이라는 요직까지 올라가려면 그저 능력만 뛰어나서는 안 되고, 사내 정치에 통달한 책사여야 한다. 그런 의미에서 미즈하라는 마토바에 버금가는, 어쩌면 그 이상의 책략가다.

"원래 이런 이야기는 미즈하라가 자네에게 알려야겠지만, 자이젠."

마토바는 양손을 무릎에 얹고 새삼스레 격식을 차린 태도로 말했다. "마침 시기도 적당하니, 그렇다고 해도 당장은 아니겠지만, 지금 자리에서 물러나게. 미즈하라의 생각으로는 이번 7호기를 마지막으로 하는 게 어떻겠느냐고 하던데. 나도 그 의견에 찬성이야."

너무나 뜬금없는 인사이동 내시였다. 게다가 직속상사인 미즈하라가 아니라 차기 사장 후보인 마토바에게 들었다. 마토바는 이미 우주사업에 관한 생각과 방향성을 굳힌 게 틀림없었다. 마토바가 이번 술자리를 마련한 건, 자이젠의 의견을 듣기 위해서가 아니라 자신의 결정을 통보하기 위해서였던 것이다.

자이젠은 가슴속에서 단숨에 밀려올라온 감정을 주체할 수 없었다. 놀라움, 낙담, 실망, 그리고 분노. 마토바가 우주사업을 전혀 이해하려 들지 않는 것은, 자이젠이 지금까지 해온 일을 부정하는 것에 가깝다.

만약 마토바가 로켓 발사 사업에서 철수하기로 결정하면 자이젠이 퍼부어온 노력도, 그리하여 거둔 성과도 전부 물거품으로 돌아간다. 아니, 자이젠 개인만의 문제가 아니다. 그동안 쌓아온 기술적 노하우와 연구 성과는 물론, 사업에 관여한 모든 사람과 회사의 노력마저도 짓밟히는 셈이다.

"저는 조직의 일원에 지나지 않습니다."

자이젠은 말했다. "지시가 떨어지면 따를 수밖에요. 하지만 한 번만 더 로켓 발사 사업에 대해 냉정하게 평가해주시면 안 되겠습니까?"

"내가 냉정하지 않다는 건가?"

마토바의 눈에서 빛이 사라지고 어두운 분노의 불꽃이 흔들렸다.

그래도 자이젠은 동요하지 않고 마토바의 눈을 가만히 응시했다.

당신은 그저 도마 사장의 공적을 부정하고 싶은 것 아닙니까?

하지만 그 생각은 결국 입 밖에 꺼내지 않았다.

"……아니요."

자이젠의 대답에 마토바가 시선을 돌렸다.

대화가 끊기고, 카운터의 시끌벅적한 소리가 다시 두 사람이 있는 방으로 돌아왔다.

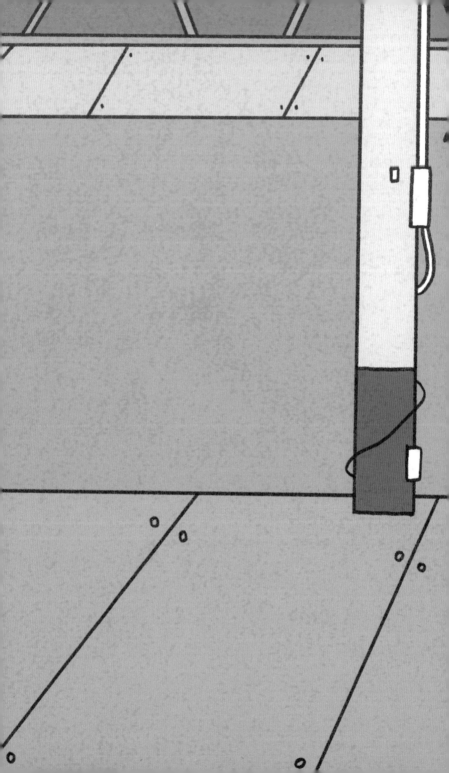

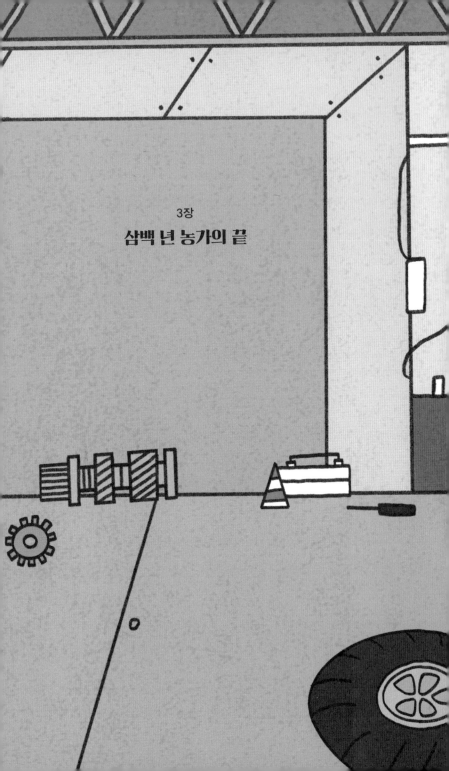

3장

삼백 년 농가의 끝

1

"이타미 사장님, 이번 트랜스미션의 밸브, 잘 부탁드립니다."

그날 밤 기어 고스트의 이타미는 한 가게의 안쪽 테이블석에서 두 남자와 마주 앉아 있었다.

신주쿠 아라키초에 있는 사천요리 전문점이다. 흰 테이블보와 생맥주잔이 어두운 톤의 조명과 잘 어울렸다.

맵싸한 전채요리를 먹고 다음 요리를 기다리는 동안 상대 남자가 사오싱주를 주문하고 조그마한 음료 메뉴판을 원래대로 벽에 되돌려놓았다.

"저야말로 좋은 밸브를 주실 거라 기대하고 있습니다."

이타미의 대답에 상대방, 얼굴이 홀쭉해 오이를 연상시키는 마키타는 진의를 꿰뚫어보려는 듯 이타미를 쳐다보며 말했다.

"그러시면 안 됩니다, 사장님. 약속을 해주셔야죠."

종업원이 사오싱주와 술잔을 가져오자 마키타는 술을 따라 한 잔은 이타미 앞에, 한 잔은 자기 옆에 앉은 더 연장자의 앞에 놓았다. 마지막으로 자기 술잔에는 조금만 따르고 "다쓰노 부장님, 한 말씀 부탁드립니다" 하며 옆자리 남자를 향해 연극조로 가볍게 고개를 숙였다.

"이타미 사장님."

굵직한 목소리로 말을 꺼낸 다쓰노의 직함은 오모리밸브의 영업부장이다. 다쓰노는 골프를 치느라 볕에 탄 얼굴로 이타미를 바라보며 "설마 밸브를 경쟁입찰에 부치시려는 건 아니겠죠?" 하고 의심스럽다는 듯이 견제했다.

"저희 회사의 기본 방침은 일단 경쟁입찰이니까 그 점은 양해 부탁드립니다."

다쓰노는 한 발짝도 물러서지 않는 이타미의 답변에 발끈한 표정을 지었다.

"T2용 밸브의 실적은 고려하시지 않는 겁니까? 기어 고스트와 저희 오모리밸브는 이미 신뢰로 묶인 파트너 관계라고 인식하고 있습니다만."

"물론입니다. 평소 훌륭한 밸브를 공급해주셔서 깊이 감사하는 마음뿐입니다. 하지만 이번은 완전히 다른 안건이니까 아무쪼록 양해 부탁드립니다."

이타미가 고개를 숙이자 불편한 침묵이 테이블에 내려앉았다.

"기어 고스트의 방침은 압니다. 하지만 T2가 아이치모터스에 채택된 것도 우리 밸브 덕분이잖습니까. 애당초 우리 것보다 성능 좋은 밸브가 있습디까? 타사 밸브는 죄다 품질과 비용에서 뒤져서 아무짝에도 쓸모없는 것들뿐이었을 텐데요."

"아무짝에도 쓸모가 없는지는 모르겠습니다만, 오모리밸브의 제품이 제일 뛰어났던 건 확실합니다."

당연하다는 듯이 다쓰노는 코웃음 쳤다.

"밸브에서는 말이죠, 우리 기술력은 세계 최고라고 해도 과언이 아닙니다. 물론 이번에도 최선을 다할 겁니다. 상대가 누구든 간에 일단 사업을 함께하기로 마음먹었으면 절대 일을 허투루 하지 않아요. 기어 고스트와의 거래도 마찬가지입니다. 그러니 그냥 이 자리에서 채택을 결정해도 무방하실 텐데요."

"그렇게 말씀해주시니 감사합니다만, 이미 경쟁입찰 참가자로 나선 업체가 있어서요."

"참가자?"

다쓰노는 이맛살을 찌푸렸다. "어디인데요?"

"오타구에 있는 쓰쿠다제작소라는 회사가 참가를 표명했습니다. 트랜스미션용 밸브는 처음 만들어본다는데, 일단 시제품을 보고 평가하려고요."

"쓰쿠다제작소?"

다쓰노는 옆자리의 마키타에게 눈길을 주었다. "자네는 아나?"

"아니요."

마키타가 고개를 젓자 다쓰노는 짜증이 깃든 눈으로 이타미를 쳐다보았다.

"손만 들면 어디든 입찰에 참가시키는 건 좀 아니지 않습니까?"

"물론 그 점은 유념하고 있습니다. 다만 야마타니에서 소개도 받았고 해서 무시할 수는 없거든요."

거래처의 소개라 거절할 수 없다는 이타미의 말은 사업을 하는 사람이라면 납득할 수밖에 없는 변명이었다.

"밸브 업계에서 기술력 있는 회사라면 우리가 모를 리 없는데."

하지만 다쓰노는 막무가내로 구는 남자다. "그딴 회사를 평가해 봤자 시간과 비용 낭비일 겁니다. 그만두시는 게 나을 테데요."

"자자, 뭐 문제 있겠습니까."

이타미는 오른손을 들어 다쓰노를 부드럽게 제지했다. "오모 리밸브의 품질은 잘 압니다. 평가는 꿍꿍이속 없이 백 퍼센트 공 정하게 진행할 거고요. 그것만으로도 충분하지 않겠습니까?"

다쓰노는 상대의 의도를 간파하려는 듯 이타미를 잠깐 똑바로 바라보았다. 이윽고 힘을 빼고 눈을 돌리더니 어깨를 들썩이며 작 게 웃었다.

"맞습니다. 그것만으로 충분하죠. 우리 밸브를 제대로 평가한 다면 그런 이름도 없는 회사에 절대 질 리 없으니까요."

"기대하겠습니다."

이타미는 사오싱주가 든 유리병을 들어 다쓰노의 잔을 채웠다.

2

내선으로 야마사키의 연락을 받고 3층 기술개발부로 가자 트 랜스미션 하나가 해체되어 있었다. 정연하게 늘어놓은 부품들을 개발부 직원들이 노트를 든 채 각자 만져보고 있었다.

"케이머시너리의 트랜스미션인가."

케이머시너리는 대규모 트랜스미션 제조사다. 들여다보고 쓰쿠다가 묻자 "아주 흥미로운데요" 하고 곁으로 온 야마사키가 기름으로 더러워진 천 위에 얹힌 부품을 보여주었다.

"이게 오모리밸브의 제품입니다."

쓰쿠다는 밸브를 받아 찬찬히 관찰한 후 "테스트해봤나?" 하고 기술개발부 안쪽에 있는 시험대를 흘끗 보았다.

다치바나 요스케가 인쇄한 테스트 결과를 쓰쿠다에게 쓱 내밀었다.

"그렇군."

열거된 수치를 훑어본 쓰쿠다는 다시 밸브에 눈길을 주며 떠오른 인상을 말했다. "의외로 작고 보기보다 가벼워. 이 밸브의 배치와 밸브 간극•의 관계에 특색이 있을 것 같군. 특허부터 조사해봐. 밸브 외 밸브 보디도 오모리밸브 건가?"

밸브는 단독으로 존재하는 것이 아니라 복잡한 유압회로를 지닌 밸브 보디에 조합되어 작동하고, 이를 통틀어 컨트롤 밸브라고 한다. 자동차 등에서 기어를 변속할 때 필수불가결한 유압을 제어, 즉 컨트롤하는 밸브라는 의미다.

"밸브 단독이라면 제시된 성능 기준은 충족시킬 수 있을 것 같은데…… 트랜스미션 전체에서 보면 어렵겠네요. 탄성변형이라든가 어려운 문제가 산더미예요."

그렇게 말한 사람은 가노 아키다. 다치바나와 아키는 몇 년 전 쓰쿠다제작소가 뛰어든 심장 인공판막 가우디 프로젝트의 개발

• 밸브 작동 시의 열팽창을 고려해 만들어놓는 틈새.

담당자였지만, 그쪽이 임상시험 단계로 넘어가면서 로켓엔진 밸브 개발팀으로 복귀했다.

쓰쿠다는 밸브를 내려놓고 발아래의 부품 중에서 톱니바퀴 하나를 주워 들었다.

"이 소재는 분명 고압력을 견디도록 만든 톱니바퀴용 강철일 거야. 이 고성능 강철만 해도, 아키 말마따나 탄성변형을 예측하기는 몹시 힘들어. 탄성변형을 일으키는 원인이 워낙 복잡다단하기 때문이지. 하지만 우리에게 유리한 점도 있어. 예를 들면 이 톱니연마."

톱니 연마란 톱니바퀴를 깎아서 가공하는 것을 가리킨다.

"이 연마의 정밀성만으로도 품질에 상당한 차이가 나는데, 이건 우리의 특기 분야야. 더욱이 우리는 다양한 경험을 통해 소재에 대한 이해도를 높였지. 탄성변형은 골치 아프지만, 그런 문제점을 보완할 속도나 정확성에서는 우리가 좀 더 낫지 않을까?"

쓰쿠다는 자신을 바라보는 직원들에게 가벼운 어조로 말했다.

"어이, 다들 들어봐. 고생 없이 뚝딱 만들 수 있는 물건에 무슨 가치가 있겠어? 노하우와 경험이 축적된 회사에서조차 머리를 싸매고 끙끙대고 고민하며 만들어. 그러니까 좋은 물건이 나오는 거고. 쉽사리 만들어지는 걸 만들어봤자 보람이 하나도 없잖아. 엄청난 걸 만들어냈다고 스스로 자부할 수 있을 만큼 기똥찬 물건을 하나 만들어보자고."

팔짱을 낀 채 고개를 숙이고 있던 다치바나의 입가에 웃음이 맺혔다.

쓴웃음을 씹어 삼키거나 얼이 나간 표정을 짓는 이들도 있었다. 안 듣는 척하며 오로지 분해한 부품만 들여다보는 사람도 있었지만, 이제부터 시작될 새로운 도전에 모두의 마음이 급속히 모여들고 있다는 것을 알 수 있었다.

"이 밸브를 제작하는 게 도전의 첫걸음이야. 자, 누가 해볼래?"

쓰쿠다는 자리에 모인 모두를 둘러보았다. "만약 아무도 안 하겠다면 내가 해보고 싶은데."

"그건 안 됩니다."

쓰쿠다의 말에 곁에 있던 야마사키가 씩 웃으며 제지했다. "늘 재미있는 부분만 쏙 빼가려고 하신다니까. 제가 하겠습니다."

그때였다.

"제게 맡겨주시겠습니까?"

한 남자가 손을 들고 나서자 일순간 묘한 분위기가 흘렀다.

그는 분해된 트랜스미션 부품 앞에 쪼그려 앉아 있던 사람들 사이에서 일어섰다. 머리를 길게 길렀고 눈빛이 날카로웠다. 앙상한 늑대를 연상시키는 남자다.

가루베 마키오.

쓰쿠다제작소의 중견 엔지니어다. 한편으로 여러모로 물의를 많이 일으키는 사람이었다.

"트랜스미션 관련이라면 제가 가장 적임자일 것 같은데요."

그렇게 말한 가루베는 "그렇지?" 하고 얼떨떨한 표정으로 자신을 보고 있는 동료들을 둘러보았다.

"야마! 가루베 말인데, 어떻게 생각해?"

그날 밤이다. 쓰쿠다의 제안으로 근처 술집에서 한잔하고 있던 야마사키는 들고 있던 젓가락을 내려놓았다.

"정말 그 녀석에게 맡겨도 괜찮을까?"

"괜찮을 겁니다."

야마사키는 쓰쿠다를 똑바로 보고 대답했다. "녀석도 언제까지나 제자리걸음만 하고 있을 수는 없는 노릇이니까요."

"그야 그렇지만. 요전에도 한 건 했잖아."

"우에시마하고 한판 붙은 거 말씀이시군요."

스텔라를 개발하던 중에 젊은 직원인 우에시마 도모유키와 치고받기 직전까지 가는 바람에 주변 사람들이 부랴부랴 말렸다.

"그러고 보니 그 자리에 사장님도 계셨죠, 참."

야마사키는 쓴웃음을 지으며 "말하자면 요령이 없는 거예요, 녀석은" 하고 가루베를 두둔했다.

"후배들에게 상냥하게 대하지 못하는 성격이라서요. 쑥스러워서 그런 것도 있으려나요. 퉁명스럽고 입도 걸고, 남에게 묻기 전에 먼저 철저하게 생각해보라는 타입이죠. 자기도 그렇게 배웠다는 게 녀석의 주장입니다만. 한편 요즘 젊은 녀석들은 알면 가르쳐주는 게 당연하다고 생각하는 구석이 있으니까요."

"뭐가 옳고 뭐가 그르다고 따질 이야기는 아니지만."

참 어려운 부분이다.

"하지만 나쁜 녀석은 아닙니다. 우에시마는 모르겠지만, 우에시마가 맡은 일로 허덕일 때 가루베가 뒤에서 여러모로 도와줬어요. 우에시마에게 돌려도 될 자잘한 일까지 도맡아 했고요. 그렇게 크게 싸운 뒤에도 말이죠. 그래 보여도 좋은 점이 있습니다, 가루베한테는. 그렇게 요령 없는 녀석이 해보고 싶다고 자원했으니 저로서는 어떻게든 시켜주고 싶은데요."

"그렇군. 그런데 왜 이번에는 먼저 자원한 걸까?"

쓰쿠다는 한숨을 내쉬고 물었다.

"우리 회사에 오기 전에 일했던 다이토엔지니어링에서 트랜스미션 개발을 경험했거든요. 사내에서는 자기가 제일 잘 안다는 마음이 있었던 것 아닐까요."

그 말을 듣고서야 가루베가 이력저럭 7년 전에 입사했다는 사실을 떠올렸다.

"말주변도 없고, 대인 관계도 별로라 지금까지 생각처럼 잘 풀리지 않아 부끄러운 마음이 가루베에게도 있지 않겠습니까? 이번 일은 녀석에게 둘도 없는 기회입니다."

야마사키는 격식 차린 태도로 쓰쿠다에게 머리를 숙였다. "사장님, 부탁드립니다. 손이 많이 가는 녀석이지만, 한번 맡겨주시지 않겠습니까?"

"무슨 말인지는 알겠어."

쓰쿠다의 대답에 야마사키가 안도한 표정을 지었다. "하지만 문제는 누구랑 팀을 짜느냐인데. 우에시마처럼 너무 고지식하니 딱딱한 성격이면 부딪칠 게 불 보듯 뻔해. 좀 더 너글너글하고 밝은 사람이 좋겠어."

그때 쓰쿠다의 머릿속에 두 사람의 얼굴이 떠올랐다.

회식은 가마타역에서 가까운 단골 고깃집 2층에서 열렸다.

에비리기 기끔 기획히는 젊은 직인 중심의 친목회다. 이날은 전에 없이 참석자가 많았는데, 전날이 월급날이라 주머니 사정이 넉넉했기 때문이 틀림없다.

"전문 분야가 아니라서 잘 모르지만, 가루베 씨로 괜찮을까?"

의문을 꺼낸 사람은 경리부 과장대리 사코타였다.

기어 고스트용 밸브 유닛 개발팀 팀장으로 가루베 마키오가 지명된 건, 이날 아침 긴급하게 열린 회의 때였다.

"글쎄요."

가노 아키와 함께 가루베의 팀원이 돼달라고 쓰쿠다에게 직접 지명된 다치바나는 저도 모르게 팔짱을 끼고 생각에 잠겼다. "예를 들어 사에키 씨가 팀장이라면 전혀 불안하지 않겠지만요. 가루베 씨하고는 일해본 적이 별로 없거든요."

"그나저나 다치바나도 아키도 소처럼 일하는구나."

제조관리과의 가와모토 고이치는 그렇게 평가했다. "가우디를 겨우 궤도에 올렸다 했더니만, 이번에는 트랜스미션이라니. 너희들이 무슨 만능 해결사라도 되냐."

"저는 딱히 상관없는데요."

천성이 밝은 아키는 천연덕스럽게 말했다. "새로운 일을 하는 건 즐거워요. 심장 인공판막을 고대하는 아이들을 만날 수 있었던 건 제 보물인걸요. 로켓엔진 밸브만 만들었다면 그런 경험은 못했을 거 아니에요? 이번 일도 가루베 씨가 적임자인지 아닌지는 모르겠지만, 뭔가 재미있는 경험을 할 수 있을 것 같아요."

"난 다치바나와 아키가 팀원으로 충원된 데는 이의 없어."

에바라가 말했다. "하지만 이번 프로젝트는 우리 회사의 미래를 좌우할지도 모르는 사업이잖아. 그런 중요한 프로젝트의 팀장 역할을 가루베 씨에게 맡겨도 될까, 솔직히 의문스럽기는 해."

"가루베 씨도 요즘 기가 죽어서 지냈으니까."

혼다 이쿠마가 말했다. 다치바나와 동기로 입사한 후 밸브 시스템 개발에 열성을 다하는 외골수 연구자다. "이쯤에서 활약을 한번 시켜주겠다는 사장님의 하해와 같은 마음 아닐까?"

"하해와 같은 마음을 써주면 좋은 밸브가 만들어지나?"

사코타가 다시 의문을 제기했다. "경쟁입찰이잖아. 상대는 오모리밸브, 우리 쪽 팀장은 가루베 씨라고."

"그야 해보지 않으면 모르죠."

거침없이 말을 내뱉는 사코타에게 아키가 진지한 얼굴로 반론했다. "해보기도 전부터 색안경을 끼고 보지는 말아주세요. 이제부터 새로운 일을 시작하는데 좀 더 따스하게 바라봐주시면 안 될까요?"

"넌 가루베 씨를 잘 몰라서 그래."

기술개발부의 우에시마가 의미심장하게 말했다. 엔진 개발 부문에 있는 우에시마는 요전에 스텔라 신형을 개발할 때 가루베와 팀을 이뤄 연료 분사 부분을 담당했다.

"퉁명스럽고 잘난 척이 심해. 물어봐도 대답도 잘 안 해주고.

그게 아랫사람 교육이라고 생각하는 모양인데, 민폐가 따로 없어. 기술자로서는 모르겠지만 팀플레이에는 전혀 적합하지 않아, 그 인간."

"둘이서 만날 말다툼을 벌였지."

그때 일이 생각났는지 혼다가 말하자 우에시마는 코에 주름을 잡으며 표정을 찡그린 후, 다치바나의 어깨를 탁 두드렸다.

"뭐, 힘내서 좋은 밸브를 만들어줘. 엄청난 걸 만들어냈다고 스스로 자부할 수 있을 만한 기똥찬 물건을."

마지막에 쓰쿠다의 말투를 흉내 낸 것 같았지만, 회식 자리 어디에서도 웃음소리는 들리지 않았다.

4

"요즘 드는 생각인데, 시간은 나이를 먹을수록 빨리 흘러가는 것 같아."

미즈하라 시게하루는 그렇게 말하고 화이트와인이 든 잔을 손에 든 채, 눈을 가늘게 뜨고 뭔가 생각에 잠겼다.

이럴 때 미즈하라가 무슨 생각을 하는지, 오랜 세월 이 남자 밑에서 일해왔음에도 자이젠은 언제나 전혀 상상이 가지 않았다.

가만히 던지고 있는 시선 끝에 보이는 건 미즈하라가 단골로 드나드는 이 가게의 벽이 아니라, 이 남자의 마음속 깊은 곳에서 흔들리고 있을 심상 그 자체가 틀림없었다.

"뭐, 어쨌거나 세월이 가는 건 순식간이야. 그 찰나의 시간에 우리는 회사의 실로 다양한 요구에 부응하고자 바쁘게 뛰어다녔고, 다행스럽게도 나름대로 결과를 내왔어."

벽에 고정되어 있던 시선이 자이젠에게 날아오자 자이젠은 "그러게요" 하고 애매하게 대답했다.

선문답 같은 대화로 상대를 혼란시키는 건 미즈하라의 상투적인 수단이지만, 이날 밤은 그 선문답에 일종의 감개가 담겨 있는 것처럼 느껴졌다.

이날 미즈하라가 식사를 제안한 이유를 자이젠은 이미 알고 있었다. 자이젠이 이유를 알고 있다는 걸 미즈하라도 알고 있으므로, 요컨대 이건 본론으로 들어가기 전의 짤막한 '서론' 같은 대화다.

"야타가라스의 최종 발사는 다음 회기 말이었던가?"

스스로에게 묻듯이 말을 꺼내고 고개를 잠시 옆으로 돌린 채 뜸을 들이던 미즈하라가 얼굴을 천천히 자이젠에게 향하더니 말했다.

"이만하면 됐잖나."

데이코쿠중공업의 대형 로켓으로 쏘아 올리는 '야타가라스'는 일본판 GPS라 불리는 준천정위성 시스템이다. 최종적으로 일곱 기의 야타가라스를 쏘아 올릴 예정이며, 이로써 일본 내에서 위치 측정의 오차는 몇 센티미터 수준으로 정밀도가 향상된다.

자이젠이 침묵을 지키자 미즈하라는 말을 이었다.

"어려울 거라 전망되던 도마 사장님의 스타더스트 프로젝트가 궤도에 오른 건 자네의 공적에 힘입은 바가 커. 그러나 우리는 조직의 일원이야, 자이젠. 일도 지위도 언제까지나 똑같은 곳에 머물러 있을 수는 없어. 조직의 일원인 이상, 어떤 사명이든 어딘가에서 끝을 맺어야지. 이제 와서 이런 설명을 할 필요도 없겠지만."

미즈하라는 새삼스레 자이젠을 똑바로 바라보았다. "자이젠, 야타가라스 7호기 발사로 마지막을 장식해주게. 이제 새로운 세계로 발을 내디뎌야 할 때야."

이것은 허울만 좋을 뿐 요컨대 인사이동 지시였다. 요전번 술자리에서 마토바가 언질을 준 지 한 달도 지나지 않았다. 자이젠의 눈길이 닿지 않는 곳에서 마토바 체제를 향한 사전준비가 착착 진행되고 있다는 뜻일까.

"그렇게 하라는 지시라면, 물론 따르겠습니다."

자이젠은 줄곧 가슴에 품어왔던 의문을 미즈하라에게 던졌다.

"그런데 본부장님, 이대로 대형 로켓 발사 사업을 축소하실 작정이십니까?"

마토바가 대형 로켓 개발 계획을 연장하는 데 부정적이라면 스타더스트 프로젝트의 핵심인 우주항공본부의 본부장 미즈하라도 결코 입장이 좋은 편은 아니리라.

셔터가 내려간 것처럼 그늘져 감정을 읽을 수 없는 미즈하라의 눈동자가 방황하듯 천천히 흔들렸다.

"아마 나도 이 프로젝트에서 물러나게 되겠지."

이윽고 미즈하라가 기어들듯 잠긴 목소리로 말했다. "나뿐만이 아니야. 스타더스트 프로젝트에 관여한 사람들 대부분이 조만간 대형 로켓 개발 현장을 떠나게 될지도 몰라. 그러면 장대한 꿈의 끝, 일장춘몽이 되는 거지."

평소 감정 표현에 인색한 미즈하라가 웬일로 안타까움을 내비쳤다.

"하지만 착각은 하지 마, 자이젠."

미즈하라는 구태여 덧붙여 말했다. "자네의 이동은 그런 방향성하고는 상관없어. 이번 결정은 어디까지나 자네의 경력에 대해 심사숙고한 결과야."

마토바의 영향력이 미쳤다는 걸 은근히 부정하고 싶었던 거겠지만, 그답지 않은 궁색한 변명으로 들렸다.

"목표에 아직 도달하지 못했습니다만."

"그럼, 앞으로 몇 년 있어야 목표에 도달할 수 있지?"

미즈하라가 자이젠에게 반문했다. "3년? 5년? 아니면 10년? 우주개발은 한도 끝도 없는 싸움이야. 아무리 가도 골인 지점은 없지. 우주가 무한한 것처럼 이 분야에서도 경쟁은 무한히 계속될 거야. 우리 같은 회사원의 사정은 그 원대함에 비하면 미세한 먼지에 불과해."

무슨 일이든 요리조리 잘 빠져나가는 미즈하라다운 말에 쓴웃음을 지으면서도, 자이젠 또한 그 말을 인정하지 않을 수 없었다.

5

도호쿠자동차도로를 달려 도치기 시내의 병원까지 차로 한 시간 반 정도 걸렸다.

4인용 병실로 도노무라가 들어가자 아버지 마사히로는 입구 오른쪽 침대에 누워 멍하니 천장을 올려다보고 있었다. 텔레비전을 보는 것도 라디오를 듣는 것도 아니다. 이불을 걷어 젖히고 어느덧 비쩍 말라버린 다리를 꼰 채, 마디가 불거진 손으로 가슴 위에다 깍지를 끼고 있었다. 그런 아버지의 모습은 도노무라가 알고 있는 아버지보다 10년은 더 늙어 보였다.

"기분은 좀 어때요?"

침대 옆의 접의자를 펼치며 아버지를 내려다보자 "어떻긴 뭐가 어때" 하는 무뚝뚝한 대답이 돌아왔다.

심근경색으로 실려와 응급수술을 받은 지 두 달 가까이 됐다. 경과가 양호해 일단 퇴원했지만, 그 후 다른 혈관도 의심스럽다는 소견이 나와 재입원해서 어제 스텐트* 삽입 수술을 받았다. 원래는 하루 경과를 보고 퇴원 수속을 밟지만, 78세라는 고령의 나이를 고려해 오늘 밤도 병원에서 지내기로 했다.

"논은 어떠냐. 아무 일도 없어?"

도노무라가 접의자에 앉자마자 어이없게도 마사히로는 그런 말부터 꺼냈다. "입원하기 전에 보니 물참새피가 자라던데 없앨 수 있겠어?"

• 좁아진 혈관을 넓혀주는 구조물.

물참새피는 논두렁 등에 자라는 질 나쁜 잡초다. 도노무라는 탄식하며 말했다.

"그건 저도 신경 쓰였어요. 제초해둘게요."

아버지는 농약을 싫어해서 제초를 수작업으로 한다. 이 땡볕에 그런 작업은 중노동이다. 퇴원해도 지금 상태의 아버지에게 맡길 수는 없다.

"도모히로도 바쁠 때라 부탁을 못 하겠더구나."

기타다 도모히로는 도노무라네 근처에 사는 남자인데, 역시 벼 농사를 짓는다. 아버지 마사히로와는 어릴 적부터 친구로, 허물 없는 술친구이기도 하다.

"힘들 때는 서로 돕는 거죠. 요전에 도모히로 아저씨가 사고를 당했을 때는 우리가 일을 봐줬잖아요."

"그게 벌써 몇 년 전 이야기냐?"

마사히로는 그로부터 꽤 나이를 많이 먹었다고 말하고 싶은 표정이었다. "이제 나도 도모히로도 늙었어. 그때는 나도 체력을 믿고서 힘닿는 대로 도와줬지만, 지금은 도모히로도 힘이 부치겠지."

논을 걱정하는 아버지의 마음을 아는 만큼 도노무라는 가슴이 아팠다.

"제가 다 할 수 있으면 좋을 텐데."

"넌 네 나름대로 할 수 있는 만큼 해주고 있어. 고맙다."

여느 때와 다른 말에 도노무라는 할 말이 없어 입을 다물었다. 자신에게 고맙다는 말을 하다니, 아버지도 마음이 많이 약해졌다.

"도모히로도 나도 나이를 먹어. 할 수 있을 때까지 해보고 은퇴해야지."

아버지는 300년을 이어온 농가의 12대째. 도노무라가 13대째지만, 그 가업도 드디어 끊어지느냐 마느냐의 갈림길에 섰다.

경과가 양호하다고는 하나 심장에 문제가 있으니 퇴원해도 예전처럼 일하기는 어려우리라. 아버지가 농사일을 포기할 때, 도노무라 집안의 가업은 막을 내리는 셈이다.

"조상 대대로 농사를 지어왔지만 옛날과 지금은 다르지."

아버지가 말했다. "농사로 먹고살기는 힘들어. 그래서 널 대학에 보낸 거고. 우리 집안이 농사를 그만두는 건 네 탓이 아니다. 내가 그러기로 정한 거야."

그게 아버지 스스로를 달래는 말이라는 건 잘 안다. 실은 아버지도 농사를 계속 짓고 싶을 것이다.

하루 일과가 끝난 후 아버지는 술병을 들고 도모히로네에 가는 게 낙이었다. 도모히로가 술을 들고 도노무라네로 오기도 했다. 두 사람은 언제나 쌀농사를 화제로 삼았다. 흙과 비료, 날씨로 시작해 서로가 가지고 있는 농기계의 성능과 새로이 도입된 농사법, 그리고 논에 심은 벼의 발육 상황에 이르기까지 용케도 질리지 않는다 싶을 만큼 이야기를 나누었다.

농가에 태어났으니 농사를 짓는 게 아니다. 아버지는 농사를 좋아하니까 농사를 짓는 것이다. 이렇게 누워 있어도 아버지의 머릿속은 두고 온 논으로 가득할 게 틀림없었다.

"몸이 이래서 올해 추수를 할 수 있으려나."

아버지가 불쑥 말했다. "올해는 그럭저럭 넘어가도 내년은 못할지도 모르겠군."

도노무라는 어떻게 말해야 할지 몰라 입을 다물었다.

제가 대신 할게요.

그렇게 말하고 싶은 마음은 굴뚝같았지만, 그럴 수는 없었다. 도노무라는 농사꾼이 아니라 회사원의 길을 선택했다. 한때는 은행원으로서 그리고 지금은 쓰쿠다제작소의 경리부장으로서 나름대로 중책을 맡고 있다.

"저도 최대한 도울게요."

그렇게 말하자 아버지의 얼굴에 서글픈 웃음이 맺혔다.

"무리할 것 없다. 너도 네 할 일이 있잖니. 그걸 열심히 하면 돼. 논일은 네 일이 아니야. 너한테는 애당초 역부족이고 말이다."

"저도 할 수 있다고요."

역부족이라는 말에 도노무라는 무심코 말대꾸했다.

"짬짬이 할 수 있을 만큼 쌀농사는 만만치 않아."

아버지는 단호하게 말했다. 농사일에 대해 도노무라가 얼마나 무지한지 은근히 한탄하는 것 같기도 했다.

"넌 회사원으로 족해."

아버지는 그렇게 말했지만, 회사원 노릇밖에 못 하니까 어쩔 수 없다는 말이 생략된 듯한 느낌이었다. 실제로 지금 도노무라가 할 수 있는 일은 기껏해야 트랙터를 몰아 휴경지와 황무지를 갈거나 잡초를 뽑는 정도였다.

가슴이 아픈 건 회사원 노릇밖에 못하는 자신의 인생이 결코 성공적이라고는 할 수 없기 때문이었다.

대학을 졸업하고 대형은행인 시로미즈은행에 입사한 것까지는 좋았다. 하지만 은행이라는 조직이 도노무라에게는 맞지 않았다. 영업 목표를 달성하기 위해 아득바득하고, 거래처보다도 상사의 낯빛만 보며 일하던 나날. 조직의 논리에 익숙해지지 못하고, 곤경에 처한 회사를 어떻게든 도우려 애썼지만 늘 마지막에 꽝을 뽑고야 마는 '재수 없는 사람'. 동기들이 점점 출세하는 가운데 도노무라는 마흔 살이 넘도록 과장에 머무르다가, 동기들 중에서 제일 먼저 거래처인 쓰쿠다제작소로 파견이 결정됐다.

원래부터 처세에는 능하지 못하다. 성격은 고지식하고 소심하다. 주변에서 혀를 내두를 만큼 요령이 없고 간살스러운 말 한마디 못 하는 남자가, 애당초 눈 감으면 코 베어가는 금융사회를 잘 헤쳐 나갈 수 있을 리 만무했다.

300년을 이어온 농가는 그리 흔하지 않다. 그에 비하면 회사원 도노무라 나오히로의 경력은 아무런 가치도 의미도 없는, 논두렁 길에 핀 잡초나 마찬가지다.

"아버지에게 아무 보답도 못 했네요."

자신의 인생을 뒤돌아본 도노무라는 무심코 중얼거렸다.

"건강하게 잘 지내면 그게 최고의 보답이지."

이제 그런 말을 곧이들을 만큼 젊지도 않다. 도노무라는 가슴속에 퍼져나가는 괴로움을 삭였다.

4장

가우디의 교훈

1

"어떻습니까?"

다치바나가 물었지만 가루베는 한동안 대답이 없었다.

오후 4시 반이 지난 시각. 가루베는 피로가 쌓인 눈으로 밸브 설계도를 띄운 모니터를 가만히 바라보았다.

잠시 후.

"음, 그러니까……."

가루베는 의자 등받이에 아무렇게나 몸을 기댔다. "요구되는 구조적인 문제는 해결되겠지만, 이래서야 대단한 성능은 안 나올 것 같은데."

가루베는 솔직한 감상을 말했다.

"어째서요?"

아키가 물었다.

"구조에 군더더기가 많아. 솔레노이드* 부분의 사양은 안정성을 중시해서 이렇게 한 건가?"

• 원통 모양으로 감은 코일로, 전류가 공급되었을 때 움직임을 발생시키기 위한 장치.

"네. 트랜스미션의 안정성이 중요하다고 생각해서 그렇게 해 봤는데요."

다치바나의 대답에 가루베는 잠시 생각하다가 지적했다.

"이러면 유입시키는 흡입력이 너무 낮아지잖아. 슈팅코일의 동작을 안정시키는 방법을 궁리해봐."

아키가 허둥지둥 메모했다.

"그리고 이 소재가 신경에 거슬려."

가루베는 후, 하고 작게 숨을 내쉬더니 다치바나와 아키에게 새삼 눈길을 주었다. "이 밸브, 시끄럽지 않아?"

"네? 소리 말씀이세요?"

예상외의 말이었는지 다치바나의 입이 떡 벌어졌다.

"응, 소리."

가루베가 대답했다. "제법 큰 소리가 나잖아. 뭐, 논밭이겠다, 엔진 소리도 나겠다, 신경 쓰일 정도는 아니라고 넘어갈 수도 있겠지. 하지만 밸브 전체의 무소음성은 하나의 장점이 되지 않을까? 해결책으로는…… 그렇지."

다치바나와 아키는 잠시 생각에 잠긴 가루베를 경탄에 찬 눈으로 바라보았다. 입이 걸고 태도도 삐딱하지만 기술자로서 가루베의 실력은 진짜다.

"구조에 대해 좀 더 궁리해서 수지 부품을 넣어보는 게 어떨까. 그리고 그 오모리밸브의 밸브 좀 보여줘."

다치바나가 근처 테이블에 놓여 있던 밸브를 건네자 가루베는 설계도가 표시된 모니터를 들여다보며 오른손에 든 밸브를 두세

번 위아래로 흔들었다.

무게를 가늠하는 모양이었다.

"이 설계도대로라면 이것보다 무거워질 거야."

다치바나는 놀라서 아키와 얼굴을 마주 보았다.

가루베는 밸브를 "자" 하고 다치바나에게 돌려주며 말했다. "이거 바깥쪽은 얇은 강철로 덮여 있지만, 내부 구조는 분명 알루미늄 합금 아닐까 싶은데. 겉보기보다 조금 가벼운 건 분명 그래서일 거야."

"네, 맞습니다. A2017일 겁니다."

다치바나의 대답에 가루베는 고개를 끄덕였다.

"일부러 무겁게 만들었나, 다치바나?"

"무겁게 만들고 싶었던 게 아니라, 우리 쪽은 강성●을 좀 더 높이는 편이 낫지 않을까 싶어서요."

"그래서는 경량화를 희생해야 하고, 연비에도 영향을 줄 텐데. 그럼 친환경이 아니지."

가루베의 입에서 친환경이라는 말이 나오다니 아무래도 어울리지 않았지만, 적확한 지적이었다.

"다만 경량화와 강성을 알맞게 조절하기는 어려워. 시험 삼아 몇 가지 패턴을 제작해봐야겠군. 정답을 찾아내려면 고생 깨나 하겠어."

"무소음성에 경량화 말씀이시죠."

아키가 깊은 한숨을 내쉬었다. "눈앞에 어마어마하게 높은 벽

●외부의 압력을 받아도 물체의 모양이나 부피가 변하지 않는 단단한 성질.

105

이 나타난 느낌인데요."

"저도요."

다치바나는 심각한 표정으로 설계도를 다시 들여다보았다.

"일이 그렇게 쉽게 풀릴 줄 알았나."

가루베가 젊은 직원 두 명을 날카롭게 쏘아보았다. "사장님도 자주 말하지만, 이런 일은 수고를 아끼면 못 써."

"수고를 아끼면 못 쓴다······."

그러고 보니 다치바나는 몇 년 전에 쓰쿠다에게 그런 말을 들었던 게 생각났다. 아키와 함께 인공판막을 개발할 때였다.

"그리고 하나 더."

가루베가 말을 이었다. "좀 더 독창성을 부각시켜. 이 밸브에는 너희들다운 부분이 어디에도 없어."

가루베의 말에 둘 다 망연자실하게 서 있는 것이 고작이었다. 가차 없는 꾸중이었다.

"저어, 가루베 씨."

아키가 조심스레 물었다. "어떻게 하면 독창성을 부각시킬 수 있을까요?"

"그걸 왜 나한테 물어. 알아서 생각해."

가장 중요한 부분에서 가루베는 매몰차게 나왔다. "그걸 생각하는 게 너희들 일이잖아."

"말씀은 그렇게 하시지만 가루베 씨도 모르는 건 아니고요?"

의심스럽다는 듯 아키가 물었다.

"시끄러워."

가루베는 무서운 얼굴로 노려보았다. "아무튼 처음부터 다시 해."

가루베가 모니터 화면을 전환하자 아키는 어깨를 으쓱했다.

다치바나와 아키가 밸브 본체를 설계하고, 가루베가 밸브를 탑재할 밸브 보디를 설계하기로 역할을 분담한 것이 두 달 전이다. 그렇지만 가루베도 여러모로 애먹는지라 아직 밸브 보디 설계에 성공하지는 못했다.

작업이 난항을 거듭하다 보니 설계도를 검토할 때 말 곳곳에 짜증이 묻어나는 것 같기도 했다.

"처음부터 다시라……."

자기 자리로 돌아온 다치바나는 한숨을 섞어 말했다. 뒤따라온 아키는 지적받은 부분을 염두에 두고 다시 한 번 설계도를 들여다보았다.

"독창성을 부각시키라니. 우리의 독창성이 뭐지?"

다치바나가 나직이 중얼거렸다.

"모르겠는데요."

아키는 뒤쪽의 가루베를 힐끗 본 후 말을 이었다. "가루베 씨도 똑같은 부분에서 고전하고 있는 것 아닐까요? 그래서 정답을 모르는 거예요."

2

"트랜스미션팀의 진척 상황은 어떻습니까?"

도노무라가 물었다.

"아직 갈 길이 멀어."

솔직히 대답한 쓰쿠다는 포렴을 걷고 들어온 야마사키에게 손을 들었다.

회사 근처 단골 술집이다. 세 사람은 가게 한구석의 테이블을 둘러싸고 앉았다.

"고생 많았어."

야마사키가 시킨 생맥주가 나오길 기다렸다가 쓰쿠다는 술잔을 들었다.

"지금 가루베네 팀 이야기를 하고 있었어."

"솔직히 꽤 난항 중입니다."

야마사키는 술잔을 쥔 손가락에 힘을 주고 숨을 무겁게 쓰읍, 들이마셨다. "다치바나도 아키도 열심히 한다고는 하는데, 가루베가 자상하게 가르쳐주는 스타일은 아니니까요."

"알아서 생각해라 그건가."

상대가 야마사키와 도노무라다 보니 쓰쿠다도 그만 본심을 꺼냈다. "하지만 그래서는 젊은 직원들이 따라가지 못해. 나쁜 녀석은 아니지만 말투가 밉살스럽잖아. 대인관계에 너무 서투르다고."

"옛날 장인들처럼 뻣뻣한 스타일이니까요."

쓰쿠다가 가루베를 평하는 말을 듣고 야마사키도 안타깝다는 듯이 탄식했다. "다만 녀석이 안고 있는 과제도 실은 만만치 않아서요."

"가루베의 과제는 뭔가요?"

도노무라가 물었다.

"밸브 보디라고, 다치바나와 아키가 만드는 밸브 본체를 넣는 용기 같은 거야."

쓰쿠다의 설명만으로는 감이 오지 않는 듯한 도노무라에게 야마사키가 스마트폰으로 검색한 사진을 보여주었다.

"이런 겁니다."

벌집을 가로로 절단한 듯 복잡한 모양의 회로를 보고 도노무라는 눈을 동그랗게 떴다.

"이거 복잡하네요."

"복잡할 뿐만 아니라 여기에는 먼저 출시한 제조사의 특허 천지거든요."

야마사키가 말했다. "기존 특허의 틈새를 노려 새로운 걸 만들어내기가 참 어렵습니다."

"그래서, 가루베는 뭐라고 하던가요?"

"저희한테 상담도 하지 않고 매일 묵묵히 컴퓨터만 노려보고 있습니다."

도노무라에게 대답한 야마사키는 자신에게도 해답다운 해답이 없는 게 안타까운지 크게 한숨을 쉬었다.

"먼저 말을 붙여봐도 좀 더 생각할 시간을 달라는 말만 해요."

"난감한 녀석이야."

일을 끌어안고 낑낑대는 직원의 마음을 어떻게 열 수 있을지 쓰쿠다도 도무지 생각이 나지 않았다. 특히 상대가 가루베다 보니 더더욱 만만치 않았다.

"그 녀석의 마음은 고집과 자존심의 초합금으로 되어 있어요. 그렇다고 물어보면 올바른 조언을 해줄 자신도 없지만요."

밸브 보디 구조는 일찍이 트랜스미션 설계에 참여했던 가루베 밖에 해결하지 못할 전문 영역이기도 하다.

"그 기분을 모르는 바는 아니지만, 가루베 혼자만의 프로젝트가 아닙니다."

도노무라는 경리부장으로서 합당한 의견을 내놓았다. "무슨 고민을 하는지 모르는 블랙박스에 회사의 미래가 좌우되는 건 올바르지 못합니다."

쓰쿠다도 도노무라의 말이 옳다고 생각했다.

"야마, 당장 내일이라도 가루베와 의논해서 논점을 정리해주지 않겠나."

"걱정을 끼쳐서 죄송합니다."

쓰쿠다는 부탁한다며 고개를 끄덕인 후 화제를 바꾸었다.

"그런데 도노, 아버님은 좀 어떠셔?"

"덕분에 두 번째 수술도 무사히 끝나고 퇴원하셨지만, 아직 일에 복귀하실 정도는 아니라서요."

어느새 여름이 지나고 어느덧 추수철이 왔다. 이웃 농가의 도움도 받고 있으며, 이번 주말에는 도노무라 부부도 내려가서 추수를 거들 예정이라고 한다.

"쉬는 날이라고는 없네요, 도노무라 씨."

야마사키가 걱정스러운 듯이 미간을 찌푸렸다. "몸은 괜찮으세요?"

"어떻게든 추수만 끝내고 나면 농한기니까요."

스스로를 격려하는 듯한 말투에 고생스러운 현실이 묻어났다. 가루베뿐만이 아니다. 여기에도 고군분투하는 남자가 있었다.

"주제넘은 소리 같지만, 돈을 좀 주고서라도 주변 농가에 부탁하는 편이 낫지 않을까? 농사일에 익숙지 않은 도노가 주말에 일을 거드느니 그 편이 훨씬 효율적일 텐데. 이러다 도노까지 쓰러지면 우리는 정말로 속수무책이야."

"일단 부탁은 하고 있습니다만, 생각처럼 잘 되지는 않네요."

외부에서는 상상하기 힘든 사정이 있는 모양이었다.

"주변 농가라고 해봤자 전부 저희 아버지와 엇비슷하니 나이 많은 어르신들뿐이거든요. 농사를 물려받은 친구가 없지는 않지만, 물어보면 모두 다 눈코 뜰 새 없이 바빠서 도와달라고 부탁하기가 힘들어요. 그렇다고 어머니께 힘쓰는 일을 시킬 수도 없고요. 결국 제가 하는 수밖에요."

도노무라는 외아들이라 일을 분담할 형제도 없다.

"간단한 작업 정도는 회사 젊은 직원들에게 부탁하면 주말에 기꺼이 도와줄 텐데요."

야마사키의 제안을 "아니요, 직원들을 부려먹어서야 쓰나요" 하고 도노무라는 정중하게 거절했다.

"언젠가 이런 날이 오리라는 걸 아버지도 각오하고 계셨습니다. 몸 상태가 완전히 돌아오지 않으면 올해는 어떻게든 추수를 하더라도, 내년은 좀 힘들지 않으려나……. 아무튼 추수까지 얼마 안 남았으니 그때까지만 버티면 될 겁니다."

"300년을 이어온 농사를 접는 건가, 도노?"

쓰쿠다가 진지하게 묻자 한순간 도노무라의 얼굴에 비장감이 감돌았지만, "네, 아버지 대에서 농사를 끝낼 겁니다" 하고 딱 잘라 말한 후 입을 일자로 꾹 다물었다.

그 태도가 결연하면 할수록 애처로워 보였다. 도노무라가 가슴속에 아쉬움을 숨기고 있다는 걸 쓰쿠다도 잘 알기 때문이었다.

3

"월요일에 저희 시제품을 납품할 테니 잘 부탁드립니다."

오모리밸브의 담당자 마키타는 기어 고스트의 고풍스러운 응접실에서 머리를 숙였다.

"아직 경쟁입찰을 시작하려면 한참 남았으니 결과는 그때까지 기다리셔야 하는데요."

구매 담당 가시와다 히로키는 이례적으로 빠른 납품에 당황해, 곁에 앉은 상사 홋타 후미로의 표정을 넌지시 살폈다.

이번 납품에는 나름의 의도가 있는 것 아닐까. 그렇게 짐작할 수밖에 없는 것은 오모리밸브라는 회사의 영업 방식을 잘 알기 때문이다.

"그거 말씀인데요. 굳이 경쟁입찰 결과를 기다릴 필요 없지 않겠습니까?"

아니나 다를까 마키타는 꿍꿍이속이 있는 눈빛을 홋타에게 던졌다. "홋타 과장님께서 봐주시면 단박에 승낙이 떨어질 만한 물건이니까요. 자신 있습니다."

"잠깐만요."

홋타도 곤혹스러워하며 오른손을 내밀어 제지했다. "이거, 일단은 경쟁입찰이니까요."

"압니다, 알아요."

마키타는 능글맞게 웃으며 "하지만 괜한 시간 낭비는 줄이는 게 서로 좋지 않겠습니까" 하고 서류가방에서 파일을 꺼내 홋타 앞에 내려놓았다. 기어 고스트는 오모리밸브에게 이른바 고객이다. 원래라면 당연히 고객이 강한 입장에 서야 마땅하겠지만, 오모리밸브는 대기업이고 기어 고스트는 중소기업이다. 교섭의 역학 관계는 주객이 전도되기 십상이었다.

"이거, 저희 연구소에서 올린 평가서입니다. 경쟁입찰을 진행할 때 모터과학연구소에 평가를 의뢰하시죠? 어차피 같은 결과가 나올 테니 먼저 드리겠습니다."

해당 컨트롤 밸브의 사양과 평가에 대해 정리한 서류다.

홋타와 함께 들여다본 가시와다는 사양을 보고 깜짝 놀랐다.

"어떻습니까, 근사하죠?"

오모리밸브는 경쟁입찰을 무효화하는 것이 목적일 텐데, 서류에 적힌 숫자는 그러한 자신감의 근거가 되기에 충분했다. 하지만—.

"멋진 밸브로군요."

서류를 훑어본 홋타의 반응은 담담했다. "그러나 경쟁입찰은 저희 비즈니스 모델의 근간이기도 합니다. 기일까지 시간을 드려야겠죠."

마키타의 얼굴에서 간들거리는 웃음이 사라지고, 불쾌한 듯 뺨이 축 늘어졌다.

"경쟁 상대는 트랜스미션 밸브를 처음 만들어보는 회사지 않습니까?"

마키타는 무시하는 투로 말했다. "그런 회사가 저희와 맞붙을 수 있을 리가요. 경쟁입찰을 중지해서 비용을 삭감하시죠. 모터과학연구소에 보내서 비교해본들 결과는 뻔해요."

"그게, 야마타니 쪽의 소개로 쓰쿠다제작소가 경쟁입찰에 참여하게 된 거라서요. 그건 이타미 사장님도 말씀드렸을 텐데요."

"지금 결단을 내리신다면 가격을 좀 더 깎아드리겠습니다."

마키타는 홋타의 말을 무시하고 몸을 앞으로 구부리며 목소리를 낮추었다. "이만한 성능의 밸브는 찾기가 쉽지 않아요. 그리고 기존 T2에도 납품하는 만큼 우리와 신뢰 관계 아닙니까. 쓰쿠다제작소는 대량생산 체제조차 아직 갖추지 못했는걸요. 애당초 경쟁이 되겠습니까?"

"마음은 잘 알겠습니다만, 조금만 더 기다려주십시오."

이런 교섭에 익숙한 홋타는 한 발짝도 물러서지 않았다. "경쟁입찰 일정은 야마타니의 신형 트랙터 개발 일정에 맞춰서 설정했습니다. 지금 결정해봤자 결국 내년 이후에나 채택이 되겠죠. 오히려 이렇게 빨리 납품 안 해주셔도 되니까 조금 더 검토해주시지 않겠습니까? 사양을 변경한다든가 그런 걸 나중에 말씀하시면 그야말로 두 번 수고해야 하니까요."

"사양을 왜 변경합니까?"

마키타는 자존심을 내세우며 툭 내뱉듯이 말했다. "저희 회사의 기술력에는 자신이 있습니다."

그러더니 갑자기 비밀이라도 말하듯이 입 옆에 손을 댔다. "저희 다쓰노 부장님이 확답을 받아오라고 여간 성화가 아닙니다. 어떻게 부탁 좀 드릴 수 없겠습니까? 저희 부장님이 노하면 일이 성가셔지니까요."

과연 어떻게 성가셔지는지는 말하지 않았지만, 아무래도 마키타 본인이 아니라 기어 고스트 입장에서 성가셔진다는 뜻이라는 건 이해가 갔다. 요컨대 허울 좋은 협박이었다. 통 어이가 없어서 훗타는 가슴을 살짝 들썩거렸다.

"실례지만, 쓰쿠다제작소에 대해서는 조사해보셨습니까?"

훗타는 그렇게 물었다.

"밸브 제조사가 아니라는 건 압니다. 그거면 충분하죠."

마키타는 그래서 뭐 어쨌다는 거냐는 듯한 표정이었다.

"말씀대로 쓰쿠다제작소는 트랜스미션 밸브를 제조한 적이 없습니다만, 우수한 소형 엔진 제조사입니다. 그뿐만이 아니에요. 데이코쿠중공업의 대형 로켓엔진에 사용되는 밸브 시스템은 쓰쿠다제작소가 개발 및 제조를 담당하고 있습니다."

"데이코쿠중공업이라고요?"

마키타의 안색이 변했다. "왜 그걸 빨리 알려주지 않은 겁니까!"

마키타는 혀를 차더니 바로 휴대전화를 꺼내 회사에 전화를 걸었다.

"어, 미안한데 기어 고스트용 밸브 있잖아, 잠깐 진행을 멈춰줘. 뭐? 잔말 말고 멈춰! 다쓰노 부장님께는 내가 사정을 설명할게."

일방적으로 말을 퍼부은 후 마키타는 쓰디쓴 표정으로 전화를 끊었다.

4

오후부터 얼마나 오랫동안 모니터의 도면을 보고 있었을까.

시간 감각도, 주변의 간섭도, 더 나아가서는 배고픔조차도 느껴지지 않았다. 이윽고 생각의 숲에서 현실 세계로 돌아왔을 때, 이제껏 한 번도 느껴본 적 없는 신비한 조화로움과 충실감이 넘쳐흘렀다.

쓰쿠다제작소 3층의 기술개발부, 자기 자리에 앉아 있던 아키는 벽시계의 바늘이 어느새 저녁 7시가 지난 것을 알고 깜짝 놀랐다. 이럭저럭 한 시간 가까이 설계도에 몰두한 셈이다.

"어땠어?"

다치바나가 묻자 아키는 대답하기 전에 심호흡을 작게 한 번 했다. 그리고 기계적인 구조미와 가슴 뛰는 지적인 모험의 세계를 다시금 돌이켜보았다. 가슴속에는 다양한 논리와 감정이 소용돌이치고 있었지만 정작 입에서 나온 것은―.

"멋져요."

염증이 날 만큼 평범한 표현이었다.

"무소음성과 경량화가 어느 정도 수준에서 달성됐는지 바로 시제품을 만들어보죠. 저, 이 밸브를 보는 게 정말 기대돼요."

다치바나의 얼굴에 가벼운 실망의 표정이 떠올랐다.

"그렇게 말해주니 기쁘지만, 아무래도 모자라." 다치바나는 맥없이 말하고 뒤통수에다 깍지를 꼈다.

"모자라다니요?"

"독창성."

다치바나는 팔짱을 끼고 천장을 올려다보며 잠시 침묵했다.

"……이 밸브, 우리다운 밸브라고 할 수 있을까?"

그건 아키보다도 다치바나 자신을 향한 질문이었다.

"그때 가루베 씨에게 한 소리 듣고 나서 우리다운 게 뭘까 계속 생각하고 있어. 하지만 생각하면 할수록 내가 뭔지 모르겠더라고. 빈 상자처럼 알맹이 없는 존재로 느껴져. 이건 분명 괜찮은 밸브일 거야. 하지만 그 이상도 그 이하도 아니지. 그런 기분이 들어."

그때였다.

"무슨 분에 넘치는 소리를 하는 거야?"

갑자기 옅은 어둠 속에서 목소리가 들리는 바람에 두 사람은 놀라서 돌아보았다.

사원들이 하나둘씩 퇴근해서 기술개발부는 여기저기 부분적으로 불이 꺼져 있었다. 아무도 없을 거라 생각했던 어둠 속에서 어느 틈엔가 한 남자가 다치바나와 아키의 대화에 귀를 기울이고 있었던 듯했다.

가루베였다.

"일단 형태를 갖추었다면 그걸로 된 거잖아."

"아직 계셨어요?"

놀라서 의자 등받이에서 몸을 뗀 다치바나에게는 대답하지 않고 가루베는 천천히 자기 자리로 걸어갔다. 어디서 담배를 피우고 왔는지 니코틴 냄새가 강하게 코를 찔렀다.

"밸브 설계 데이터, 공유 파일에 올려놨습니다."

다치바나가 말을 걸자 가루베는 "벌써 봤어" 하고 성가시다는 투로 대답했다.

"어땠습니까?"

"나쁘지 않더군."

가루베의 그 말이 칭찬인지, 아니면 말 그대로 '보통'이라는 평가인지 다치바나는 판단이 서지 않았다.

"어디 개선해야 할 곳이 있던가요?"

"잘 만든 것 같던데."

가루베는 목을 빙글빙글 돌리며 그야말로 본인다운 대답을 던졌다.

"어휴, 정말 뭐야."

아키는 작게 투덜거린 후 가루베 쪽으로 의자를 빙글 돌려 "그쪽은 어떤가요?" 하고 날카롭게 물었다. "슬슬 시제품 제작에 들어가지 않으면 늦을 텐데요."

"공유 파일에 올려놨잖아. 안 봤어?"

다치바나와 아키는 엉겁결에 얼굴을 마주 보았다. 허둥지둥 확인하자 분명 가루베의 설계 데이터가 올라와 있었다. 30분쯤 전에 업로드됐다.

"다 됐으면 다 됐다고 빨리 좀 말씀해주세요."

아키는 불만 가득한 얼굴로 가루베를 쳐다보았다. "기다렸단 말이에요. 지식재산과 관련해서도 확인이 필요하잖아요."

"아니. 필요 없어."

"필요 없다니, 그게 무슨 말씀이세요?"

의아하다는 듯 묻는 아키는 아랑곳없이 가루베는 책상 위를 정리하기 시작했다.

"일단 내가 확인했고, 만약을 위해 가미야 변호사님의 사무소에도 부탁해서 확인을 받았지. 아무 문제도 없어."

"그 방대한 양을 혼자서 확인하셨다고요?"

아키의 눈이 휘둥그레졌다.

"너희 둘 다 바빠 보여서."

그렇게만 말하고 가루베는 책상 밑의 백팩을 꺼내 "먼저 간다" 하고 걸음을 옮기려다 문득 발을 멈췄다.

"저기."

가루베는 다치바나와 아키를 돌아보고 뭔가 말을 꺼내려다 말할지 말지 망설이는 표정을 지었다.

"다치바나, 아까 우리다운 게 뭐냐고 그랬지. 알고 싶거든 너희들이 진행한 가우디 프로젝트와 마주해봐."

다치바나도 아키도 무슨 대답을 해야 할지 몰랐다. 가루베는 등을 돌리고 오른손을 척 들더니, 그대로 3층을 나섰다.

"가우디와 마주하라……."

무슨 의도인지 가늠이 안 되는지 아키가 뺨을 부풀렸다. "어휴! 늘 생뚱맞은 소리만 한다니까. 다치바나 씨, 무슨 소리인지 알겠어요?"

다치바나는 가루베가 사라진 방향에 시선을 고정한 채 "아니" 하고 고개를 저은 후, 뒤쪽의 보드에 붙여둔 사진을 보았다.

"가우디의 기술 중에 이 밸브에 써먹을 만한 거라도 있나."

보드를 올려다보며 다치바나는 막막한 목소리로 스스로에게 물었다. 아무리 생각해도 그런 건 없었다. 가우디는 가우디다. 심장의 인공판막과 밸브는 완전히 별개의 물건이다.

"맘에 담아둘 것 없지 않겠어요?"

아키가 퇴근할 준비를 하면서 말했다. "가루베 씨는 그냥 성격이 배배 꼬인 거예요. 뛰어난 걸 뛰어나다고 솔직하게 말하지 못하죠. 이번 설계에는 아무 문제도 없을뿐더러, 오모리밸브의 제품과 비교해도 손색이 없다고 생각해요."

다치바나는 그래도 잠시 더 생각했지만, 결국 포기한 듯 짧게 숨을 내쉬었다.

"뭐, 그러면 좋겠지만."

5

이나모토 아키라와 오랜만에 술을 마시기로 했다.

집에서 걸어서 10분 거리의 이 가게는 논으로 둘러싸인 단독 주택이지만, 술도 요리도 맛있어서 이 부근에서는 인기가 좋은 술집이다.

토요일, 도노무라는 농사일을 마치고 오후 6시가 지나 가게에 도착했다. 가게는 이미 대부분의 자리가 손님으로 채워져 장사가 얼마나 잘되는지 짐작이 갔다.

예스러운 테이블석에 앉은 이나모토는 도노무라의 고등학교 동창으로, 도쿄의 농업대학을 졸업한 후 고향으로 돌아와 가업인 쌀농사를 이어받았다. 이제는 이 지역 농가들의 리더 같은 역할을 하고 있다고 예전에 어머니에게 들었다.

이날, 저녁을 같이 먹자고 이나모토가 먼저 제안했다. 이나모토와는 10년 전에 참석한 동창회 때 마지막으로 만났다.

"네가 매주 온다고 들었거든. 아버님은 좀 어떠셔?"

누구에게 들었는지 이나모토는 도노무라네의 사정을 알고 있었다. 요 인근은 대대로 이곳에 사는 사람도 많으니까 부모들의 모임에서 그런 이야기가 나왔을지도 모르겠다. 땅은 넓지만 사람 관계는 좁다.

"뭐, 수술은 잘 마쳤어. 한때는 어떻게 되시는 거 아닌가 걱정했지만, 발견이 빨라서 다행이었지."

"그거 잘됐네. 걱정했었어."

이나모토는 활짝 웃으며 도노무라의 빈 잔에 맥주를 따라주었다. 다부진 체격을 타고난 이나모토는 가을인데도 볕에 새카맣게 그을려 있었다.

"고마워."

여전히 석연치 않은 기분으로 도노무라는 작게 감사를 표했다. 고등학교 동창이지만, 그렇게 친한 사이는 아니다. 만나면 이야기는 하지만, 마주 앉아 술을 마실 사이까지는 아니다. 그건 이나모토 본인도 잘 알고 있을 것이다. 즉, 오늘은 무슨 용건이 있어서 보자고 했을 텐데, 그 용건이 뭔지 상상되지 않았다.

"논은 어쩌고 있어?"

"도모히로 아저씨께 부탁해서 돌보고 있어. 주말에는 이렇게 내가 내려오고. 어머니가 할 수 있으면 좋겠지만, 힘쓰는 일도 많고 어머니도 연세가 많으시니까. 그리고 집에 아버지 혼자 놔뒀다가 무슨 일이라도 생기면 큰일이라며 오래 외출도 못 해서."

"많이 힘들겠네. 나도 도와주면 좋겠지만, 이쪽도 워낙 바빠서 말이야."

이나모토가 친절한 어조로 말했지만, 그다지 친하지도 않은 이나모토에게 도움을 청하는 건 애초에 마뜩잖은 이야기다.

"그래도 이제 슬슬 끝나가니까."

아마 내일 하루면 추수는 끝날 거다. 그 후의 일은 앞으로 아버지와 상의할 작정이었다.

"그런데 아버님은 뭐라셔?"

이나모토의 물음에 도노무라는 잠시 입을 다물었다.

"내년 한 해만 더 하고 싶으시대. 이웃 사람들 도움을 받고, 주말에는 나랑 아내가 와서 도우면 한 해 정도는 더 할 수 있지 않겠느냐고."

"하지만 그래서는 네가 고생일 텐데."

이나모토의 직설적인 말에 도노무라는 답변이 궁했다.

확실히 고생이라면 고생일지도 모른다. 하지만 아버지에게서 쌀농사를 빼앗으면 살아갈 기력을 잃지는 않을까. 그게 걱정이었다.

"뭐, 아버지가 하고 싶다고 하시면 1년 정도는 힘을 보태드릴 생각이야."

도노무라는 스스로를 타이르듯 말하고 맥주를 입에 가져갔다. 언제부터 마시고 있었는지, 조금 떨어진 자리에서 이미 거나하게 취한 취객들이 웃음을 터뜨리는 것과 대조적으로 도노무라는 기분이 가라앉았다.

"그건 그렇지. 그만한 논을 지금까지 아버님 혼자 경작해오셨으니까."

대체 무슨 말을 하려는 걸까. 의아해하는 도노무라에게 "저기 도노무라, 실은 긴히 할 이야기가 있는데" 하고 이나모토가 드디어 본론을 꺼냈다.

"실은 요 부근의 농가들과 함께 농업 법인을 만들려고 해. 지금 동료가 세 명이고, 합쳐서 논이 약 9만 평쯤이야. 만약 아버님이 은퇴하시면 너희 집 논을 우리에게 넘겨주지 않을래?"

갑작스런 제안에 도노무라는 어떻게 대답해야 할지 몰랐다. "내년에도 농사를 짓는다면 그 이듬해라도 괜찮아. 한번 생각해봐."

"잠깐만, 이나모토. 넘겨달라는 건 논을 팔라는 소리야?"

"어떤 형태로 할지는 상의를 해봐야겠지."

이나모토가 말했다. "가능하면 해마다 임차료를 지불하는 형태로 했으면 좋겠는데."

이 이야기가 도노무라 집안에, 아니 도노무라의 아버지에게 좋은지 나쁜지, 이득인지 손해인지조차 짐작이 가지 않았다.

"난 시세를 전혀 모르니까 좀 알려줘. 예를 들어 임차료는 어느 정도야?"

미안한 듯이 이나모토가 알려준 금액은 놀랄 만큼 적었다.

"논이니까."

과연 그게 임차료가 저렴한 이유가 되는지 안 되는지 도노무라는 모른다. 이나모토가 말을 이었다.

"농사를 쉬어서 논이 황무지가 될 바에야 남에게 빌려줘서 농사를 짓는 편이 낫다는 어르신도 제법 많아."

"뭐, 그런 사정은 잘 모르겠지만, 하다못해 우리 부모님이 빠듯하게나마 먹고살 정도는 지불해줄 수 없을까?"

"농업 법인을 만들어봤자 본전을 뽑는 게 고작이야."

이나모토가 말했다. "쌀농사는 3만 평을 부친다고 해서 안락한 삶이 보장되는 일이 아니. 세 사람이 모여서 농업 법인을 만든다 해도 지금 우리가 가지고 있는 논만으로는 혼자서 꾸려 먹고사는 것과 크게 다를 바 없어. 농사 면적을 더 늘리지 않고서는 명색만 법인이지. 보조금을 받아 세 가족이 입에 풀칠하는 정도로 수확하는 게 고작일 거야."

농가끼리 법인을 만들어봤자 이익이 크게 늘어나는 건 아니라는 뜻이리라. 힘을 합쳐본들 약자는 약자다.

"그러니까 농사 면적을 늘리기 위해서 농사를 그만두는 어르신들의 논을 모으고 있다는 거야?"

도노무라가 이야기를 요약했다.

"실은 그래. 검토 한번 해봐."

부탁한다며 머리를 숙이는 이나모토에게 도노무라는 "뭐, 아버지한테 이야기는 해볼게……" 하고 별로 내키지 않는 목소리로 답했다. 만약 이 이야기를 받아들이면 부모님은 수입을 얻을 길이 거의 막혀 국민연금만으로 불안한 삶을 살아야 할 것이다.

이나모토는 "하나 물어보고 싶은데" 하고 새삼 양손을 무릎에 얹었다.

"도노무라, 농사를 이어받을 마음은 있어?"

"음, 그야 뭐, 없다고 해야겠지."

분명하게 단언하지 못한 건 역시 300년 된 농가라는, 있지도 않은 '명예'가 머리를 스쳤기 때문이다. 자신의 대에서 그 역사에 마침표를 찍어도 될까. 이 마당에 와서 망설여진다고 하면 그런 걸지도 모르겠다.

"애당초 난 회사원이니까."

그렇게 한마디를 덧붙이자 "그럼" 하고 심정을 잘 이해한다는 듯한 대답이 돌아왔다.

"아니면 다른 사람한테 농사를 맡길 계획이 있다든가, 그런 이야기는?"

"그런 이야기는 못 들어봤는데."

이나모토의 열정적이라기보다 필사적인 태도에 기가 눌려 도노무라는 대답했다. 농가의 속사정은 잘 모르고 농업 법인을 어떻게 이끌어나가겠다는 건지도 감이 잘 오지 않았지만, 농지 면적의 확대는 아무래도 이나모토를 위시한 그룹의 사활이 걸린 문제인 것 같았다.

"어떻게 좀 아버님을 설득해주지 않겠어, 도노무라?"

이나모토가 말했다. "우리한테 빌려줄 뿐이니까 도노무라 집안의 논이 없어지는 건 아니잖아. 휴경해서 황폐해지느니 빌려주는 편이 나을 거야. 긍정적으로 검토해줘. 부탁한다."

취객이 떠들어대는 술집의 한구석에서 이나모토는 깊이 머리를 숙였다.

"저어, 아버지. 이나모토라고 알죠? 제 고등학교 동창."

그다음 날 아침, 도노무라는 아버지에게 이나모토의 이야기를 꺼냈다.

"아, 사쿠로 씨네 아들이잖아."

아버지는 고개를 비스듬히 들고 기억을 더듬더니 "걔가 왜?" 하고 도노무라에게 물었다.

"친구 세 명과 농업 법인을 만든대요. 만약 아버지가 농사를 안 지으면 논을 빌려주거나 팔지 않겠느냐고 물어보던데요."

반세기 넘게 쌀농사에 심혈을 기울여온 아버지에게는 너무 단도직입적인 말이었는지도 모른다.

"빌려주거나 팔라고?"

천천히 부엌 의자에 앉은 아버지 앞에는 아침밥 반찬이 준비돼 있었다. 부엌에는 어머니와 도노무라의 아내도 서 있었다. 아내 사키코도 매주 도노무라와 같이 와서 어머니가 하는 자잘한 농사 일을 도왔다.

어머니가 밥을 퍼서 아버지 앞에 놓았다. 아버지는 스스로를 '반 병자'라고 말하지만, 식욕이 예전만큼은 돌아왔다.

"쯧! 입만 살아가지고."

젓가락을 들고 국그릇을 입에 가져간 아버지는 내뱉듯이 말했다. 어느 정도 예상은 했지만, 아버지는 예상한 그 이상으로 혐오감을 보였다.

"저녁부터 비가 올지도 모르겠군."

아버지가 화제를 냉큼 추수로 바꾸었다. "그 전에 다 벨 수 있겠니?"

"뭐, 어떻게든 되지 않겠어요?"

"미안하구나."

그런 대화 후에 작업복으로 갈아입은 도노무라는 머리에 밀짚 모자를 쓰고 목에 수건을 둘렀다. 처음에는 이 차림새가 어색했지만, 요즘은 잘 어울리는 것 같은 느낌이다.

도노무라는 현관에서 장화를 신고 집 안을 향해 소리쳤다.

"다녀올게요."

그러자 "부탁하마" 하고 어쩐지 즐거운 듯한 아버지의 목소리

127

가 들렸다. 이러쿵저러쿵해도 아들 도노무라가 농사일을 해주는 게 아버지는 즐거운 것이다.

"잘 갔다 와."

현관에서 어머니와 사키코의 배웅을 받고 논으로 나가자 어쩐지 서늘하게 느껴지는 가을바람이 벼를 흔들었다. 아버지가 걱정했던 것보다 일찍 비가 내릴지도 모르겠다. 바람은 생각 외로 무겁고, 습기를 머금고 있었다.

6

"시제품 때문에 그러는데 잠깐 좀 와봐."

밸브 보디 설계가 일단락된 지 며칠 후, 다치바나와 아키는 내선전화를 받고 회의실로 향했다. 전화 상대는 구매관리과의 미쓰오카 마사노부다.

서둘러 2층 소회의실로 가자 이미 가루베가 뚱한 표정으로 입을 꾹 다물고 있었다. 분위기만 봐도 뭔가 일이 터졌다는 걸 알 수 있었다.

가루베가 손짓으로 옆에 앉으라고 권했다. 두 사람이 앉자마자 가루베가 서류 한 장을 밀어주었다.

비용 시산표다. 밸브 설계 데이터를 바탕으로 구매관리과에서 작성한 문서다.

거기 적힌 금액을 본 순간 다치바나는 숨을 삼켰고, 가루베가 왜 불만스러운 표정을 짓고 있는지 알아차렸다.

"예산 초과는 개뿔."

한숨을 섞어 말한 가루베는 "미쓰오카, 그걸 어떻게든 해결하는 게 그쪽 일이잖아" 하고 투덜거렸다.

얼핏 듣기에는 험악한 대화지만, 가루베와 미쓰오카는 나이도 엇비슷하고 사적으로도 자주 술을 마시러 가는 사이다.

"안 돼, 무리야. 도저히 희망 예산 안쪽에서는 구현이 가능한 사양이 아닌걸."

"하지만 미쓰오카 씨, 이 밸브는 우리의 전략 제품이라고 해도 과언이 아닌데요."

벗어져 올라간 머리에 뿔테 안경, 개성적인 풍모의 미쓰오카에게 다치바나는 호소했다. "이익을 줄여서라도 일단 수주를 우선해야 하지 않겠습니까?"

"이봐, 이익을 줄이다니 그렇게 쉽게 말하지 마."

미쓰오카가 언짢은 표정을 지었다. "그런 사고방식으로 일하다간 우리 같은 중소기업은 순식간에 적자가 난다고. 네가 무슨 생각을 하는지는 알겠어. 첫 번째 수주만큼은 이익을 차치하고라도 실적을 올리자는 거지? 안 돼, 안 돼."

미쓰오카는 오른손을 얼굴 앞에다 대고 휘휘 내저었다. "그리고 한 번 정한 가격을 나중에 올리다니, 오모리밸브 같은 대기업이라면 모를까, 우리 같은 회사는 꿈도 못 꿀 일이야. 그건 가루베도 잘 알잖아."

가루베는 침묵을 지켰다. 미쓰오카의 말이 맞기 때문이다.

"상대는 오모리밸브예요."

아키가 말했다. "우리도 고성능 밸브로 승부하지 않으면 못 이긴다고요. 안 그래도 실적이 없는 분야인데."

"하지만 기어 고스트가 요구하는 비용 안쪽으로 들어가려면 이 사양으로는 무리야. 나도 여러모로 검토했고, 매입처와 교섭도 해봤지만 어려워. 설계를 변경해줘."

"아니, 그건……."

다치바나는 대답을 머무적거리며 뭔가 방안이라도 찾아내려는 듯이 견적서를 가만히 들여다보았다.

"설계를 변경하면 이 사양을 유지할 수 없어요. 정말 방법이 없나요?"

아키도 필사적이었다.

"마음은 알겠지만……."

미쓰오카도 난감한 표정이었지만, 어떻게든 해보겠다는 말은 하지 않았다. 오랜 세월 소재 조달과 공정관리에 종사해온 미쓰오카는 이른바 비용의 프로다. 온갖 가능성을 대부분 검토한 후에 내린 결론이 틀림없었다.

"미안하지만 더 이상 검토할 여지가 없어. 이 시산표가 최선이야. 그러지 말고 기어 고스트에 비용을 올려달라고 요구해보는 게 어떨까. 고성능에 걸맞은 비용이라고 하면 상대도 지불해줄지 모르지."

"그건 안 됩니다. 주어진 사양과 비용을 반드시 달성하는 게 조건이니까요."

이는 기어 고스트 쪽에서 거듭 강조한 부분이기도 하다. 다치바나는 절망적인 기분으로 고개를 저었다.

문을 두드리는 소리가 나더니 쓰쿠다가 대답하기도 전에 야마사키가 당황한 표정으로 얼굴을 들이밀었다.

컴퓨터 화면에 표시된 설계도에서 시선을 뗀 쓰쿠다는 자리에서 일어나 말없이 야마사키에게 소파를 권하고 자신은 그 맞은편에 앉았다.

"보셨습니까?"

"지금 보던 참이야."

밸브 설계도. 쓰쿠다는 그저께 설계도를 받은 후로 짬짬이 봐왔다. "잘 만들기는 했는데."

이어지는 말을 일단 삼키고 "상정한 비용을 초과하지는 않겠나?" 하고 제일 먼저 마음에 걸린 점을 물어보았다.

"실은 그 일로 온 겁니다."

아니나 다를까.

"미쓰오카가 뭔가 지적했나?"

야마사키는 들고 있던 서류를 쓰쿠다 앞에 내려놓았다. 구매관리과에서 작성한 시산표다.

묵묵히 시산표를 들여다본 쓰쿠다는 낙담한 기색으로 의자 등받이에 몸을 기댔다.

"이건 우리 쪽에서도 단가가 상당히 낮은 소재야. 그런데도 비용을 충족시키지 못한다면 설계를 변경하는 수밖에 없겠군, 야마."

단발성 발주로는 소재를 매입하기가 어렵고, 가격도 높아진다. 쓰쿠다제작소는 오랜 세월에 걸쳐 일정량 이상을 발주하며 나름의 가격과 지급을 보장해왔으므로, 조달 비용은 오모리밸브와 거의 차이가 없을 터였다.

"소재 조달 비용은 똑같더라도, 오모리밸브는 적자를 각오로 낮은 가격을 제시할지도 모릅니다."

야마사키는 난처한 듯이 쓰쿠다를 보았다. "그걸 감안하고 우리 쪽 가격을 낮추는 방안도 생각해볼 수 있을 것 같은데요."

"이익을 삭감해서?"

쓰쿠다는 눈을 동그랗게 뜨고 물었다. "미쓰오카는 뭐라고 하는데?"

"적자가 나오는 가격 설정에는 절대로 반대랍니다."

"그렇겠지."

그야말로 미쓰오카다운 판단이다. 쓰쿠다는 말을 이었다. "하지만 야마, 내가 생각하기로 오모리밸브가 적자를 내면서까지 가격을 낮추지는 않을 거야."

쓰쿠다는 지금까지 얻어들은 오모리밸브에 대한 평판을 야마사키에게 말해주었다. 기어 고스트의 경쟁입찰이 결정된 후로 오모리밸브와 관계가 있는 거래처를 돌아다닐 때마다 오모리밸브가 어떤 식으로 거래하는지 물어보았다. 이제 오모리밸브가 어떤 회사인지 머릿속에서 대강 형태가 잡혔다.

"영업은 막무가내지만, 가격을 낮추면서까지 거래를 트려고 했다는 이야기는 못 들어봤어. 애당초 그런 장사를 할 만한 회사는 아닌 것 같아."

"그런 회사가 아니라고요?"

염가 판매 경쟁을 경계했던 야마사키에게 쓰쿠다의 정보는 의외였다.

"거기는 밸브 분야 점유율이 국내 최고야. 기술력도 정평이 났고 자존심도 강하지. 신규 참여자인 우리와 맞붙는 경쟁입찰에서 염가 판매를 할 바에야, 이미 거래 중인 관계라는 강점을 살려 성능 좋은 밸브를 적정 가격으로 사달라고 로비하겠지."

"하지만 사장님, 그래서는 경쟁입찰을 하는 의미가 없는데요. 저쪽에 빼앗긴다는 말씀이세요?"

야마사키가 허둥댔지만 쓰쿠다는 태연한 태도를 유지했다.

"거래란 인연이야."

10년 넘게 사장으로 있으면서 얻은 진실이다. "비용이 절대적이라면서 비싼 고성능 밸브를 채택한다면, 기어 고스트는 결국 그 정도 회사인 거겠지. 우리가 상대할 곳이 아니야. 돈벌이도 안 되는 걸 만들어서 뭐하나."

"그야 그렇지만……."

야마사키의 속상한 표정에는 가루베와 다치바나, 아키의 노력에 어떻게든 보답해주고 싶다는 마음이 배어 있었다.

"이봐, 야마. 나도 어떻게든 하고 싶어. 하지만 이익을 줄이면 물건이 싸지는 건 당연한 이치야. 그래도 되겠어?"

쓰쿠다는 물었다. "장사란 말이야, 자신의 상품으로 얼마나 이익을 내느냐로 실력을 판가름하는 것 아닐까. 안이한 생각으로 싸게 팔면 결국 장사를 말아먹기밖에 더하겠나."

쓰쿠다는 표정을 다잡고 야마사키에게 말했다. "트랜스미션팀에 재검토하라고 전달해. 훌륭한 밸브지만 이래서는 장사가 안 돼. 장사란 무엇인지 곰곰이 생각해봤으면 좋겠군."

7

"장사란 무엇인가."

그날 밤 다치바나는 자기 자리에서 팔짱을 끼고 생각에 잠긴 채 중얼거렸다.

"우리가 하는 일은 결국 돈벌이라는 뜻이겠죠."

아키는 마음에 안 든다는 듯이 말하고 턱을 괴었다. "저는 이익보다 실적이라고 생각하지만요. 이번 일은 따내야 해요. 이익이니 뭐니 따지다가는 순식간에 오모리밸브가 채갈 거라고요."

다치바나의 시선이 아키에게서 아이들의 사진을 붙여둔 뒤쪽의 보드로 향했다.

"가우디와 마주하라고 했지."

요전에 가루베가 한 말이다. 가루베는 구체적인 지시 없이 자신도 뭔가 생각에 잠겨 있었다.

"어쩐지 미덥지 못하네요, 가루베 씨. 자기가 팀장이면서."

아키가 조금 떨어진 곳에 있는 가루베를 힐끗 쳐다보고 원망스럽게 말했지만, 다치바나는 반응하지 않았다. "그렇지 않아요, 다치바나 씨?"

"가루베 씨, 밸브 보디를 설계할 때 아주 고민했잖아. 그거 실은 우리를 위해서였던 거 아닐까?"

예상치 못한 말에 아키는 의자 등받이에서 몸을 일으켰다.

"우리를 위해서라니, 그게 무슨 말이에요?"

"실은 협의 후에 미쓰오카 씨한테 들었는데, 가루베 씨가 밸브보디의 비용을 최대한 낮췄대. 설계 단계부터 몇 번이나 미쓰오카 씨한테 소재와 비용에 대해 물었다나 봐. 비용을 낮추기 위해소재를 엄선한 거야. 아무래도 우리가 설계하는 밸브의 비용이높아질 걸 예상하고 그런 것 같아."

아키가 살그머니 쳐다보자 가루베의 옆얼굴은 여전히 생각에잠긴 모습이었다.

"저래 보여도 할 일은 한다는 말이군요……."

"말본새는 둘째 치고, 가루베 씨는 가루베 씨 나름대로 노력 중이야."

"성격 한번 까다롭네요."

아키가 한숨을 쉬었다.

"그러게나 말이야."

다치바나도 맞장구치고는 "결국 우리는 가우디에서 뭘 배웠던가" 하고 스스로에게 물었다.

"저는 생명의 소중함이요."

고민하는 다치바나에게 아키는 보드에 붙은 사진을 올려다보며 말했다. "저한테는 그게 동기 부여가 됐어요. 이 아이들과 마주하며 열심히 해야겠다고 마음먹었죠."

"이 아이들과 마주한다."

다치바나가 중얼거리듯 되뇌었다. "이 아이들과⋯⋯."

다치바나는 고개를 돌려 다시 아키를 보았다.

"그럼 지금 우리가 마주하고 있는 건 뭐지?"

스스로에게 물어본 걸까, 아키에게 물어본 걸까. 다치바나는 시선으로 기술개발부를 이리저리 눈으로 더듬었다.

"그야 밸브겠죠."

아키의 대답에 대꾸는 없었다.

다치바나는 눈을 감고 배 위에 깍지를 낀 채 느닷없이 깊은 생각 속을 헤매기 시작했다. 뭔가 실마리를 잡으면 자리를 가리지 않고 생각에 잠기는 것이 다치바나의 버릇이다.

얼마나 그러고 있었을까—.

"아까 전 질문 말인데."

"질문이요?"

문득 눈을 뜬 다치바나의 얼굴에서 아키는 지금까지와는 다른 표정을 보았다.

"지금 우리가 마주하고 있는 건 뭐냐는 질문. 아키는 밸브라고 했지. 그거 혹시 틀린 것 아닐까?"

과연 다치바나가 무엇을 생각해냈고 무엇을 말하려 하는 건지 아키는 전혀 짐작이 가지 않았다.

다치바나는 말을 이었다.

"우리가 마주하고 있는 건 밸브가 아니라 고객, 즉 기어 고스트 아닐까. 가우디 프로젝트 때 우리는 아이들을 위해 노력했잖아. 지금 위해야 하는 건 기어 고스트라는 회사이자, 거기의 트랜스미션 아닐까?"

"뭐, 확실히 그건 그렇지만……."

아직 납득이 가지 않는 듯한 아키에게 다치바나는 흥분을 띤 어조로 말했다.

"우리는 지금까지 고성능 밸브를 추구해왔지만, 그게 정말로 기어 고스트의 트랜스미션에 필요할까?"

근본적인 질문이 던져졌다. "실은 우리 엔진이 트랙터에는 너무 고성능이라 수요를 놓치고 있던 것과 똑같은 상황 아닐까?"

드디어 아키도 이야기의 윤곽이 보였다.

"즉, 고객을 무시한 채 무의미한 고성능 경쟁을 펼치고 있었다는 말인가요?"

대답이 없었다. 다치바나의 의식은 또 어딘가 다른 세계로 날아간 모양이었다. 잠시 후.

"무소음성, 경량화, 저연비, 내구성……."

주문이라도 읊듯이 그런 말이 다치바나의 입에서 쏟아져 나왔다.

"요는 트랜스미션의 성능에 맞추면 되는 거야."

다치바나가 말했다. "기어 고스트는 오로지 고성능만 추구하는 게 아니라, 농기계인 트랙터용 트랜스미션으로서 최적의 사양을 설정해놨어. 그렇다면 밸브도 거기에 맞춰야겠지."

"그럼, 우리가 설계한 현재 이 사양은……."

아키는 눈을 크게 뜨더니 다음 말을 삼켰다. 입에 담기가 꺼려졌기 때문이지만, 다치바나는 아주 담담하게 다음 말을 꺼냈다.

"그래, 이런 사양은 아무 쓸모가 없어."

8

간다가와 아쓰시는 접대 상대와 자신의 잔에 맥주가 채워지기를 기다렸다가 앞에 놓인 잔을 높이 쳐들었다.

"요전번에는 감사했습니다, 나카가와 변호사님. 그리고 올 한 해 참 많은 도움을 받았습니다."

"아니요, 저야말로."

나카가와 교이치는 여유로운 표정으로 건배하고 태평하게 웃음을 지었다. "특허 승인 축하드립니다. 이제 다음 단계로 진행하겠군요."

12월에 접어들자 송년회 시즌이 시작돼 나카가와는 연일 고객들과 지루한 회식을 하고 있다. 하지만 대규모 트랜스미션 제조사 케이머시너리의 지식재산부 부장 간다가와와의 자리에는 특별한 의미가 있었다. 지금 맡은 일을 성공시켜 케이머시너리와 고문 계약을 맺는다는 궁극적인 목적 때문이다. 그러면 다무라앤오카와 법률사무소와 고문 계약을 맺은 대기업이 또 하나 늘어난다.

"다 변호사님 덕분입니다. 과연 다무라앤오카와 법률사무소의 간판 변호사다우십니다, 나카가와 변호사님."

"무슨 말씀이십니까. 저희 사무소에서 이런 케이스는 일상적인걸요."

나카가와는 느긋한 어조로 말하고 "만약 향후로도 일이 잘 풀리면, 꼭 저희 사무소와 고문 계약을 체결해주시길 부탁드립니다" 하고 가볍게 머리를 숙였다.

"물론이죠. 진정한 기술력을 갈고닦고, 그걸 무기로 삼기 위해 필요한 전략을 적확한 타이밍에 준비하는 것. 그것이야말로 업계에서 저희 회사의 영향력을 더욱 높여줄 겁니다. 그러기 위해서 더욱 강력한 법률사무소와 힘을 합칠 필요가 있다는 건 경영진도 잘 알고 있습니다."

"지식재산은 무기입니다."

나카가와는 쥐고 있던 술잔을 들어 올리며 누구에게랄 것도 없이 말했다. "무기는 사용해야 비로소 무기인 거죠."

"옳으신 말씀입니다. 변호사님, 이번 특허를 발판으로 빨리 다음 단계에 착수해주시기 바랍니다."

아무도 없는 방인데도 간다가와는 목소리를 낮추었다. "라이선스 사업 전략은 앞으로 저희 회사의 중요한 수익원이 될 게 틀림없습니다. 따라서 일러주신 대상 기업에 대해 조속히 행동에 들어가고 싶습니다."

"알겠습니다."

나카가와는 간다가와의 얼굴을 치뜬 눈으로 바라보며 슬쩍 물었다. "그런데 청구 금액은 저희가 당초에 제안한 대로 가면 되겠죠?"

"이의 없습니다. 꼭 그렇게 부탁드립니다. 다만."

간다가와는 문득 미심쩍다는 표정을 지었다. "저희가 조사한 바로는, 그 회사의 지급 여력은 변변치 않습니다. 과연 그런 곳에서 어떻게 돈을 받아낼지⋯⋯."

"물론 생각해둔 바가 있습니다."

"호오⋯⋯."

의외의 대답이었는지 간다가와의 얼굴에 호기심이 비쳤다.

"자세한 내용은 차차 얘기하시죠."

나카가와는 그저 빙그레 웃었다. "뒷일은 마음 푹 놓고 저희에게 맡겨주십시오. 반드시 좋은 결과를 안겨드리겠습니다."

여운을 남기는 나지막한 웃음소리가 나카가와의 입에서 새어나왔다.

5장

기어 고스트

1

새해가 밝은 1월, 모터과학연구소의 담당자 다케모토 에이지가 쓰쿠다제작소의 시제품 밸브를 평가한 결과를 기어 고스트의 가시와다 히로키 앞으로 보냈다.

다케모토는 모터과학연구소의 베테랑 평가담당자로, 그의 견해에는 여러모로 공부가 되는 부분이 많다. 이날도 반납된 밸브에는 평가 결과와는 별개로 가시와다가 늘 고대하는 간단한 소견이 덧붙여져 있었다.

가시와다 씨가 이 평가를 보시고 어떻게 생각하실지는 모르겠지만, 좋은 밸브입니다. 물론 성능은 요전의 오모리밸브 것에 도저히 못 미치지만, 성능 이상으로 꼼꼼하게 만들었다는 인상을 받았습니다.

성능 이상으로 꼼꼼하게 만들었다는 의견은 흥미로웠지만, 구체적인 이유가 명시된 건 아니라서 이번 평가는 평소의 날카로움이 없는 것처럼 느껴졌다.

"좋은 밸브라."

가시와다는 평가 내용을 곱씹어보고 혼잣말했다. "뭐, 확실히 나쁘지는 않은데, 그래도……"

만듦새가 좋고 나쁜 건 둘째 치고, 성능에서 오모리밸브와의 간격을 메우기 힘들다.

아무튼 이것으로 밸브 평가는 끝났다.

"쓰쿠다제작소의 평가는 어땠어?"

그때 맞은편 책상에서 과장 홋타가 물었다.

"그저 그렇다고 할까요."

출력한 평가서를 서류 너머로 홋타에게 내밀었다.

"이 정도인가."

잠시 들여다보던 홋타는 흥미 없다는 듯 서류를 돌려주었다.

"얼마나 굉장한 게 나올까 했는데 오모리밸브 쪽이 훨씬 고성능이로군. 깜짝 반전이 있지는 않을까 기대했는데."

쓰쿠다제작소는 규모는 작지만 로켓엔진의 밸브 시스템을 제조하는 회사다. 이른바 로켓에 사용될 만한 품질의 고성능 밸브가 등장하지 않을까 했더니, 테스트용으로 납품된 밸브의 사양은 상정된 범위를 전혀 벗어나지 못했다.

"아쉽네요. 그런데 어떻게 할까요, 과장님?"

가시와다는 홋타의 판단을 물었다. "쓰쿠다제작소의 밸브는 가격은 맞췄지만, 사양에서 뒤집니다. 한편 오모리밸브는 트집 잡을 데 없이 사양이 좋습니다만, 가격이 높아요. 망설여지네요."

"오모리밸브야."

훗타는 시원스레 결론을 내렸다. "밸브의 중요성을 고려하면 성능이 무엇보다 우선이지."

"하지만 예산이 초과되는데요."

"사전에 오모리밸브에서 사장님께 연락을 했다는 모양이야."

훗타는 의외의 정보를 꺼내놓았다. "온 역량을 기울여 밸브를 만들 테니 가격을 조금 올려달라고 했대. 상대가 로켓엔진 밸브를 만드는 회사라는 말에 정신이 번쩍 난 거겠지."

"그래서 사장님은 뭐라고 하셨답니까?"

부품의 비용 설정은 트랜스미션 전체의 가격에 반영되며, 더 나아가 기어 고스트의 수익률에까지 영향을 미치는 문제다. 이는 공장 없이 트랜스미션을 제조한다는 비즈니스 모델을 고안한 이타미 본인이 제일 잘 안다.

"물론 예산 내에서 부탁한다고 대답하셨다는데."

실제로 납품된 오모리밸브의 제품은 아주 '고급품'이었다. 자동차에 비유하면 일반적인 승용차를 주문했는데, 고급 스포츠카가 출고된 셈이다.

"다만 확실히 그 사양에 그 가격이면 저렴해."

밸브 보디까지 포함한 밸브는 사양과 비용의 균형을 보고 평가한다. 싼 게 비지떡인 경우는 논외지만, 성능에 비해 저렴하게 느껴지느냐 아니냐가 포인트다. 훗타는 '가격 대비 이득'이라는 측면에서 오모리밸브가 우세하다고 판단했다.

"네 생각은 어때?"

가시와다는 답변이 궁해 끙, 하고 나지막하게 앓는 소리를 냈다. 판단하기가 어려웠다.

쓰쿠다제작소의 평가 결과를 받은 시점에서는 확실히 기대에
못 미쳤다고 생각했다. 하지만 애당초 자신은 대체 뭘 기대한 걸
까? 멋대로 기대치를 올린 것은 자신이고, 쓰쿠다제작소는 회사
의 요구에 딱 맞는 사양의 밸브를 납품했다. 오모리밸브 제품과
비교하면 평범하지만, 애초에 우리가 그 평범한 밸브를 요구한
것 아니었나.

"저로서는 아무래도 판단이 안 서네요."

어느 밸브를 선택할지는 개별적인 판단이라기보다 트랜스미
션 전체의 비용 구조, 더 나아가 설계 방향성에 관련된 문제다. 기
어 고스트에서는 전자를 사장 이타미가, 후자를 시마즈가 담당한
다. 요컨대 이건 두 사람이 상의해서 결정해야 할 '현안' 아닐까
싶은 기분이 들었다.

"내가 소견을 붙여서 시마즈 부사장님한테 넘길게. 뒷일은 위
쪽의 판단에 맡기자고."

가시와다가 답을 내지 못하고 끙끙대자 홋타는 소견을 간단하
게 정리해 시마즈에게 판단을 일임했다.

종일 외출했던 이타미는 그날 저녁에야 경쟁입찰 결과에 대해
시마즈와 논의했다. 홋타의 소견과 평가 결과를 들고 사장실로
들어간 시마즈가 이야기를 마치고 나오기까지 10분도 걸리지 않
았다. 예상외로 짧은 시간에 결론이 난 건 우연하게도 두 사람의
의견이 일치했기 때문이다. 그리고—.

"밸브는 쓰쿠다제작소에 발주할 거야."

시마즈의 한마디에 훗타는 할 말을 잃었다. 훗타뿐만 아니라 가시와다도 뜻밖의 결론에 놀라기는 마찬가지였다.

천재라고 불리는 만큼 시마즈와 같이 일하다 보면 비범한 두뇌와 감각에 놀랄 때가 적지 않았다. 하지만 이렇게까지 성능에 차이가 나는데, 사양이 떨어지는 쓰쿠다제작소의 밸브를 주저 없이 선택한 이유는 무엇일까.

"하지만 오모리밸브 쪽의 사양이 월등한데요. 가격 대비 성능도 뛰어나니 오모리밸브 쪽이 좋지 않겠습니까?"

훗타가 자신이 쓴 소견대로 반론을 시도했다.

"쓰쿠다제작소의 사양으로 충분하잖아. 가격도 우리가 요구한 범위 안쪽이고."

시마즈는 천연덕스럽게 딱 잘라 말했다.

"하지만 성능차가 상당한데요."

"이야, 그렇게 생각하는구나."

시마즈는 약간 의외라는 듯이 훗타를 보았다. "쓰쿠다제작소의 밸브, 일부러 성능이 그렇게 나오도록 조정했을 거야. 실은 성능을 더 올릴 수도 있었겠지."

"왜 그렇게 생각하시죠?"

가시와다는 흥미가 동했다.

"세부에 걸쳐 두루두루 꼼꼼하게 만들었으니까. 소재도 아주 엄선했고. 무게, 연비에 주는 영향, 그리고 비용. 전부 완벽하게 계산해서 우리 트랜스미션과 최고의 조합을 노렸어. 실은 겉보기 이상으로 엄청난 밸브라고."

시마즈의 평가에 홋타도 가시와다도 대꾸할 말이 없었다.

"쓰쿠다제작소에 고맙다고 연락 좀 해줘. 바로 이런 걸 원했거든."

시마즈가 재빨리 자기 자리로 돌아가자 얼떨떨하게 처다보던 홋타는 더 이상 어쩔 도리도 없이 "그런 거라네" 하고 대화를 듣고 있던 가시와다에게 말했다.

"감사합니다."

일어서서 전화를 받는 다치바나에게 기술개발부 전원의 시선이 쏠렸다.

다치바나는 전화를 끊고 얼굴 가득 웃음을 띤 아키와 악수를 나누었다.

"채택됐어?"

멀리 떨어진 자기 자리에서 야마사키가 묻자 다치바나는 성격답지 않게 주먹을 불끈 쥐며 그렇다고 대답했다. 그리고—.

"가루베 씨."

모니터를 보고 있는 가루베에게 다가가 말을 걸었다. 다 들었으면서도 가루베는 고개조차 돌리지 않았다.

"기어 고스트에서 연락이 왔습니다. 우리 밸브가 채택됐어요."

그제야 가루베는 옆에 서 있는 다치바나와 아키에게 시선을 주었다.

"그거 잘됐군그래."

쑥스러움을 감추는 가루베 특유의 말투다.

"가루베 씨의 조언이 없었다면 이기지 못했을 겁니다. 감사합니다."

다치바나가 고개를 숙이자 가루베는 "딱히 인사를 들을 만한 일은 아닌데" 하고 호응해주지 않았다. 가루베는 자신만의 방식을 고수하고, 다치바나와 아키는 언제나 진심으로 대한다. 그것이 이 세 사람 사이에서 기묘한 팀워크를 이루었다.

"애당초 대단한 걸 가르쳐준 것도 아니고 말이야. 그래도……."

심드렁하게 말하던 가루베는 문득 생각났다는 듯이 뜸을 들였다. "너희랑 같이 일해서 음, 뭐랄까…… 재미있었어."

생각지도 못한 한마디였다. 놀란 표정을 짓는 두 사람에게 가루베는 "자, 갈까" 하며 자리에서 천천히 일어섰다.

"어디를요?"

"당연히 사장실이지."

다치바나의 물음에 가루베는 앞장서서 걸음을 옮겼다. "이 결과를 목이 빠져라 기다리고 계실 거 아니야. 기쁨을 안겨드리자고. 부장님, 잠깐 다녀오겠습니다."

가루베는 야마사키에게 오른손을 척 든 후, 호주머니에 한손을 찔러 넣은 평소의 삐딱한 스타일로 느릿느릿 걸어갔다.

쓰쿠다제작소의 트랜스미션 전략은 이때, 작지만 중요한 첫걸음을 내디뎠다.

2

부장실에는 먼저 온 손님이 있었다. 지식재산부 부장인 오타카 히토시다. 오랫동안 지식재산 전략을 담당해온 리더로서 오모리 밸브에 없어서는 안 될 남자다.

마키타가 들어오자 오타카는 나갔다. 무슨 말을 들었는지 다쓰노는 근심에 찬 표정으로 팔걸이의자에 앉아 있었다.

그 앞에 선 마키타의 용무는 이제 막 들어온 기어 고스트의 경쟁입찰 결과 보고다. 다쓰노가 얼마나 질책할지 생각하자 마키타는 속이 쓰렸다.

"거절당했다고?"

아니나 다를까 대번에 다쓰노의 표정이 굳어졌다. "훌륭한 밸브를 내놨잖아. 뭐랬지, 그 경쟁 상대 이름이……."

"쓰쿠다제작소입니다."

마키타가 머뭇머뭇 이름을 꺼내자 "기어 고스트가 우리 말고 그런 신출내기를 선택하다니" 하고 다쓰노는 불쾌하다는 듯 입술을 일그러뜨렸지만, 예상과 달리 분노를 폭발하지는 않았다.

뭔가가 있다.

위화감을 품고 몰래 상사의 표정을 살피는 마키타에게 "이유는 물어봤나" 하고 다쓰노가 물었다.

"너무 고성능이라서 그렇답니다. 가격도 안 맞는 데다 그 정도까지 성능이 높을 필요는 없다고……."

상대가 데이코쿠중공업의 대형 로켓엔진용 밸브를 제조한다

는 말에 고성능 밸브로 대응하라고 지시한 건 다름 아닌 마키타
였다. 판단 실수를 질책당하리라고 각오했을 때였다.

"이봐, 그딴 건 이유가 안 돼."

다쓰노는 전에 없이 냉정함을 유지했다. "이건 기어 고스트와
우리의 신뢰가 달린 문제야. 그렇지 않나?"

"지당하신 말씀이십니다."

"우리는 그쪽의 주력 트랜스미션에 들어가는 밸브를 납품하고
있어. 원래는 우리 같은 회사가 상대할 만한 신용도도 없는 곳에
고품질 밸브를 공급하고 있다고. 불면 날아갈 듯한 벤처기업의
성장을 바라고서 이를테면 부모같이 따뜻한 마음으로 배려한 거
잖아. 결국 그들은 아무런 경의도 감사도 보이지 않고 우리의 배
려를 짓밟은 셈이야."

"어떻게 할까요? 말귀를 알아듣도록 타일러서 재검토를 시킬
까요?"

"그래봤자 헛일이야."

다쓰노는 쌀쌀맞은 투로 말하며 들고 있던 볼펜을 책상에 탁
내던졌다.

"상대가 이런 태도로 나온다면 기존의 거래도 다시 생각해보
지 않을 수 없겠지. 안 그래?"

무슨 말인지 이해한 마키타는 숨 막히는 기분으로 상사를 바라
보았다. 다쓰노는 기어 고스트에 거래 중단을 암시함으로써 이번
경쟁입찰 결과를 뒤집어 자사의 밸브를 채택하도록 압력을 가하
려는 작정일까.

"이타미 사장에게는 뭐라고 전할까요?"

"거래를 재검토할 작정이라고 전해. 기어 고스트 쪽의 공급은 계약 기일에 중지한다. 그럴 경우 한 달 전에 사전통지해야 하던 가? 틀림없도록 문서로 알려줘."

예상외의 지시에 마키타는 놀랐다.

"하지만 부장님, 중단하면 사업상 아무 이점이 없는데요. 기존 거래에 대해서는 가격을 올린다든가, 그렇게 대응하심이⋯⋯."

"상관없어."

다쓰노는 단호하게 말했다. 어두운 눈빛이 아무것도 없는 부장 실 벽에 꽂혔다. 마키타는 다쓰노에게 뭐라 표현할 수 없는 뭔가 를 느끼고 한 소리 들을 각오로 물었다.

"부장님, 기어 고스트와 관련해 뭔가 있습니까?"

막연한 질문이다. '뭔가'가 무엇인지는 스스로도 모른다.

"그 회사, 조만간 망할 거야."

마키타는 눈을 깜박이는 것조차 잊고 그저 다쓰노만 바라보 았다.

"우리한테 대손•이 생기지 않도록 상황을 잘 파악하도록."

"그건 어디서 들어온 정보⋯⋯."

마키타는 말하다 말고 흠칫 놀라 입을 다물었다.

방금 전에 부장실을 나간 오타카 아닐까. 근거는 없었다. 그냥 직감이었다. 업계에 떠도는 정보를 수집하는 능력이 오타카의 강 점 중 하나인데, 그 배경에는 지식재산 분야에서는 따라올 자가

• 외상 매출금, 대출금 따위를 돌려받지 못해 손해를 보는 일.

없다고 일컬어지는 다무라앤오카와 법률사무소가 존재한다. 여러 대기업의 지식재산 전략을 도맡는 다무라앤오카와 법률사무소의 고문변호사가 뭔가 알려준 것 아닐까.

"대체 뭐가 어떻게 돌아가는 거람⋯⋯."

결국 마키타는 아무 정보도 얻지 못한 채 석연치 않은 기분으로 부장실을 나서는 수밖에 없었다.

3

"무슨 이야기 중이실까요?"

기어 고스트의 가시와다는 사장실에서 이마를 맞대고 있는 이타미와 시마즈의 모습에서 뭔가 심상치 않은 낌새를 맡았다. 시마즈의 진지한 표정에서 전에 없이 절박한 분위기가 묻어났다. 이타미가 침울하게 찡그린 얼굴을 드는가 싶더니 소파에 몸을 푹 묻고 뒤통수에 깍지를 꼈다.

"혹시 오모리밸브에서 뭐라고 했다든가⋯⋯."

경쟁입찰 다음 날이었다.

"글쎄. 가능성은 있지만."

훗타는 모니터에 띄운 엑셀 문서의 숫자를 수정하며 고개를 갸웃했다. "기존에 거래하던 밸브의 가격을 인상하겠다는 건지도 모르지."

"그럼 골치 아픈데요."

가시와다는 눈썹을 찌푸렸다. "밸브를 채택했다고 쓰쿠다제작소에는 이미 통지했으니까요. 이제 와서 손바닥 뒤집듯 할 수는 없는 노릇이잖습니까."

어제 연락했을 때 전화를 받은 다치바나가 얼마나 기뻐했는지 모른다. 이제 와서 "역시 채택은 안 되겠습니다" 하고 어떻게 말하겠는가.

"그야 모를 일이지. 사업이란 파워게임이기도 하니까. 아무튼 오모리밸브는 밸브 분야의 제왕 같은 존재잖아."

"만약 결과를 뒤집게 된다면, 과장님, 부탁 좀 드리겠습니다."

"알았어, 알았어."

홋타가 흔쾌히 대답했을 때 "그건 아닐 것 같은데요" 하고 옆에서 사무보조 사카모토 나나오가 예상외의 말을 꺼냈다.

"아까 내용증명 우편이 왔거든요."

"내용증명?"

그 한마디에 홋타가 따귀를 맞은 것처럼 사장실 쪽으로 고개를 홱 돌렸다. 잠시 그대로 동태를 살피다 나나오에게 물었다.

"무슨 내용인지 알아?"

"아니요. 그대로 시마즈 부사장님께 전달했거든요."

"하긴, 그래야지."

홋타가 대답했을 때 사장실의 이타미가 서류를 들고 전화를 걸기 시작했다.

"스에나가 변호사로군."

홋타가 그렇게 말한 건 "……변호사님"이라는 말이 들렸기 때문이리라. 스에나가 다카아키는 기어 고스트의 고문변호사다. 전화다 보니 자기도 모르게 목소리가 커지는지, 통화 내용이 드문드문 들렸다.

"케이머시……."

홋타와 가시와다는 무심결에 얼굴을 마주보았다.

"케이머시너리일까요?"

가시와다가 물었다.

기어 고스트의 경쟁사라기에는 너무 거대한 트랜스미션 제조사다. 미국의 업계 대기업 EZT에게 적대적 M&A를 당해 화제가 된 것이 수년 전. 그 후로 모회사의 방침을 반영했는지 경쟁 기업을 차례차례 고소하는 지식재산 전략을 남발해, 이제는 업계 전체가 케이머시너리의 동향에 신경을 곤두세우고 있다.

이윽고 이타미가 통화를 끝내자 시마즈가 굳은 표정으로 사장실에서 나왔다. 시마즈는 말없이 자기 자리로 돌아가자마자 캐비닛에서 설계도를 꺼내 내용을 확인한 후, 전용 도면 케이스에 넣었다. 아무도 입도 뻥긋 못 할 만큼 긴장된 분위기였다.

"걱정되는데요. 과장님, 무슨 일인지 좀 물어보세요."

가시와다가 작은 목소리로 말했다.

"지금 저게 물어볼 수 있는 분위기야? 나중에 알려주겠지."

홋타도 작게 대답했다.

"스에나가 변호사님께 잠깐 다녀올게."

사장실에서 나온 이타미가 그렇게 말했다. 이타미와 시마즈는 부랴부랴 회사를 나섰다.

"역시 그랬군."

훗타가 혼잣말했다.

무슨 말썽이 생긴 건 확실하다. 하지만 그게 기어 고스트의 존속을 좌지우지할 만큼 대사건인 줄은 이때 가시와다도 훗타도 상상하지 못했다.

4

스에나가 다카아키의 변호사 사무소는 신바시역에서 걸어서 5분 거리의 오피스 빌딩에 있었다.

"이게 전화로 말씀드린 내용증명입니다."

이타미가 편지를 스에나가 앞으로 밀어주었다.

스에나가는 올해로 예순 살이 되는 베테랑 변호사인데, 지식재산 분야도 다룬다기에 창업 당시부터 고문변호사를 맡아달라고 부탁했다.

보낸 사람은 다무라앤오카와 법률사무소. 변호사 나카가와 교이치를 비롯해 변호사 다섯 명이 주식회사 케이머시너리의 대리인으로 이름을 올렸다.

귀사의 번영을 기원합니다.

귀사가 제조 중인 자동차용 트랜스미션 'T2'의 주요 부품과 관련해 저희 의뢰인인 주식회사 케이머시너리를 대신해 이 문서를 보냅니다.

(생략)

귀사가 제조 중인 부변속기는 주식회사 케이머시너리가 취득한 특허 (별지에 명시)를 명확히 침해했습니다. 본건으로 주식회사 케이머시너리는 특허권자로서 본래 취득해야 할 이익을 상실하였으며, 지금도 계속 침해를 당하고 있는 상황입니다.

저희는 귀사가 이 사실을 조속히 인정하고, 즉시 해당 부변속기 제조 및 탑재를 중지하는 동시에 본 침해에 대해 경제적 및 사회적으로 성의 있게 대응할 것을 요청하는 바입니다.

즉시 본건에 대해 검토하시어 일주일 이내에 회신을 주시기 바랍니다.

"문제로 지적된 곳은 여기인데요."

스에나가가 고개를 들자 시마즈는 가져온 설계도를 펼쳤다.

아이치모터스의 소형차에 채택돼 기어 고스트의 주력 제품이 된 트랜스미션의 설계도다. 시마즈가 볼펜으로 가리킨 곳은 풀리●라 불리는 부품이었다.

"T2는 기존의 CVT에 비해 풀리를 소형화해 무게와 부피를 줄인 것이 특색입니다. 그 대신에 부변속기를 채택해 변속비 폭을 증대시켰죠. 결과적으로 그 아래쪽에 컨트롤 밸브를 배치해 불필요한 공간을 만들지 않고 트랜스미션 케이스에 담아냈습니다. 케이머시너리는 이 부변속기가 특허를 침해했다고 주장하는 거예요."

시마즈는 설계도의 부변속기 부분을 볼펜 끝으로 몇 번 두드리

● 도르래를 뜻하는 말로, 트랜스미션에서 벨트를 거는 바퀴를 가리킨다.

며 말했다. "사전에 특허를 조사했을 때는 문제없었거든요. 그런데 왜……."

시마즈는 아무래도 이해가 가지 않는다는 듯 고개를 기울였다.

"특허 출원은 출원 후 18개월이 경과하지 않으면 공개되지 않으니까요."

스에나가가 설명했다. "귀사가 특허를 조사했을 때, 이 특허는 공개되기 전이었던 겁니다. 자, 이걸 보세요."

스에나가는 특허 정보의 출원일에 표시를 했다. 분명 기어 고스트에서 특허를 조사한 시기와 겹쳤다.

시마즈는 잠시 멍하니 생각하다가 "그런 거였군" 하고 무거운 한숨을 내쉬었다.

"그나저나 뜬금없이 내용증명 우편부터 보내다니 참 난폭한 작자들이로군."

스에나가는 문서에 시선을 떨어뜨린 채 손가락으로 이마를 지그시 눌렀다. "참으로 다무라앤오카와 법률사무소답다고나 할까요. 우리랑 달리 규모가 커서 지식재산 분야의 대기업이라고 해도 될 만한 사무소지만, 평판이 좋지만은 않습니다. 개중에서도 이 나카가와 교이치는 악질이라는 꼬리표가 붙은 변호사예요."

"어떻게 하면 좋을까요?"

생각에 잠긴 시마즈를 대신해 이타미가 물었다.

"이 문서에도 연락을 달라고 적혀 있듯이, 일단 상대방과 만나 이야기해보는 수밖에 없겠죠."

스에나가는 안타깝다는 표정으로 말을 이었다. "얼마가 될지는 모르겠습니다만, 케이머시너리 측과 특허 실시료 지급을 두고 협상을 벌이게 될 겁니다."

"특허료를 내지 않고 싸울 수는 없습니까?"

이타미의 물음에 스에나가는 나지막하게 앓는 소리를 내며 잠시 생각에 잠겼다.

"물론 법정에서 싸울 수는 있습니다. 하지만 이 내용만 본다면 어떨까요. 사견입니다만, 승산이 있을지……."

이타미는 할 말을 잃고 스에나가를 응시했다. "이기지 못한다면 관건은 특허 실시료, 그러니까 특허 사용료를 최대한 낮추는 방향으로 얼마나 협상의 여지가 있느냐겠죠. 하지만 그것도 상대방의 의향을 들어보지 않고서는 뭐라고 말하기 어렵군요. 면담 날짜는 제가 그쪽에 연락해서 정하겠습니다."

아무래도 사태는 압도적으로 불리한 것 같았다.

"부탁드립니다."

이타미는 수첩을 펼쳐 비는 날짜와 시간을 몇 개 일러주었다.

그날 저녁, 상대방 변호사 사무소에 연락한 스에나가가 다음 주 월요일에 만나기로 약속을 잡았다고 알려주었다.

5

"여기까지 오시라고 해서 죄송합니다. 앉으시죠."

도쿄의 경제 중심지 마루노우치에 있는 다무라앤오카와 법률사무소의 응접실은 관엽식물과 이타미도 알고 있는 인상파 화가의 그림 한 점으로 장식되어 있었다. 복제품이겠지만, 진짜일지도 모른다는 생각이 들 만큼 응접실에는 고급스러움이 넘쳤다.

변호사 나카가와는 이타미와 스에나가에게 의자를 권한 후, 넓은 테이블 건너편으로 가서 우아하게 앉았다. 옆에 앉은 젊은 변호사는 아오야마 겐고. 한 아름이나 되는 자료를 앞에 놓아둔 아오야마는 보조 담당자인 모양이었다.

"저희가 보낸 문서는 읽어보셨겠죠?"

나카가와는 묘하게 연극조로 이타미와 스에나가를 번갈아 보았다. "읽고 어떻게 생각하셨습니까?"

"솔직히 놀랐습니다."

스에나가가 정중한 태도로 대답했다. "T2는 4년 전에 시판됐죠. 저희로서는 특허를 침해했다는 인식이 없었으니 그야말로 청천벽력 같은 상황입니다. 일단 먼저 말씀드리고 싶은데요, 기어고스트는 싸울 의사가 없고, 가능하면 교섭으로 문제를 해결했으면 합니다. 이러한 조건에 대해 케이머시너리 쪽의 구체적인 의향이 있으시다면 듣고 싶습니다만."

"그거 현명한 판단이시군요."

나카가와는 속을 알 수 없는 웃음을 짓더니 아오야마가 옆에서 내민 자료를 보며 말을 이었다. "기어 고스트에서 제조한 트랜스미션 T2는 아이치모터스의 소형차에 탑재돼, 이미 상당한 수가 생산됐습니다. 그리고 여기가 중요한 부분인데요."

나카가와는 웃음을 머금은 채 더 간살스러운 목소리로 천천히 말했다. "T2라는 트랜스미션은 저희 의뢰인이 특허를 보유한 부변속기의 구조 없이는 성립이 안 되죠. 이걸 토대로 케이머시너리가 얻었을 로열티를 계산해보면, 약 15억 엔입니다."

이타미가 고개를 번쩍 들어 나카가와를 뚫어져라 쳐다보았다.

"아무래도 그건 너무 과합니다."

질 나쁜 농담이라도 들은 것처럼 스에나가가 억지웃음을 지으며 대답했다. "기어 고스트는 그만한 금액을 지불할 여력이 없습니다. 이거, 동종업자에 대한 보복적 조치로 일부러 금액을 올린 것 아닙니까?"

"보복적 조치라니요, 무슨 그런 말씀을."

나카가와는 뜻밖이라는 투로 말했다. "트랜스미션의 상정가격과 제조대수에, 경쟁 제조사로서 상응하는 로열티를 곱해서 산출한 현실적인 금액입니다. 이걸 지불하고, 앞으로 트랜스미션을 제조할 때마다 로열티를 지불하는 것이 유일한 해결책이라고 보는데요."

아오야마가 일어서서 이타미와 스에나가 앞에 15억 엔으로 계산한 근거 자료를 밀어주었다.

협상할 여지를 찾기 위해 스에나가가 자료를 살펴보기 시작했다. 하지만 그 노력은 아무래도 헛수고로 끝난 듯, 반론도 없이 자료를 테이블에 돌려놓았다.

"기어 고스트는 로열티를 지불할 의사가 있습니다. 이 근거 자료도 받아들이겠고요. 하지만 로열티 10퍼센트는 너무 높습니다. 감액을 검토해주실 수 없겠습니까? 이래서는 도저히 지불할 수 없습니다."

"그건 안 되겠는데요. 케이머시너리는 동종업계의 타사에 일률적으로 10퍼센트의 로열티를 받고 있거든요."

나카가와는 비열한 웃음을 머금고 고개를 저었다. "의뢰인은 그 점을 특히 강조했습니다. 회사가 작다고 해서 로열티를 낮춘다면 의뢰인의 지식재산 전략에 구멍이 나겠죠. 케이머시너리의 경쟁력을 지키기 위해서라도 그런 예외는 인정할 수 없습니다."

말투는 정중하지만, 주장은 날카로운 칼날처럼 인정사정이 없었다. "반드시 이 금액을 지불해주시기 바랍니다. 만약 지불할 수 없으시다면 법정으로 자리를 옮겨서 싸우게 되겠죠."

"현 단계에서 그렇게 성급한 말씀을……."

스에나가가 허둥지둥 말했다. "일단 돌아가서 검토해보겠습니다."

"언제 답변을 받을 수 있을까요?"

나카가와는 냉철하게 물었다. "저희로서는 최대한 빨리 답변을 받고 싶은데요. 2주 드리면 될까요?"

"아니요, 최소한 한 달은 주셔야죠."

당황한 스에나가가 뭐라고 말을 좀 해보라는 듯이 옆에 앉은 이타미를 보았다.

"케이머시너리에 감액을 검토해달라고 부탁해볼 수는 없겠습니까?"

이타미가 말을 꺼냈다. "기존 분량만이라도 괜찮습니다. 앞으로 생산하는 분량은 반대로 조금 높여서 지불하고요. 어떻습니까?"

나카가와는 바로 대답하지 않고 잠시 고민하는 기색을 보였다.

"어려운 일은 아니지 않습니까. 말씀만이라도 좀 해주시면 안 되겠습니까?"

이타미는 더욱 열띠게 부탁했다.

"이타미 사장님, 마음은 알겠습니다만."

나카가와는 무표정한 얼굴로 말을 꺼냈다. "케이머시너리는 지식재산 협상에서 양보한 전례가 단 한 번도 없습니다. 그건 미국 모회사의 의향이기도 하고요. 애당초 특허를 침해한 건 귀사 아닙니까? 부디 그 점을 잊지 말고 똑똑히 검토해주시기 바랍니다."

나카가와는 손목시계를 들여다본 후 이타미와 스에나가에게 이만 가보라고 말했다.

"아, 대체 이를 어떡하지!"

빌딩을 나서자마자 이타미는 막막한 심정으로 스스로에게 물었다.

"어쩌고 뭐고 할 것도 없습니다, 이타미 씨."

앞을 똑바로 보고 걸어가는 스에나가의 옆얼굴은 생기 없이 아주 고단해 보였다.

거리에 부드러운 겨울 햇살이 눈부시게 쏟아졌지만, 두 사람이 있는 곳에만 어두운 구름이 드리운 것 같았다.

"어떻게든 지불하든지, 소송으로 맞서든지 둘 중 하나예요."

"소송을 걸어서 로열티를 깎을 가망성은 있습니까?"

이타미의 질문에 스에나가는 걸으면서 고개를 숙이고 "해봐야 알겠지만, 어떨는지" 하고 자못 어렵겠다는 듯이 대답했다.

"하지만 15억이라는 돈을……. 개발비가 불어나서 은행 대출도 상한에 다다라 그만한 돈은 도저히 조달할 방도가 없습니다."

이타미는 입술을 깨물고 눈부신 하늘을 올려다보았다. 그때였다.

"이런 말을 하려니 좀 그렇지만, 이타미 씨."

걸음을 멈춘 스에나가가 진중한 태도로 이타미에게 몸을 돌렸다.

"이건 상대의 작전입니다. 나카가와 변호사도 기어 고스트가 그만한 돈을 낼 수 있을 거라곤 생각하지 않겠죠."

"단순한 협박이라는 말씀이십니까? 협상하기에 따라서는 태도가 부드러워질 수도 있다고요?

이타미의 해석에 "아닙니다" 하고 스에나가는 비통하게 이맛살을 찌푸렸다.

"나카가와의, 아니 케이머시너리의 목적은 기어 고스트를 죽이는 겁니다."

"우리를 죽인다……."

망연자실한 이타미의 목소리는 신호가 파란불로 바뀌어 달려나가는 자동차의 배기음에 지워졌다.

"이건 어디까지나 추측에 불과합니다만."

스에나가는 그렇게 서론을 깔고 말을 이었다. "케이머시너리가 성장주인 기어 고스트를 경쟁사로 보고 있는 거 아닐까요? 지금은 아직 규모가 작지만 미래에 위협이 될 수 있으니 지금 그 싹을 잘라버리려는 건지도 모르겠습니다."

벙한 표정으로 멈춰 선 이타미에게 스에나가는 새삼 물었다.

"이타미 씨, 어떻게든 자금을 조달할 수 없겠습니까? 은행에서
빌리든 제3자에게 출자를 받든 가릴 것 없습니다. 아무튼 돈만
있으면 이번 위기를 넘길 수 있어요. 변제 방법은 나중에 생각하
면 됩니다."

뭐라 대답할 말이 없어 고개를 숙인 이타미가 "검토해보겠습
니다" 하고 목소리를 쥐어짜내자 스에나가는 고개를 끄덕이고
이타미의 어깨에 손을 얹었다.

"회사를 오래 경영하다 보면 이런 위기는 누구에게나 찾아오
는 법입니다. 위기를 극복하느냐 마느냐. 사장으로서 저력을 보
여줘야 할 때입니다."

6

전철을 갈아타고 회사로 돌아오자 이타미는 사장실 팔걸이의
자에 몸을 푹 묻고 눈을 감은 채 얼굴을 천장으로 향했다.

입구 유리문이 드르륵 열리는 소리가 났다.

"상대 변호사는 어떻게 나왔어?"

이타미가 회사로 돌아오기를 기다렸는지 시마즈가 고개를 들
이밀었다.

"글렀어. 이야기가 안 통해."

이타미가 경위를 들려주자 시마즈의 얼굴이 창백해졌다.

"어떻게 하지?"

시마즈가 물었다. "은행에서 그렇게 많은 돈을 빌려주려나?"

"무리야. 이런저런 선지불금을 충당하기 위한 운영자금을 조달하는 것만 해도 고생인데, 그만한 돈을 빌려줄 턱이 없지. 오히려 골치 아픈 문제가 발생했다는 걸 알면 대출을 회수하려 들걸."

기어 고스트의 트랜스미션 T2가 아이치모터스에 채택된 건 서민 동네의 벤처기업으로서는 기적이라 할 수 있다. 하지만 기어 고스트는 공장이 없는 팹리스 기업이다. 담보로 잡을 만한 자산이라고 해봤자 오타구의 조그마한 사옥뿐이고, 그건 기껏해야 지난번 대출을 갚고 다시 운영자금을 조달할 정도의 가치밖에 안 된다.

"무슨 방법이 없을까?"

상심한 듯 시마즈가 목소리를 쥐어짜냈다. "뭔가 있을 거야."

하지만 이타미는 대답하지 않았고, 두 사람 사이에는 납을 삼킨 듯이 무거운 분위기만 흘렀다.

"죽어라 애쓴 결과가 이건가."

이타미는 툭 내뱉은 후, 핏발 선 눈으로 허공을 노려보며 입술을 깨물었다.

다음 날 아침, 시마즈가 눈도 거의 못 붙이고 평소보다 일찍 출근했을 때 사장실에는 이미 이타미가 있었다.

이타미는 팔걸이의자에 앉아 혼자 뭔가 생각하는 중이었다.

"안녕. 괜찮아?"

아무래도 밤을 꼬박 새운 듯 이타미는 어제와 똑같은 셔츠와 넥타이 차림에다, 고뇌와 수면 부족에 찌든 표정이었다. 수염이 삐죽삐죽 자란 데다 지쳐서 안색도 안 좋고 흐리멍덩한 얼굴이 시마즈를 향했다.

"시마즈."

이타미는 잠긴 목소리로 시마즈에게 말했다.

"여러모로 생각해봤는데, 이 위기를 극복하려면…… 출자자를 찾는 수밖에 없을 것 같아."

이타미가 핏발 선 눈으로 쳐다보았다. "출자를 받아서 어딘가의 산하로 들어가는 수밖에 없어."

시마즈는 혼란에 빠져 그 결단이 옳은지 그른지 재빨리 곱씹어보려 했다.

"그 말은, 더 이상 우리 회사가 아니게 된다는 뜻이야?"

이윽고 시마즈가 물었다. "그래도 괜찮겠어, 이타미?"

이타미는 대답하지 않았다. 초점 없이 흐리멍덩한 눈빛을 그저 앞으로, 텅 빈 곳에 던질 뿐이었다.

"직원들을 지켜야 해. 내게는 지킬 의무가 있어."

시마즈가 보기에 불현듯 이타미의 눈에 혼이 깃든 것처럼 느껴졌다.

"출자를 받아들이는 조건은 고용 유지야. 다만 나랑 너는 예외가 될지도 몰라. 경영 책임을 져야 한다는 건데, 뭐 어쩔 수 없지."

생각에 생각을 거듭한 끝에 내린 결론인지 망설임 없는 말투였다.

"그만둬야 한다면 내가 그만둘게."

시마즈는 말했다. "내 실수인걸. 내가 그만둘래."

"네 실수가 아니야."

이타미는 눈을 멍하니 뜨고 웃었다. 그 눈을 시마즈에게 돌리고는 말했다. "누구의 실수도 아니야. 운이 나빴던 거지. 단지 그뿐이야. 같이 그만두고 처음부터 다시 시작하자. 그러면 되지."

이타미는 마음을 굳힌 표정으로 낡은 사장실을 빙 둘러보았다. "아버지께 죄송하군. 기껏 남겨주신 사옥인데."

"저기, 정말 달리 방법이 없을까?"

시마즈가 다시 말을 꺼냈지만, 이타미는 웃음을 머금은 채 조용히 고개를 저었다.

"이런 일도 있는 법이지."

"그런데 출자해줄 만한 곳은 있어?"

"우리 트랜스미션에 흥미를 가질 회사가 어딘가에 분명 있을 거야."

이타미는 비통한 표정으로 말했다. "이 회사를 살리기 위해 어떻게든 그 회사를 찾아내겠어."

7

약속 장소는 땅값이 높기로 유명한 긴자의 중심부에 위치한 빌딩의 7층에 널찍하게 자리 잡은 유명 이탈리안 레스토랑이었다. 깊숙한 곳에 있어 눈에 잘 띄지 않는 룸에서 지금 두 남자가 화이트와인으로 건배를 한 참이었다.

"오늘 불러줘서 고맙군."

남자가 고개를 살짝 숙이고 잔을 들었다. 변호사 나카가와도 잔을 들어 응하고는 "문안인사 비슷한 겁니다" 하고 허물없는 웃음을 지었다.

"그것 참 황송한 말씀을."

남자는 기분 좋게 웃었지만 물론 나카가와의 목적이 무엇인지는 잘 안다.

"그 후로 기어 고스트는 어떤가요. 자금 조달은 원활한가요?"

"보아하니 아주 애먹고 있는 것 같더군."

남자의 대답에 "그럼 곤란한데요" 하고 나카가와는 겉으로만 놀란 모습을 보였다. "이타미 사장님이 다녀간 지 이럭저럭 20일쯤 지났습니다. 슬슬 답변을 주셔야 할 기일이 다 되어가는데 여태 그래서야 케이머시너리에 어떻게 답변을 해야 할지."

"기를 쓰고 출자자를 찾고 있어. 하지만 벤처캐피탈에서도 거절했지, M&A 중개업자도 어렵다지, 요전에는 결국 거래처인 오모리밸브에까지 찾아갔다가 퇴짜를 맞았어."

"그야말로 사면초가로군요."

배 속에서 솟아오른 웃음을 억누를 수 없어 나카가와는 나지막한 웃음소리를 흘렸다. "어떻게 할 생각이실까요. 직원들에게 상황은 알렸으려나요?"

"아무래도 현재 시점에서 알리긴 어렵겠지. 어쨌거나 회사를 넘긴다는 이야기니까."

남자는 자못 진지한 표정으로 대답했다. "직원들은 대부분 지금 자기네 회사가 어떤 위기에 직면했는지 몰라. 아마 이대로 약속한 답변 기일을 맞이하지 않을까 싶은데."

"그것 참 난감하군요. 저희로서도 어떻게든 도와드리고 싶은 마음은 굴뚝같습니다만."

나카가와가 신난 목소리로 대답하자 남자는 와인을 새로 따라주었다.

"이미 승부가 났다고 해야 할까."

남자가 다시 와인잔을 들었다. "미리 축하하는 셈치고."

"고맙습니다."

나카가와가 응한 후, 두 사람이 흘린 웃음소리가 방에 나지막하게 퍼져나갔다.

8

"시간을 빼앗아서 죄송합니다."

이루마 공장장이 방으로 들어오자 이타미는 머리를 깊이 숙였다. 야마타니 하마마쓰 공장의 응접실이다.

"무슨 일 있나?"

이타미의 표정을 보고 비상사태임을 알아차렸으리라. 이루마는 손짓으로 소파를 권했다.

"실은 뜻밖의 사태에 직면해서, 이루마 공장장님께 긴히 상의를 드리고 싶습니다."

"뜻밖의 사태? 대체 무슨 일인데?"

이타미의 심상치 않은 태도를 보고 이루마는 팔걸이의자에서 몸을 내밀었다.

"저희의 주력 트랜스미션인 T2가 특허를 침해했다고 케이머시너리에서 지적했습니다. 고문변호사와 상담했습니다만, 재판을 해봤자 힘들 거라고……."

자세한 사정을 이야기하자 이루마는 문제의 심각성을 즉각 이해하고 눈살을 찌푸렸다.

"저희 스스로 자금을 조달하기는 도저히 무리입니다. 게다가 이대로 가면 저희 회사는 막다른 지경에 몰립니다. 생각을 거듭한 끝에 출자자를 찾아 산하에 들어가는 수밖에 없지 않겠느냐는 결론에 다다랐습니다."

이타미는 허리를 펴고 이루마를 똑바로 쳐다보았다. "야마타니에서 저희 회사에 출자를 검토해주실 수는 없을까요? 부탁드립니다."

이타미가 양손을 무릎에 짚고 고개를 숙이자 이루마는 팔짱을 낀 채 복잡한 표정으로 생각에 잠겼다. 이윽고 벽의 한곳에 박혀 있던 시선을 이타미에게 돌렸다.

"어떻게든 해주고는 싶지만, 결론부터 먼저 말하자면 출자는 어려워."

이루마는 분명하게 말하고 "미안하네" 하며 양손을 무릎에 짚고 살짝 고개를 숙였다.

"아니요, 무슨 말씀을. 어려운 부탁을 드린 건 저니까요."

이루마는 아쉬운 표정의 이타미에게 다시 말을 꺼냈다.

"확실히 우리는 기어 고스트의 트랜스미션에 흥미가 있고, 차기 트랙터에도 탑재를 검토하고 싶어. 하지만 아무 일도 없는 상황이라면 모를까, 그만한 로열티를 지불해야 한다면 우리 심사 시스템에 돌려볼 것도 없이 투자는 불가능해. 오히려 이 이야기가 공표되면 현재 검토 절차에 올라가 있는 기어 고스트의 트랜스미션 채택 건도 물 건너갈 우려가 있어. 스코어링 시스템에 걸릴 테니까."

야마타니에서는 독자적인 진단 시스템으로 거래처를 평가한다. 안전성, 성장성, 수익성 등 정량적인 재무 진단으로 시작해, 경영 기반과 거래처의 질적 수준 같은 경영 환경까지 채점해 그 점수를 바탕으로 거래 적합과 부적합 커트라인을 설정하고, 거래 규모에 제한을 둔다.

하마마쓰 공장은 야마타니의 주요 공장이고, 이루마는 임원을 겸임하는 공장장이다. 이루마가 안 된다고 하면 안 되는 것이다. 더 이상 교섭의 여지가 없었다.

"어떻게든 출자자를 찾아 새로운 트랜스미션을 선보여주었으면 해. 기대하겠네."

이루마의 격려가 따뜻한 만큼, 현실의 혹독함이 가슴에 스며들었다.

하지만 지금 이타미에게 다음 카드는 없었다. 생각나는 곳은 전부 돌아다녔고, 가능한 수단은 전부 다 썼다. 야마타니는 이타미에게 마지막 희망이라고 해도 과언이 아니었다.

"바쁘실 텐데 시간 내주셔서 감사합니다."

이타미는 억지로나마 힘없이 웃음을 지어 보이고 소파에서 일어나 무거운 발걸음으로 응접실 문을 향해 걸어갔다.

"그러고 보니 쓰쿠다제작소에는 부탁해봤나?"

그때 이루마의 한마디가 이타미의 발걸음을 붙잡았다.

"쓰쿠다제작소요?"

예상치 못한 조언에 이타미는 당황했다.

"아니요."

"그럼 이야기해봐. 쓰쿠다 사장이라면 출자해줄지도 모르지."

"쓰쿠다 사장님이요?"

도무지 믿기지가 않아서 이타미가 되물었다.

처음으로 쓰쿠다와 만났을 때가 문득 머릿속에 되살아났다. 장차 회사를 트랜스미션 제조사로 키우고 싶다고 분명 쓰쿠다가 말하기는 했다.

"하지만 아무래도 쓰쿠다제작소로서는 이렇게 막대한 로열티를……."

선택지에도 넣어두지 않았던 만큼 이타미는 의아함을 넘어 미심쩍다는 표정을 감추지 못했다.

"무슨 소린가. 거기는 예전에 특허 소송으로 거액의 화해금을 받아낸 초우량 기업이야. 평범한 변두리 공장으로 생각했다가는 큰 오산이라고."

생각지도 못한 쓰쿠다제작소의 일면이었다.

"그랬군요. 몰랐습니다."

이루마는 눈이 휘둥그레진 이타미를 격려했다.

"가능성은 찾아보면 다양한 곳에 떨어져 있는 법이야. 포기하기는 아직 일러."

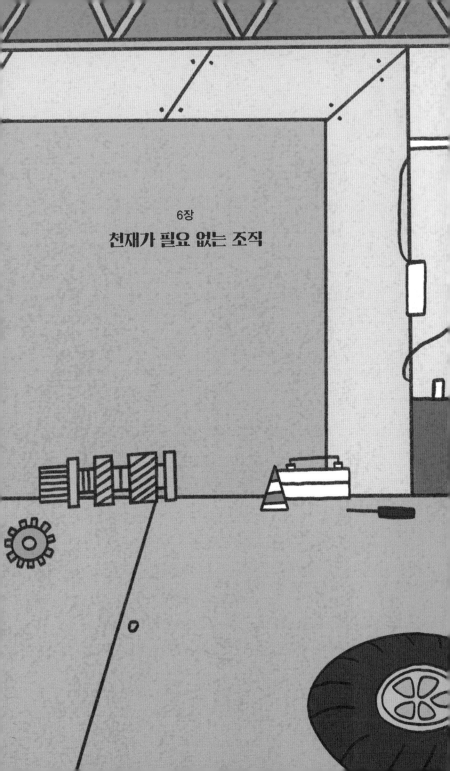

6장

천재가 필요 없는 조직

1

　2월 첫 번째 주 수요일, 이타미와 시마즈가 쓰쿠다제작소를 방문했다. 올 겨울 최강의 한파가 몰아친 날 오전 9시다.

　현관까지 맞이하러 나간 쓰쿠다는 두 사람을 응접실 겸 사장실로 안내했다.

　─급히 상의드리고 싶은 일이 있는데, 시간 좀 내주시겠습니까?

　전날 저녁에 이타미에게 그런 전화를 받았지만, 어떤 용건인지 몰라 야마사키와 도노무라도 동석했다.

　"바쁘실 텐데 죄송합니다."

　이타미는 사과부터 한 후, 품에 안고 있던 것을 테이블에 펼쳤다.

　트랜스미션 설계도였다.

　"아시겠지만 이건 저희 회사의 주력 트랜스미션인 T2의 설계도입니다. 아이치모터스의 소형차에 채택된 인기 상품인데, 문제가 생겼습니다."

　"문제라니 무슨……."

두 사람의 심각한 표정을 보고 쓰쿠다가 물었다.

"이 부분입니다. 부변속기인데요."

시마즈가 설계도의 일부를 손가락으로 가리켰다. "최근에 이 부분이 특허를 침해했다고 케이머시너리에서 지적했어요. 이게 케이머시너리 쪽의 특허입니다."

시마즈가 쓰쿠다, 야마사키, 도노무라 앞에 서류를 펼쳐서 보여주었다.

"죄송합니다. 얼핏 봐서는 판단이 안 되는데, 실제로는 어떻습니까. 침해했던가요?"

쓰쿠다가 물었다.

"안타깝게도요."

이타미가 지금까지의 경위를 간단하게 설명했다. "저희 회사의 고문변호사가 보기에 재판으로 가면 이기기가 거의 불가능하답니다. 저희로서는 로열티를 지불하더라도 제조를 계속해야 합니다. 회사의 존속이 달려 있으니까요."

야마사키와 도노무라가 흠칫 놀라며 이타미를 보았다. 그제야 회사의 존속이 달린 이야기임을 알아차린 표정이었다. 물론 쓰쿠다도 예외는 아니었다.

"실례입니다만 로열티는 얼마인가요?"

도노무라가 물어보았다.

"15억 엔입니다."

너무나 거액이라 이타미의 대답이 마치 우스꽝스러운 농담처럼 들렸다.

기가 눌린 듯 도노무라가 의자 등받이에 몸을 기댔다. 야마사키는 안경 코다리에 손가락을 댄 채 굳어버렸다.

"아무리 큰 금액이라도 정당한 청구인 이상, 지불하지 않고서는 앞으로 나아갈 수 없습니다."

이타미는 괴로운 듯 인상을 찌푸렸다. "쓰쿠다 사장님, 저희를 좀 도와주시면 안 되겠습니까? 부탁드립니다."

그렇게 말하고 시마즈와 함께 깊이 머리를 숙였다.

너무나도 예상치 못한 이야기였다.

"도와달라니, 그게 무슨 말씀이십니까? 대출을 하라는 말씀이신가요?"

이타미의 의도를 헤아리지 못한 쓰쿠다가 물었다.

"저희 회사에 15억 엔 출자를 검토해주실 수 없겠습니까? 물론 저와 시마즈가 소유한 기어 고스트의 주식도 넘겨드리겠습니다."

"실례지만 그건 15억 엔에 회사를 팔고 싶다는 말씀과 다를 바 없는데요."

도노무라가 진지한 표정으로 말했다.

"그 말씀이 맞습니다."

이타미는 똑똑히 대답했다. "그 대신에 직원들의 고용만큼은 유지해주셨으면 합니다. 그만두라고 하신다면 저도 시마즈도 회사를 떠날 각오를 했습니다. 부디 검토해주시기 바랍니다."

두 사람은 다시 고개를 숙였다.

"자자, 고개 드세요."

쓰쿠다는 그렇게 말했지만, 아무래도 당장은 판단을 내리기가 어려웠다. "두 분의 생각은 잘 알았습니다. 사내에서 검토하고 답변 드릴 테니 시간을 좀 주십시오."

그건 그야말로 쓰쿠다제작소 창업 이래 가장 놀랍고도 가슴 떨리는 제안이었다.

2

이타미와 시마즈가 상담을 하러 찾아온 다음 날, 쓰쿠다는 도라노몬에 있는 가미야앤사카이 법률사무소를 방문했다. 가미야 슈이치는 지식재산 분야에서 국내 최고 수준의 실력파로 알려진, 쓰쿠다제작소의 고문변호사다.

"케이머시너리의 고문이 다무라앤오카와일 줄이야."

응접실에서 쓰쿠다에게 대강 설명을 들은 후 가미야는 넌더리가 난다는 듯 탄식했다. 딱딱한 표정에서 이 안건이 결코 쉽지는 않으리라 상상이 갔다. 다무라앤오카와 법률사무소는 과거 가미야 자신도 몸담았던 곳으로, 지식재산 분야에서는 확고부동한 위치를 자랑하는 대형 법률사무소다.

"게다가 담당은 나카가와 교이치인가요."

가미야는 미간에 주름을 잡았다. "쓰쿠다 씨는 모르시겠지만, 케이머시너리의 모회사인 EZT는 미국에서 대형 법률사무소와 손잡고 지식재산 소송으로 우악스럽게 돈을 벌어들이고 있습니다. 상대의 약점을 파고들고, 라이벌을 짓뭉개는 정도는 기본이죠."

"로열티 감액에는 응하지 않겠다는 모양입니다."

"상대방의 온정에 매달리려 해도 헛수고로 끝나겠죠. 그들에게 정상참작 따위는 통하지 않습니다. 생각을 바꾸려면 힘으로 비트는 수밖에요."

가미야는 벌떡 일어서서 진지한 표정으로 설계도를 들여다보았다. 전체를 파악하고, 부변속기의 구조를 조사하고, 케이머시너리가 먼저 획득한 특허와 내용을 대조했다. 이따금 쓰쿠다와 대화를 나누며 이럭저럭 한 시간 가까이 작업을 계속했을까.

"역시나 빡빡하네요."

가미야는 입을 다물고 잠시 생각에 잠겼다가 "이미 검토했을지도 모르지만, 현시점에서 시도해볼 만한 대항 수단이 없지는 않습니다."

"그런 게 있습니까?"

뜻밖의 말에 쓰쿠다는 놀라서 물었다.

"크로스 라이선스 계약을 노릴 수 있지 않겠습니까?"

"크로스 라이선스?"

쓰쿠다는 저도 모르게 되물었다. "그건 뭡니까?"

"만약 케이머시너리 제품 가운데 기어 고스트의 특허를 침해하는 것이 있다면 그 특허의 사용 라이선스를 넘기는 대신에 부변속기의 라이선스를 받는 겁니다. 요컨대 특허 사용허가를 서로 교환하는 거죠. 그러면 이렇게 거액의 로열티는 들지 않겠죠. 오히려 이쪽이 받아야 하는 경우가 생길지도 모릅니다."

"그렇군요."

희망이 없어 보이는 국면에서 이런 궁여지책을 찾아내다니 과연 가미야다웠다.

"그렇게 쓸 만한 특허가 있을지 없을지는 모르지만, 아직 검토하지 않았다면 해볼 가치는 있겠죠. 그런데 쓰쿠다 씨, 기어 고스트의 매수를 긍정적으로 생각하고 계십니까?"

"가능하면요. 좀처럼 얻기 힘든 기회일지도 모릅니다."

쓰쿠다는 속내를 가미야에게 밝혔다. "만약 트랜스미션 제조사를 산하에 둔다면, 주력인 엔진 사업과 상당한 시너지 효과를 낼 수 있습니다. 진심을 말하자면 거액의 로열티를 전부 지불하고서라도 함께하고 싶네요."

"그렇다면 기업실사가 필요하겠군요."

"그때는 부탁드릴 수 있을까요?"

"그야 물론이죠."

가미야는 부탁을 받아들였지만 "그나저나 할 일은 하겠지만, 그걸로 괜찮을까요?" 하고 의문을 입에 담았다.

"역시 로열티가 문제인가요?"

"아니요, 그런 게 아니라요."

가미야는 고개를 옆으로 돌려 쓰쿠다를 정면으로 바라보았다.

"말씀드렸듯이 기어 고스트에는 아직 대항 수단이 남아 있습니다. 대항책을 사용하려면 일단 케이머시너리의 트랜스미션을 입수해 특허를 침해한 사실이 있는지 리버스 엔지니어링을 통해 정밀히 조사할 필요가 있어요."

리버스 엔지니어링이란 제품을 분해해 구조나 기술을 검증하는 작업을 가리킨다. "문제는 그 작업을 기어 고스트에게 맡기느냐, 쓰쿠다제작소에서 직접 하느냐입니다."

"그게 무슨 말씀이신지……."

가미야의 의도를 헤아리지 못해 쓰쿠다가 물었다.

"아까 기어 고스트를 매수하고 싶다고 하셨지요. 기어 고스트에이 대항책을 알리고, 거기서 문제를 해결하면 매수 이야기 자체가 취소되겠죠. 반대로 쓰쿠다 씨가 몰래 특허 침해 사실을 파악한후, 그걸 비밀로 하고 기어 고스트를 매수한다면 어떨까요?"

가미야가 의도하는 바를 드디어 쓰쿠다도 이해했다.

"그럴 경우 상정했던 것보다 훨씬 저렴하게 기어 고스트를 산하에 둘 수 있습니다. 기어 고스트에 굳이 조언할 것인가, 사업이라고 선을 긋고 독자적으로 조사할 것인가. 그건 쓰쿠다 씨의 판단에 맡기겠습니다."

3

"그거 참 어렵네요."

회사로 돌아온 쓰쿠다의 이야기에 도노무라는 팔짱을 끼고 생각에 잠겼다. 사장실 응접세트에 앉은 영업부의 쓰노와 가라키다, 그리고 야마사키도 각자 고민에 빠졌다.

"만약 우리가 크로스 라이선스 계약을 맺을 수 있을 정도의 특허 침해 사실을 찾아내면, 케이머시너리와 협상할 때 그걸 비장의 카드로 삼을 수 있겠네요. 그러면 공짜나 다름없이 기어 고스트를 손에 넣을 수 있을지도 모른다 그거로군요."

쓰노는 자신의 발언을 곱씹다가 "그런데 사장님 생각은 어떠십니까?" 하고 진지하게 물었다.

"내 나름대로 생각해봤는데, 이 이야기를 이타미 씨에게 알려주려고 해."

쓰쿠다의 대답에 나머지 네 사람은 한숨을 삼킨 것 같았지만, 반론은 없었다. "상대가 생각지 못한 비책을 사용해 공짜나 다름없이 매수하는 것도 한 가지 방법이고, 그러는 경영자도 있겠지. 하지만 기어 고스트 사람들이 나중에 그 사실을 알면 어떻게 생각할까? 기꺼이 우리 동료가 돼주겠다고 할까? 나 같으면 약아빠졌다고 생각할 거야. 그리고 그런 방식을 사용한 자들에게 앙금이 남겠지. 분명 사업에 전략은 필요하지만, 그건 공정해야 해."

쓰쿠다는 말을 이었다. "회사도 사람과 똑같거든. 손해와 이득 이전에 도의적으로 올바른지가 더 중요하지 않겠어? 상대를 배려하고 존중하는 마음이 없으면 애당초 사업 자체가 성립하지 않아."

잠깐의 침묵―.

"저는 그게 좋다고 생각합니다."

처음으로 동의를 표한 사람은 도노무라였다. "그러셔야 사장님이시죠."

"저도 찬성입니다. 그래야 마땅해요."

가장 사무적인 성격인 가라키다의 한마디에 쓰쿠다는 가슴을 쓸어내렸다.

"야마사키 씨도 괜찮지?"

쓰노의 말에 야마사키는 놀란 표정을 지었다.

"물론이죠. 그보다 쓰노 씨는 어떠세요? 싸게 매수할 수 있을지도 모르는데요."

"이 세상에서 최후에 살아남는 건 정당한 비즈니스뿐이야. 난 그렇게 믿고 살아왔어."

쓰노는 그렇게 말하고 쓰쿠다를 보았다. "우리의 소중한 거래처가 곤경에 처했으니 한번 도와주시죠. 그 결과 기어 고스트가 궁지에서 빠져나오면 만만세 아니겠습니까. 매수를 하지 않아도 분명 우리 엔진에 적합한 훌륭한 트랜스미션을 공급해줄 겁니다."

사람 좋은 쓰노다운 의견이었다.

"케이머시너리에 회답해야 하는 기한이 얼마 안 남았잖습니까? 그럼, 리버스 엔지니어링을 우리도 도울까요?"

야마사키가 제안했다. "매수 운운하는 이야기는 제쳐두고, 총력전으로 갑시다. 괜찮으시죠, 사장님?"

"물론이지. 그런데 말이야."

쓰쿠다는 쓴웃음을 지었다. "이렇게 장사에 서투른 건 우리 전매특허로군."

"이것만은 어디 내놔도 특허를 침해하지 않겠지요."

쓰노의 대답으로 짧은 회의는 화기애애한 분위기에 휩싸였다.

쓰쿠다는 회의를 마치자마자 기어 고스트의 이타미에게 연락했다.

"크로스 라이선스라고요?"

전화를 받은 이타미는 어리둥절한 반응을 보였다. "과연! 확실히 시도해볼 가치가 있을 것 같네요."

희망의 빛을 발견해서인지 목소리에 약간 활력이 돌아왔다.

"당장 시마즈와 상의해보겠습니다. 그건 그렇고 쓰쿠다 씨."

전화 저편에서 진심이 담긴 이타미의 목소리가 들려왔다. "정말 감사합니다."

"곤란할 때는 서로 도와야죠. 만약 리버스 엔지니어링을 하실 거면 저희도 돕겠습니다. 혼자서는 힘드실 테니까요."

"꼭 부탁드릴게요. 거듭 감사 말씀 올립니다."

그런 대화를 나누고 전화를 끊은 후, 쓰쿠다는 문득 고개를 갸웃거렸다.

"왜 그러세요?"

도노무라가 물었다.

"아무래도 맘에 걸린단 말이야."

쓰쿠다가 중얼거렸다. "기어 고스트에도 고문변호사는 있을 텐데, 이타미 씨의 반응을 보면 지금까지 크로스 라이선스 계약 이야기는 전혀 나오지 않았던 것 같아. 가능성이 낮은 건 알지만, 조금이라도 희망이 있다면 밑져야 본전이라는 마음으로 조언해야 하지 않나? 대체 고문변호사는 뭘 한 걸까 싶어서 말이야."

"확실히 그러네요."

도노무라도 찜찜한 표정으로 고개를 끄덕였다. "이 안건, 그 변호사에게는 애초부터 너무 무거운 짐 아니었을까요? 괜한 오지랖일지도 모르지만, 이타미 사장님께 변호사를 바꾸라고 제안하는 것도 한 가지 방법일 수 있겠습니다."

예를 들어 가미야라면 크로스 라이선스 계약 이외에도 돌파구를 몇 가지 찾아내지 않았을까, 그런 생각도 들었다.

"확실히 도노, 자네 말대로일지도 모르겠어. 가미야 변호사님이 맡아주시면 든든할……."

쓰쿠다가 갑자기 입을 다문 건 가미야의 불패 신화가 떠올랐기 때문이다. 과연 가미야가 이렇듯 패색이 짙은 싸움의 변호를 자진해서 맡아줄까?

"좀 어려울지도 모르겠군."

그런데 그로부터 며칠 후, 가미야가 쓰쿠다에게 먼저 연락을 취했다.

4

그날 가미야가 바쁜 와중에도 짬을 내어 쓰쿠다제작소를 찾은 것은 가미야에게 뭔가 숨은 의도가 있었기 때문 아닐까. 쓰쿠다가 그렇게 생각한 것은 나중의 일이다.

"그 후로 기어 고스트의 상황은 어떻습니까?"

응접실에서 제일 먼저 그 화제를 꺼낸 가미야는 "지금, 하고 계시는군요" 하고 천장을 가리켰다.

케이머시너리에서 제조한 트랜스미션 몇 대를 주문해 기어 고스트와 쓰쿠다제작소 합동으로 그저께부터 리버스 엔지니어링에 착수했다.

기어 고스트에서는 충분한 작업 공간을 확보할 수 없었기 때문에 쓰쿠다제작소 3층을 작업용으로 비웠다. 그래야 협조하는 쓰쿠다제작소 입장에서도 편하기 때문이다.

"아직 성과는 없지만, 저희 쪽도 손이 비는 직원들은 전부 돕고 있습니다."

"유리한 실마리가 발견되면 좋겠네요."

그렇게 말한 후 가미야가 화제를 바꾸었다. "그런데 요전번 자료를 훑어보다 약간 마음에 걸리는 점이 있어서요. 제가 직접 관여하고 있는 건 아니지만, 혹시 괜찮으시다면 몇 가지 여쭤봐도 되겠습니까?"

"물론이죠."

내선으로 연락하자 몇 분 지나지 않아 사장실 문을 두드리는 소리와 함께 시마즈가 노트북을 끌어안고 들어왔다.

가미야와는 초면이다. 서로 명함을 교환하고 인사를 마친 후, 가미야는 요전에 쓰쿠다가 건넨 설계도와 특허공보 사본을 펼쳐놓았다.

"이 부변속기 말인데요, 언제쯤 설계하셨는지 기억하십니까?"

"기록을 살펴보면 나올 거예요."

시마즈는 바로 노트북을 켰다.

"아, 찾았어요. 이거예요."

시마즈가 3년 반쯤 전의 날짜를 말했다. "이보다 조금 전에 구상은 대강 다듬었지만, 설계도면이 완성된 건 이날이에요. 이게 왜요?"

가미야가 질문한 의도를 시마즈도 헤아리지 못하는 눈치였다.

"각각의 사실관계를 조사하다 알았는데요, 케이머시너리는 당신이 그 부변속기 설계를 완성한 직후, 정확하게는 일주일 후에 클레임을 '보정'했습니다."

"클레임 보정이라니요?"

가미야의 설명에 시마즈가 되물었다.

"특허 출원 분야에서 클레임이란 특허의 권리 범위를 가리키는 용어입니다."

가미야는 전문적인 이야기를 꺼냈다. "클레임은 재판에서 종종 해석이 갈려서 변호사를 애먹이는 요건이라 할 수 있는데요, 이번 안건에서는 케이머시너리가 이때 보정한 클레임이 결정적인 의미를 지니고 있습니다."

"무슨 말씀이시죠?"

시마즈가 미간을 모으고 물었다.

"케이머시너리의 이 특허는 사실 이보다 조금 전에 출원됐습니다. 출원 당시의 특허만 보면 사실 기어 고스트의 부변속기가 그 특허 범위를 명확하게 침해하고 있는 건 아니에요."

예상치도 못한 가미야의 지적에 시마즈도 쓰쿠다도 숨을 삼켰다.

"특허를 침해한 건 그 후에 클레임이 보정돼 권리 범위가 변경됐기 때문입니다."

특허가 성립하기까지 출원인은 출원한 특허의 권리 범위를 자유로이 변경할 수 있다고 가미야는 설명했다.

"새로운 기술을 개발했을 때, 사전조사 단계에서는 문제가 없었는데 먼저 신청된 특허의 예기치 못한 클레임 보정으로 뜻밖에 특허를 침해했다. ……기어 고스트는 바로 이 경우에 해당합니다. 실제로 이런 경우는 드물지 않습니다만, 이 클레임 보정에서는 약간 위화감이 느껴지네요."

시마즈가 눈을 들어 말없이 무슨 뜻인지 물었다.

"이건 정말 우연일까요?"

가미야는 의미심장하게 말했다. "이런 타이밍에 클레임을 보정하다니 아무래도 부자연스럽습니다. 게다가 보정 내용도 그야말로 기어 고스트의 부변속기를 의식한 것으로 보이고요. 탁 터놓고 묻겠습니다, 시마즈 씨."

가미야는 시마즈의 눈을 똑바로 보며 물었다. "당신의 설계 정보, 외부로 새어 나간 것 아닙니까?"

"어!"

외마디소리를 내뱉은 시마즈는 그저 가미야를 쳐다보았다.

"예를 들어 사내에 케이머시너리와 관계가 있는 사람은 없습니까?"

"……없을 거예요. 아니, 없어요."

잠시 후 시마즈는 대답했다. "직원들은 다들 믿을 만하고, 애당초 설계 정보에 접근할 수 있는 사람은 제한돼 있으니까요."

"그렇군요. 가능성의 문제로서 여쭤봤을 뿐이니, 너무 심려치 마세요."

가미야는 노트에 뭔가를 적은 후, 다음 말로 시마즈를 긴장시켰다. "그리고 시마즈 씨께 여쭤보고 싶은 게 한 가지 더 있습니다. 중요한 일입니다. 당신이 고안한 부변속기 말인데요, 애초에 특허를 신청하지 않았습니다. 왜 그러셨죠?"

"실은 그게, 특허를 낼 만한 기술이 아니라고 생각했거든요."

맥이 탁 풀릴 만한 대답이 돌아왔다. "트랜스미션뿐만 아니라 신제품을 개발했을 때 모든 기술을 특허 신청하는 것도 아니고……. 그래서 설계했을 때 선행 특허가 없다는 것만 확인하고 안심했어요."

가미야는 입을 다문 채 시마즈의 표정을 살폈다.

"특허를 낼 만한 기술이 아니라고 말씀하셨는데, 왜 그렇게 생각하셨죠?"

"예전부터 알려져 있는 기술을 응용했을 뿐이라고 생각했거든요. 제 실수예요."

시마즈는 방어적이거나 가식적으로 태도를 꾸미지 않고 자연스럽게 대답했다.

"시마즈 씨, 이건 이번 안건과 직접 관계없을지도 모르겠지만, 한 가지만 더 여쭤봐도 되겠습니까?"

가미야가 다시 질문을 던졌다. "당신은 데이코쿠중공업에서 우수한 엔지니어, 그야말로 천재로 불렸죠. 그 이야기를 들려주시지 않겠습니까? 왜 당신은 그 조직을 버리고 기어 고스트라는 작은 회사의 공동경영자가 되신 건가요?"

가미야의 의문은 쓰쿠다 또한 묻고 싶었던 것이었다. 같은 기술자로서, 똑같이 커다란 조직에서 뛰쳐나온 사람으로서 왜 시마즈가 '데이코쿠중공업의 시마즈'가 아니라 '기어 고스트의 시마즈'를 선택했는지 궁금했다. 거기에 이르는 경위에 어떤 결단이 있었던 걸까.

가미야와 쓰쿠다가 바라보는 앞에서 시마즈는 작게 심호흡을 한 번 하고, 어쩐지 구슬퍼 보이는 웃음을 띤 채 이야기를 시작했다.

5

대학에서 최첨단 기계공학을 배우고 석사 학위를 취득한 시마즈는 데이코쿠중공업에 입사하는 동시에 희망하던 개발 부문에 배치돼 트랜스미션과 씨름하는 나날을 보냈다.

데이코쿠중공업의 수많은 제조라인 중에서 특별히 차량용 트랜스미션 개발을 선택한 데는 그 나름의 배경이 있었다.

시마즈의 아버지는 히로시마시의 임해 지역에 있던 자동차 제조사의 공장에서 아침부터 밤까지 기름투성이로 일하는 성실한 기술자였다.

아버지는 자동차를 좋아해서 자동차 제조사에 입사했지만, 할

머니와 어머니, 그리고 시마즈를 비롯한 아이 세 명을 부양하느라 넉넉지 못한 살림에 새 차를 살 만한 여유는 없었다. 가지고 있던 건 직장 선배에게 넘겨받았다는 3년 된 중고차였다. 그런 아버지의 유일한 취미는 자동차 정비로, 어린 시절에 시마즈는 아버지를 돕는 시간을 늘 고대했다.

자동차 부품에 관해 잡다한 지식을 늘어놓고 농담을 던지는 아버지 덕에 일을 돕는 동안 시마즈는 지루할 틈이 없었다. 또래 여자아이들과 노는 것도 재미있었지만, 아버지가 가르쳐주는 엔지니어링의 세계는 가슴 뛰는 모험처럼 깊이 있고, 숭고하고, 지적 호기심을 자극해 마지않았다.

"알겠니? 이 보닛 속에는 여러 사람의 지혜가 가득 담겨 있어."

아버지의 해설은 대개 그런 말로 시작됐다. 가끔은 어디선가 손에 넣은 낡은 자동차 엔진과 트랜스미션을 분해해보기도 했다.

다 분해한 후 아버지는 기름투성이 톱니바퀴를 들고 자랑스럽게 말했다.

"작고 하잘것없이 보이지만, 한 치의 오차도 없이 정확하게 만들기는 어려워. 톱니바퀴 하나에도 이걸 만든 사람의 실력이 좋은지 나쁜지가 반영되지."

그러면서 복잡한 매뉴얼식 트랜스미션의 케이스를 열고 구조를 재미있게 설명해주었다.

시마즈에게 아버지는 처음이자 마지막 스승이었다. 그런 아버지의 영향으로 시마즈가 자동차 마니아가 된 건 반쯤은 정해진 결과나 마찬가지였다.

그리고 이따금 아버지는 자신이 정비한 그 자동차에 가족을 태우고 드라이브를 시켜주었다. 시마즈네 가족에게 자동차는 이를테면 가족의 끈끈한 유대, 커뮤니케이션의 핵심이었다.

"자동차는 사람을 행복하게 만들어. 딱히 새 차가 아니라도 상관없지. 좋아하는 차에 사람을 태우고 달리는 것 자체가 행복인 거야."

아버지의 그런 철학은 그대로 시마즈의 철학으로 이어졌고, 대학에서 기계공학을 전공하는 원동력이 되었다.

자동차 제조사에 입사하지 않고 교수가 추천한 데이코쿠중공업에 들어간 건 데이코쿠중공업의 트랜스미션 부문에 아직 성장할 여지가 있었고 "수준이 낮으니까 자네의 능력이 필요한 거야"라는 교수의 말에 가능성을 느꼈기 때문이었다.

데이코쿠중공업의 트랜스미션은 다른 대규모 제조사와 비교하면 일단 성능 면에서 뒤졌다. 하지만 그 이전에 설계 철학이 문제라고 시마즈는 생각했다. 데이코쿠중공업의 설계 철학은 고리타분하니 시대에 뒤떨어진 데다 보수적이었다.

그런 문제의식도 품고 있었기에 시마즈는 입사 직후부터 새로운 발상을 토대로 한 트랜스미션을 착착 제안하기 시작했다. 물론 데이코쿠중공업에는 시마즈 말고도 기술자가 매년 다수 입사했고, 자동차 트랜스미션 부문에도 우수한 인재가 많이 배치됐지만, 그 가운데에서도 시마즈는 두드러지는 존재였다.

쉽게 말하면 시마즈와 다른 기술자의 차이는 타협 없는 '고집'이었다. 성능만 좋으면 어떤 트랜스미션이든 상관없다는 식의 사고방식에는 결코 찬성할 수 없었다.

트랜스미션이 달라지면 자동차의 숨결이 달라진다.

1단에서 2단을 넣을 때의 감각, 주행 중 페달 조작에서 전해지는 진동, 자동차를 운전하는 즐거움, 기쁨, 그리고 감동. 시마즈가 트랜스미션에 추구한 건 그저 성능을 나타내는 숫자의 나열이 아니었다.

처음에 주변 사람들은 그런 시마즈에게 놀라움의 시선을 던졌다. 천재 엔지니어. 시마즈의 뛰어난 설계 실력에 혀를 내두르며 그렇게 부르게 된 것도 그 무렵부터였다.

하지만 놀라움의 시선이 시기의 시선으로 바뀌는 데는 그리 오랜 시간이 걸리지 않았다. 새로운 아이디어를 척척 내놓는 한편, 선배 기술자의 설계를 아무렇지도 않게 부정하며 낡았다고 단언하는 시마즈를 주변 사람들은 반쯤 시샘하며 점차 멀리하게 됐다.

그 이야기가 사내에 나온 것은 입사 5년째 되는 가을이었다.

지금까지 데이코쿠중공업이 제조한 트랜스미션은 대부분 중형차 이상의 자동차에 탑재됐다. 그런데 소형차 시장을 겨냥해 새로운 트랜스미션을 개발하여 제품화하라는 상부의 지시가 떨어진 것이다.

마침내 때가 왔다. 시마즈는 그렇게 생각했다.

그도 그럴 것이 입사한 이래, 시마즈는 CVT라는 이전 형식과는 완전히 다른 유형의 트랜스미션을 개발하는 데 관여해왔다. 그런데 제품화할 전망도 없이 제자리걸음만 하고 있었다.

이유는 몇 가지 있었다. 성능을 검증, 평가할 사내 시스템이 확립되지 않은 것도 이유 중 하나지만, 그 이전에 데이코쿠중공업 내부에서는 CVT를 '하급'으로 낮잡아보는 풍조가 있었다.

CVT는 톱니바퀴를 복잡하게 짜 맞추는 대신, 벨트를 사용해 변속하는 유형의 트랜스미션이다. 말하자면 자전거의 변속기가 진화한 형태에 가깝다. 자전거에는 몇 단 변속이라는 단계가 존재하지만, CVT는 무단 변속이 특색이다. 그리고 가볍고 부피도 작다. 따라서 엔진룸이 작은 자동차에 적합하다. 하지만 반대로 배기량이 크고 힘 있는 엔진을 탑재한 자동차에는 적합하지 않다는 것이 이전의, 그리고 지금까지의 정설이었다. 엔진 회전수가 높아지면 높아질수록 벨트의 마찰이 문제가 되기 때문이다. 그걸 해결할 벨트 또는 대신할 구조가 없기에 "결국 소형차에밖에 못 넣잖아" 하고 CVT를 과소평가하는 기술자가 적지 않았다.

하지만 시마즈의 생각은 달랐다.

확실히 고회전 영역에서 다양한 문제가 발생한다고는 하나, 다른 트랜스미션이 7단이나 8단, 더 나아가 9단, 10단으로 다단화되는 흐름에 있다면, 애당초 무단 변속을 전제로 하는 CVT는 그보다 한 차원 앞서가는 존재라 해도 될 것이다.

한편으로는 기술적으로 어려운 것도 사실이었다. 소프트웨어 개발이 힘들다는 것에 더해, 벨트 회전과 마찰을 어떻게 제어해 승차감을 상승시킬 것인가까지 고려하면 기술적인 진입 장벽은 극히 높다. 반대로 하급으로 낮잡아보는 사내 기술자들 입장에서 CVT는 가능성은 인정하지만 그저 어렵기만 하고 써먹을 데가 없는 물건인 셈이다.

CVT의 트랜스미션 제품화라는 그 난공불락의 미션에 시마즈는 도전했다.

"이건 기회야."

이때 작성한 기획서는 이른바 천재 엔지니어 시마즈 유의 집대성이라 할 수 있었다. 한 명의 기술자로서, 진심으로 자동차를 사랑하는 사람으로서 최고의 트랜스미션을 만들고 싶다는 열정이 거기에 고스란히 담겨 있었기 때문이다.

해가 바뀌고 1월 상순에 새로운 트랜스미션을 결정하는 회의가 열렸다.

제조 부문을 총괄하는 상무이사를 비롯해 생산기술연구소 소장, 트랜스미션 제조를 담당하는 공장의 공장장, 그리고 제조 부문의 관리직들이 모인 중요한 회의다.

시마즈는 이 회의석상에 발안자로서 호명됐다.

"자네의 기획서는 아주 역작이더군."

상무이사 다무라 유이치가 제일 먼저 발언했다. "하지만 CVT는 너무 뜬금없지 않나? 우리는 경험이 없잖아."

돌다리도 두들겨보고 건넌다고 일컬어지는 남자의 보수적인 발언이었다. 시마즈는 이런 발상이 싫었다. 지금까지 경험이 없는 게 뭐 어떻단 말인가.

"제품화한 경험은 없습니다만, 내구성과 성능 모두 문제없습니다. CVT는 머지않아 소형차에 탑재되는 트랜스미션의 주류가 될 겁니다."

시마즈는 속에 품은 감정이 얼굴에 드러나지 않도록 담담하게 대답했다.

"이거라면 우리의 자산을 살릴 수 없지 않나?"

연구개발 부서에 있는 부부장 오쿠사와 야스유키도 부정적인 의견을 내놓았다. 오랫동안 트랜스미션 분야에 몸담아온 남자로, 트랜스미션 제조 부문의 감독관 같은 존재였다.

"지금까지 저희가 만들어온 매뉴얼 트랜스미션이든, 오토매틱 트랜스미션이든 자동차 시장에서 주류가 되지 못했습니다. 성능과 승차감에 문제가 있었기 때문이라고 보는데요. CVT라면 그걸 해결할 수 있습니다."

시마즈의 발언에 오쿠사와의 표정이 굳어졌다. '주류가 되지 못한' 트랜스미션 제조의 중심에 그가 있었기 때문이다. 사실 시마즈의 머릿속에는 지금까지 '시원찮은' 트랜스미션을 제조한 것이야말로 오쿠사와의 책임이라는 생각이 깔려 있었다. 평소 뱃속 깊은 곳에 담아둔 오쿠사와에 대한 저평가가 생각지 못한 곳에서 툭 튀어나온 셈이었다.

"자신감이 대단하군."

다무라가 재미있다는 듯이 말하고 제조부장 시바타 가즈노리와 시선을 교환했다. 사전에 시바타에게 '시마즈는 하고 싶은 말은 하는 사람'이라는 귀띔이라도 들었는지 모른다.

"CVT는 소형차에만 통용되잖나."

오쿠사와가 업신여기듯이 단정했다. "그런 건 만들어봤자 장래가 없어."

"있습니다."

시마즈는 발끈해서 대꾸했다. 기획서에도 써놓았는데 어차피 오쿠사와가 무시하고 흘려 넘겼을 게 틀림없었다. 오쿠사와는 툭하면 시마즈의 제안을 퇴짜 놓았다. 예전에 한 선배 기술자에게 "오쿠사와는 네 재능을 질투해"라는 말도 들었다.

"가까운 미래에 CVT의 무단 변속 기능은 배기량이 큰 자동차에도 대응할 수 있는 기술력을 갖출 겁니다. 아직까지는 없으니 가장 성장할 가능성이 높은 트랜스미션 아닐까요?"

시마즈가 힘을 실어 주장했지만 시들한 분위기가 흘렀다. 반응이 크게 느껴지지 않았다.

상무 다무라, 제조부장 시바타, 그리고 오쿠사와까지 처음부터 시마즈의 제안을 뜬구름 잡듯 실현 불가능한 이야기로 단정하는 듯한 낌새였다. 처음부터 결론을 미리 정하고 그저 시마즈를 납득시키기 위해 이 자리에 부른 것이었을까.

그러한 낌새에 시마즈는 애가 타는 한편으로 분노를 맛보았다. 자신의 제안이 뛰어나다는 반석 같은 자신감이 있었다.

하지만 지금 이 회의에서는 데이코쿠중공업의 트랜스미션이 밟아온 노선의 연장선상에서 안전한 선택을 하려는 중이었다.

이유는 명백했다. 그래야 실패했을 때 변명이 통하기 때문이다.

이 회의에서 또 다른 트랜스미션을 심의한다는 걸 사실 시마즈는 알고 있었다.

소형화한 오토매틱 전용 트랜스미션이다.

지금까지 만들어온 제품을 더 가볍고 작게 수정한 콤팩트 버전이었다. 시마즈는 시제품 제작 단계 때 이 트랜스미션을 탑재한 자동차에 실제로 타보았다. 승차감은 나쁘지 않았다. 하지만 도저히 자신의 CVT를 능가하는 물건이라고는 생각되지 않았다.

"타보시면 이 CVT의 드라이브 필링, 즉 승차감이 얼마나 좋은지 아실 겁니다."

시마즈가 호소했지만 냉소만 돌아왔다. 시마즈가 열을 올리면 올릴수록, 구태의연한 자들은 차갑게 식어갔다.

"승차감은 사람마다 다른 법이잖아."

오쿠사와는 또 부정적인 견해를 내놓았다. 오랜 세월 트랜스미션을 만들어온 경력이 있는 만큼 그의 발언에 힘이 실린다. "게다가 소형차를 모는 건 누구야? 주로 주부, 통근하는 회사원이지 않나. 그들 중에 승차감이 좋고 나쁘고를 제대로 판단할 줄 아는 사람이 얼마나 될까? 타고 다닐 수만 있으면 그만이라고 생각할걸. 정량화되지 않는 승차감이라는 요소는 애초에 판단 근거로서 실격이야."

그런 소리를 하니까 경쟁사에 못 이기는 거라는 말을 시마즈는 꿀꺽 삼켰다.

그리고 절망적인 기분을 맛보았다.

이 사람들에게는 무슨 소리를 해봤자 소용없다.

새로운 트랜스미션을 개발하라면서 겉모습만 새롭게 꾸미고, 결국은 예전 노선으로 돌아간다. 번듯한 실적을 쌓거나 평가받지도 못하는 곳에 안주하며, 새로운 영역에 발을 들여놓기는커녕 피해서 달아나기 바쁘다.

좀 더 뛰어난 것을 추구하지 않고 등을 돌린 자들이 뭘 할 수 있겠는가.

"운전자들이 승차감을 모르다니, 그렇지 않습니다."

시마즈는 암담한 기분으로 목소리를 높였다. "일반 고객들을 좀 더 신뢰해야 하지 않을까요?"

"뭔가 착각하는 것 같은데."

오쿠사와가 다시 입을 열었다. "우리 데이코쿠중공업은 일반 고객을 상대하지 않아. 이 트랜스미션을 공급하는 자동차 제조사가 대신 상대해주지. 고객이 어떻게 생각할지는 그들이 판단할 일이야. 그리고 우리 트랜스미션이 고객의 지지를 받는다는 건, 지금까지의 채택 실적이 증명해주고 있잖아."

"저희 제품을 채택한 곳은 재팬자동차입니다."

시마즈는 상처 입은 사자라도 된 기분으로 반론했다. 재팬자동차는 데이코쿠중공업에서 분리된 자동차 제조사다.

"자네 말은 재팬자동차가 우리 계열이니까 우리 트랜스미션을 채택했다는 건가?"

시바타 부장이 물었다. 실제로 그게 사실이었지만 시바타는 그야말로 뜻밖이라는 표정이었다.

시마즈는 저도 모르게 입을 다물었다.

대기업 계열 간의 '짬짜미'는 일시적으로는 데이코쿠중공업의 실적에 기여할지 몰라도, 결국은 진정한 경쟁력을 죽이는 결과밖에 낳지 않는다.

계열사인 자동차회사에 트랜스미션을 떠넘겨놓고 고객의 지지라니, 이런 걸 눈속임이 아니면 뭐라고 하겠는가.

"재팬자동차의 판매 실적은 침체 상태입니다."

시마즈의 지적은 넘어서는 안 될 선을 넘고 말았다.

"우리 트랜스미션이 이유라는 건가?"

다무라 상무가 불쾌하기 짝이 없다는 투로 말을 내뱉었다. 싸늘하게 빛나는 칼날 같은 시선이 시마즈를 향했다.

"이 CVT라면 계열사 협력이라는 틀을 뛰어넘어 커다란 지지를 얻을 수 있으리라 확신합니다."

시마즈는 마지막 힘을 쥐어짜내 말했다. "허락해주십시오. 다음 분기 중점 항목에서 제외하셔도 상관없습니다. 하지만 꼭 CVT의 역량을 시장에서 확인해보고 싶습니다. 자신 있습니다!"

무거운 납덩이 같은 침묵이 되돌아왔다.

"지금은 중점 항목으로 삼을 트랜스미션을 선택하는 자리야."

제조부장 시바타가 진중하게 입을 열었다. "그 밖의 안건은 다음 기회에 다뤄주지 않겠나. 수고 많았네."

시마즈의 역할은 거기서 끝을 고했다.

시마즈의 발언에 다무라 상무가 얼마나 길길이 화를 냈는지는 회의가 끝난 후에야 알았다.

"우리 계열 자동차회사라서 우리 트랜스미션을 구입했다, 진심으로 그렇게 생각하나?"

제조부장 시바타의 호출을 받고 집무실로 가자 그는 대뜸 그렇게 닦달했다. 분노가 담긴 눈 속에서 데이코쿠중공업 제조 부문을 견인하는 남자의 자존심이 강하게 배어났다. 동시에 조직원으로서 몸에 밴 사리 분별의 태도도 섞여 있었다.

"다무라 상무님이 대단히 역정을 내셨어."

요컨대 그 말을 하고 싶었던 모양이다.

시마즈가 물러간 후 논의는 어떻게 진행됐는가, 어느 트랜스미션이 중점 항목으로 채택됐는가. 시바타는 늘 그렇듯 중요한 일보다도 회의석상에서 시마즈가 한 발언을 문제 삼았다.

"죄송합니다."

어처구니가 없어서 시마즈는 건성으로 사과했다. "그런데 트랜스미션은 어떻게 됐나요?"

"CVT는 물먹었어."

헛수고했다는 심정이 멍하니 서 있던 시마즈의 가슴을 격하게 뒤흔들었다. 그리고 조직원으로서의 깊은 실망감도.

데이코쿠중공업이라는 조직은 시마즈를 필요로 하지 않는다. 그 사실을 뼈저리게 느낀 순간이었다.

그해 3월, 시마즈에게 총무부로 이동하라는 지시가 내려졌다. 발령은 회계연도가 바뀌는 4월부터였다. 시마즈가 제조 부문에서 쌓은 경력에 마침표가 찍혔다.

데이코쿠중공업은 시마즈의 재능을 불필요한 것으로 보고 시마즈를 배제했다. 기존 노선을 부정하는 시마즈의 태도에 분노한 나머지 통렬한 처벌을 내린 것이다.

실제로 제품을 만들지 못하는 직장은 시마즈에게 아무 의미가 없었다.

그 후로 어떻게 하루하루를 보냈는지 시마즈는 잘 기억하지 못한다. 기억나는 건 조후 시내의 사택에서 통근할 때 탔던 만원 전철과 오테마치의 본사 빌딩에서 보이는 잿빛 하늘, 그리고 몹시 하얗고 깔끔한 사무실뿐이었다.

이제 이 회사에 내가 있을 곳은 없다.

시마즈가 그렇게 확신했을 무렵, 이타미가 제안했다.

"야, 나랑 같이 회사 차리지 않을래?"

"그때 이타미도 데이코쿠중공업이라는 조직에서 괴로워하고 있었어요. 저희 둘 다 버젓한 비즈니스 모델과 기술을 가졌으면서 썩고 있었죠. 그런 저희가 손을 잡고 만든 것이 기어 고스트였어요."

긴 회상을 마친 시마즈는 뺨이 발갛게 달아올랐고, 당시 맛보았던 억울함이 다시 떠오른 것처럼 눈이 촉촉이 젖어들었다.

"사회인으로서 마음먹은 대로 살지는 못하더라도, 결코 헛되이 보낸 시간은 아닐 겁니다."

가미야는 차분하게 이야기를 마무리 짓고 이날 마지막 질문을 꺼냈다. "마지막으로 한 가지만 더 말씀해주십시오. T2를 개발하기 전에 경쟁입찰에서 케이머시너리와 맞붙은 적은 있습니까?"

"네, 몇 번요."

시마즈는 그렇게 대답했다.

"이겼습니까?"

가미야가 얼굴을 들여다보자 시마즈는 천천히 고개를 저었다.

"아니요, 거의 이기지 못했어요. 실적이 없다는 이유로요. 유일한 예외가 아이치모터스에 채택된 T2예요."

가미야는 그 대답을 곱씹듯이 잠자코 생각에 잠겼다. 잠시 후 작게 숨을 토해내고 감사를 표했다.

"바쁘실 텐데 시간 내주셔서 감사합니다."

그로부터 사흘 후, 기어 고스트와 쓰쿠다제작소의 리버스 엔지니어링은 아무 결실 없이 끝을 맞았다.

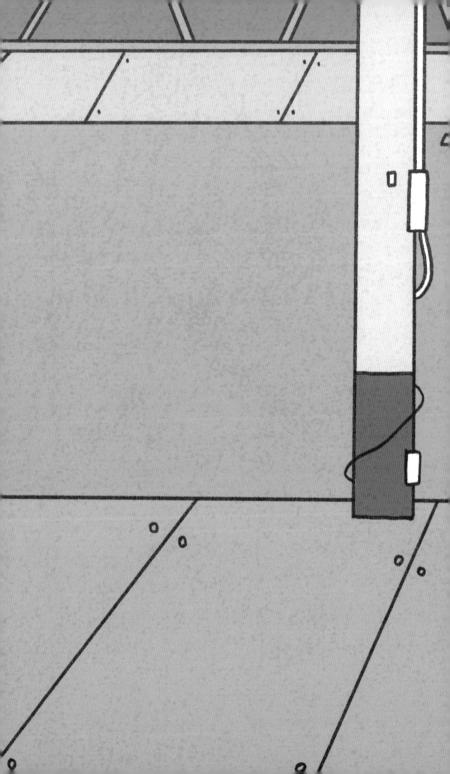

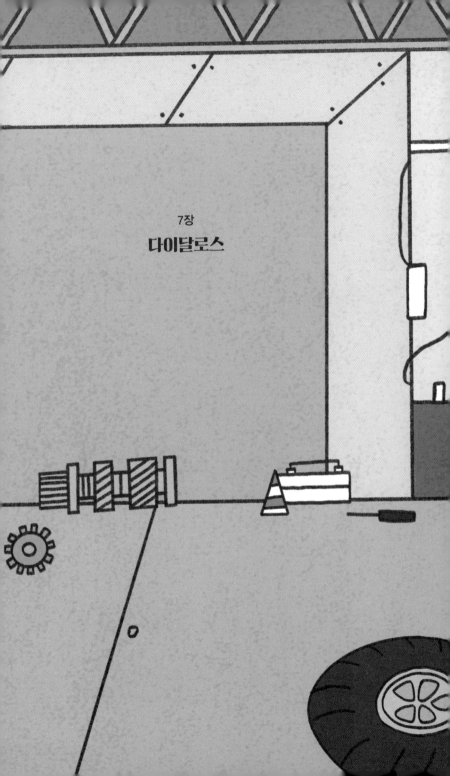

7장

다이달로스

1

리버스 엔지니어링이 아무 소득 없이 끝난 2월 중순, 쓰쿠다는 기어 고스트의 이타미, 시마즈와 함께 가미야의 사무실을 찾았다. 케이머시너리의 대리인 나카가와 변호사가 요구한 회답 기한이 며칠 앞으로 다가와 앞으로 어떻게 대응할지 조속히 결론을 내릴 필요가 있었다.

"헛일로 끝났군요."

소식을 들은 가미야는 결과를 어느 정도 예상하고 있었음이 틀림없다. "나카가와 교이치의 손아귀 틈새에서 물이 새기를 기대했는데 말이죠."

"이렇게 된 이상, 우리가 기어 고스트에 출자하는 형태로 어떻게든 구제하고 싶습니다. 어떨까요?"

쓰쿠다가 묻자 가미야는 잠시 생각에 잠겼다가 물었다.

"어쨌거나 상대방이 주장하는 로열티를 지불하시겠다는 겁니까? 스에나가 변호사는 뭐라고 말씀하시던가요?"

뒷부분은 이타미와 시마즈에게 던진 질문이다.

"특허 침해에 대해서는 역시 항변하기 어렵다고 하시더군요."

가미야는 입술을 깨문 이타미를 가만히 바라보다가 "문제를 잠시 정리해보시지 않겠습니까" 하고 목소리를 가다듬었다. "요전에 시마즈 씨께는 잠깐 말씀드렸는데, 케이머시너리의 특허 신청에는 약간 부자연스러운 점이 있습니다."

"그 이야기는 시마즈에게 들었습니다. 다만 변호사님이 지적하신 것처럼 정보 누설이 있었다고는……. 직원들은 믿을 만한 사람들뿐이거든요."

이타미는 딱딱한 어조로 말했다. 가미야가 추측성 지적으로 소중한 직원들을 의심했다는 기분도 들어서 언짢았으리라.

약간 거북한 분위기가 흘렀지만, 가미야는 전혀 개의치 않고 물었다.

"그런데 스에나가 변호사와는 언제부터 같이 일하셨습니까?"

"창업하고 얼마 안 지났을 때부터였으니 이럭저럭 5년쯤 됐네요."

이타미 대신 대답한 시마즈도 설마 스에나가까지 의심하는 거냐고 은근히 거슬려 하는 눈치였다. "스에나가 변호사님은 믿을 만한 분이세요. 혹시 스에나가 변호사님이 정보를 누설한 게 아닌가 의심하신다면 그건 아닐 거예요."

"저번에 스에나가 변호사와 함께 상대방 대리인인 나카가와 변호사와 면담을 하셨죠."

가미야는 이타미에게 물었다. "그때 스에나가 변호사와 나카가와 변호사와의 관계는 어때 보였습니까? 친밀하게 느껴지지는

210

않던가요?"

"아니요. 그렇지는 않았습니다."

가미야가 두 사람의 관계를 의심하자 이타미는 눈살을 찌푸렸다. 기어 고스트에 출자하는 안건을 상담하러 왔는데, 이야기가 의도하지 않은 방향으로 나아가려 하고 있었다. "적어도 제가 보기에는 전혀 친해 보이지 않던걸요. 나카가와 변호사는 적대적인 태도로 나왔습니다. 만약 친한 사이라면 분위기를 좀 더 부드럽게 만들려고 노력했겠죠."

"친한 사이라는 게 들통나면 안 된다고 판단했을지도 모르죠."

가미야의 반응에 이타미는 안색이 변했다.

"외람된 말씀입니다만, 저희는 스에나가 변호사님을 존경하고 앞으로도 고문 계약을 유지할 생각입니다."

"크로스 라이선스에 대해 스에나가 변호사가 말씀하셨나요?"

가미야가 물었다. "지식재산을 다루는 변호사라면 검토해야 마땅한 대책입니다. 하느냐 마느냐는 둘째 치고, 이런 상황에서 조언조차 하지 않다니 이상하지 않습니까?"

"이상한지 어떤지는 모르겠습니다만, 결국 리버스 엔지니어링에서는 아무것도 나오지 않았죠."

이타미의 말투에 비아냥거림이 섞였다. "무슨 구세주처럼 특허 침해 사실이 발견될 가능성이 얼마나 됩니까?"

"그렇게 높지는 않겠죠."

가미야는 대답했다. "그렇지만 가능성이 없다고 단정할 수 있습니까?"

"그야 없지는 않겠죠. 하지만 좀 더 현실적으로 판단해 굳이 조 언하지 않았다고 볼 수도 있지 않겠습니까."

스에나가를 신임하는 이타미의 마음은 두터웠다. 함께 일해온 사람들은 받아들이고 무조건 신뢰한다. 그게 이 남자의 강점이자 약점인지도 모른다.

"스에나가 변호사님을 의심하라고 하신다면 그렇게는 못 하겠 네요. 그럼 이만 실례하겠습니다. 그럴 시간이 있으면 앞으로 있 을 재판에 대비해 스에나가 변호사님과 법정 전략을 짜는 편이 나을 테니까요. 현실적인 전략을요."

이타미는 가미야에 대한 불신감을 숨기지 않고 토해냈다.

"스에나가 변호사님께 상담하신다니 잘됐군요. 꼭 그렇게 하 십시오. 하지만 스에나가 변호사님에게 맡겼다가는 재판에서 질 겁니다."

가미야의 칼 같은 말을 듣고 쓰쿠다는 자신의 두 귀를 의심했다.

이타미는 싸울 듯한 표정으로 가미야를 노려보았다. 시마즈도 마찬가지였다.

"그럼 변호사님은 이길 수 있습니까?"

시마즈가 노골적으로 감정을 드러내며 물었다. "이대로 가면 특 허를 침해했다는 사실이 거의 백 퍼센트 인정되는 상황인데, 그래 도 변호사님이라면 뭔가 대책이 있다는 말씀이세요?"

"그런 게 어디 있겠어."

이타미가 시마즈를 제지하고 가미야에게 차가운 시선을 날렸 다. "변호사님은 지식재산 분야에서 최고시라면서요? 그래서 다른 변호사를 그렇게 얕잡아보는 겁니까?"

"얕잡아본 적 없습니다. 그저 제 가설을 검증하기 위해 여쭤본 것뿐이죠."

"가설을 검증?"

이타미는 대놓고 실소를 흘렸다. "무슨 가설이요? 애당초 근거가 있습니까? 시마즈의 개발 시기와 클레임인지 뭔지의 보정 시기가 공교롭게 겹쳤다는 것뿐이잖습니까. 그게 남을 의심할 만한 근거라고요? 거기다 스에나가 변호사님을 의심하다니. 상대 쪽 변호사와 짜고 우리 정보를 유출하기라도 했다는 겁니까?"

"까놓고 말하자면 그렇습니다."

"정말 불쾌하기 짝이 없군!"

이타미는 언짢은 표정으로 고개를 홱 돌리고 "이제 됐습니다"라는 한마디와 함께 일어섰다.

"스에나가 변호사님께 가시려고요?"

"그럼 안 됩니까?"

이타미는 날카롭게 대꾸하고 "쓰쿠다 씨, 이래서는 아무 도움도 안 되겠군요. 저희는 이만 실례하겠습니다" 하고 말했다. 시마즈도 뒤따라 일어섰을 때였다.

"참, 이걸 가지고 가십시오."

가미야가 봉투 하나를 이타미에게 건넸다. "내용은 나중에 읽어보시면 됩니다. 참고하시길."

끼어들지 않고 옆에서 지켜만 본 쓰쿠다도 당혹감을 숨길 수 없었다.

"변호사님, 지금 여기서 저희가 갈라지면 상대만 유리할 뿐입니다. 스에나가라는 고문변호사가 정보를 유출시켰다는 이야기, 근거는 있습니까?"

가미야답지 않은 대응에 쓰쿠야는 점잖게 따졌다.

"이걸 보십시오."

가미야는 쓰쿠다 앞으로 서류 한 부를 내밀었다. "아까 이타미 씨께 드린 것과 같은 서류입니다. 읽어보시면 제가 왜 스에나가 변호사를 의심하는지 아실 겁니다."

서류를 읽어본 쓰쿠다는 놀라움을 금할 수 없었다.

"설마!"

쓰쿠다는 가미야의 얼굴을 빤히 쳐다보는 것이 고작이었다.

"이런 일이 있다니. 아직 늦지 않았습니다. 이타미 씨를 부르죠."

휴대전화를 들고 일어서는 쓰쿠다를 가미야가 제지했다.

"성질을 조금 건드리고 말았습니다만, 이타미 씨는 정이 두텁고 신중한 분일 겁니다."

감정적인 발언을 들었음에도 가미야는 이타미를 냉정하게 평가했다. "이 서류를 보고 제가 무슨 근거를 가지고 있는지는 이해하시겠지만, 그렇다고 성급하게 행동하지는 않겠죠. 넌지시 물어보거나 해서 심증을 굳힌 후, 어떻게 대응할지 결정하실 거예요. 다만 시간이 없습니다."

그게 문제였다. 가미야가 말을 이었다.

"모레까지 케이머시너리 쪽 대리인에게 회답을 해야 합니다.

그 교섭에 스에나가 변호사가 동행하면, 형식적으로나마 회답의 유예, 로열티의 감액이라는 방향을 찾게 되겠죠. 다만 상황을 감안하건대 그런 화해안이 통과될 가능성은 낮아요."

"소송으로 간다는 말씀이신가요?"

"아마도요."

그렇게 되면 마침내 기어 고스트에 출자하느냐 마느냐를 본격적으로 검토할 필요가 있다. 15억 엔이나 되는 출자는 쓰쿠다 입장에서도 커다란 결단이며 가벼운 일이 아니었다.

"출자를 준비하시는 건 상관없습니다만, 그건 패배를 전제로 한 이야기입니다."

안절부절못하는 쓰쿠다에게 가미야는 담담하게 지적했다. "쓰쿠다 씨도, 기어 고스트의 두 분도 스에나가 변호사의 존재감에 영향을 받고 계신 것 같은데, 소송으로 간다면 일단 이기는 것을 제일 먼저 생각해야겠죠."

가미야의 주장은 그야말로 정론이었다.

하지만 이 재판 어디에 승산이 있다는 말인가.

"뭔가 구체적인 방안이 있으신 건가요?"

쓰쿠다가 묻자 가미야는 잠시 생각하다 입을 열었다.

"저는 아무래도 요전에 시마즈 씨께 들은 이야기가 마음에 걸립니다. 구체적인 논거에는 다다르지 못했지만, 특허 침해 사실의 유무만이 이 소송의 논점은 아니지 않을까. 저는 그런 인상을 받았습니다."

"특허 침해 사실의 유무만이 논점은 아니다……?"

"그렇습니다. 다만 거기를 뚫고 들어가려면 상당히 까다로운 작업을 할 필요가 있습니다."

"가르쳐주십시오. 대체 무슨 작업입니까?"

가미야가 설명을 시작하자 쓰쿠다는 진지하게 귀를 기울였다.

2

기어 고스트의 이타미가 고문변호사 스에나가와 함께 나카가와 교이치와 두 번째 교섭에 임한 건, 당초 예정보다 이틀이 지나서였다.

"그래서, 어떻게 결론을 내리셨습니까? 오늘은 좋은 대답을 들을 수 있겠죠?"

나카가와는 헛웃음을 지었지만 눈에는 웃음기가 없었다. 웃음 기는커녕 으름장을 띤 눈빛을 이타미에게 똑바로 던지며 숨통을 꽁꽁 졸라매려는 것 같았다. 다무라앤오카와 법률사무소의 회의실이었다.

"실은 아직 결론이 나지 않았습니다. 시간을 조금만 더 주시지 않겠습니까?"

그렇게 대답한 것은 이타미가 아니라 스에나가였다. 변호사 다운 당당한 태도만 보면 어느 쪽이 궁지에 몰렸는지 알 수가 없었다.

"시간은 충분했을 텐데요."

나카가와가 느닷없이 밉살스러운 표정을 지으며 냉철한 눈으로 스에나가를 응시했다. "애당초 저희 주장을 인정한다고 말씀하지 않으셨습니까? 안 그런가요?"

"그 점에 대해서도 재검토 중이라."

"당신들은 그저 시간을 벌려는 것뿐입니다."

나카가와가 말허리를 끊었다. "그럼 그냥 손쉽게 법정에서 결판을 낼까요?"

"잠깐만요. 그렇게 쉽게 법정이라는 말을 꺼내시면 곤란합니다."

스에나가는 양손을 가슴 앞으로 내밀며 만류했다. "법원이 반드시 예상대로 판단한다는 보장이 없다는 건 잘 아실 테죠. 재판으로 가면 서로에게 위험성이 생겨요. 기어 고스트도 특허 침해에 대해서는 인정하는 방향으로 검토하고 있습니다. 다만, 말씀하신 로열티가 너무 고액이라 지불할 방도가 없습니다. 그러니 로열티 감액을 한 번 더 검토해주시면 안 되겠습니까? 부탁드립니다."

"그 점에 대해서는 요전에 말씀드렸을 텐데요."

나카가와의 목소리가 낮아졌다. 말투와 표정을 자유자재로 바꾸는 남자다. "케이머시너리는 귀사가 특허를 침해했다는 주장과 로열티에 관해서는 일절 양보할 마음이 없습니다. 재판에 위험성이 있다고요? 재미있군요, 시험해볼까요?"

"감액에는 응하지 않겠다는 게 정말로 케이머시너리 쪽 의견입니까?"

이타미의 질문에 "그럼 제가 되는대로 말하고 있다는 겁니까?" 하고 나카가와가 눈썹을 치켜세웠다.

"검토할 시간은 충분히 드렸습니다. 이제 더 이상은 기다릴 수 없고, 기다려봤자 아무 결론도 나오지 않으리라는 것 또한 잘 알았습니다."

눈에 살기가 감돌더니 나카가와는 자리를 박차고 일어섰다.

"본건은 소송 절차를 밟도록 하겠습니다."

"잠깐만요, 나카가와 변호사님!"

스에나가가 회의실에서 나가려는 나카가와에게 매달렸다.

"이미 늦었어!"

매몰차게 거절한 나카가와는 더 이상 아무 말도 듣지 않겠다는 듯이 문밖으로 사라졌다.

"뭐, 일이 이렇게 됐으니 스에나가 변호사님, 이타미 사장님."

남아 있던 젊은 변호사 아오야마가 차가운 눈으로 두 사람을 번갈아 보았다. "저희는 의뢰인의 의향에 따라 즉시 소송 절차를 밟겠습니다. 오늘은 이만 돌아가시죠. 조만간 법정에서 뵙겠습니다."

딱딱한 얼굴로 우두커니 서 있는 이타미를 스에나가가 막막한 표정으로 돌아보았다.

"어쩔 수 없군요. 돌아갑시다, 이타미 사장님."

3

"로열티를 전액 지불하라 그건가."

엘리베이터로 1층에 내려오자 이타미는 힘없이 시선을 이리저리 돌렸다.

"어쩔 수 없죠."

스에나가가 체념과도 비슷한 반응을 보였다. 앞쪽에 도쿄역 건물이 보였다. 구름 한 점 없이 맑은 겨울 하늘이 펼쳐져 있었지만, 휘몰아치는 북풍을 맞으며 오테마치 일대를 돌아다니는 회사원들은 하나같이 코트 깃을 세운 채 등을 웅크리고 있었다.

"변호사님, 실은 어떤 곳에서 크로스 라이선스 계약을 노리는 게 어떻겠느냐는 제안이 있었는데요."

이타미가 말을 꺼냈다. 원래는 스에나가가 먼저 제안했어야 마땅하지 않느냐는 가미야의 말이 머릿속을 스쳤다.

"호오."

스에나가는 의외라는 듯한 얼굴로 이타미를 보았다. "그래서 뭔가 나왔습니까?"

이타미는 위화감을 느꼈다.

나올 리가 없다고 대번에 말했다면 스에나가가 제안하지 않은 것도 이해가 간다. 뭔가 나왔느냐고 물을 정도라면 처음부터 조언을 했어야 하지 않은가.

"아니요, 아무것도요."

"그런 건, 그렇게 간단히 나오지 않는 법이죠."

당연하다는 듯한 말투였다.

"그 밖에 뭔가 저희가 택할 만한 대책이 없을까요?"

이타미는 북풍을 맞으며 물었다.

"안타깝지만 법률적 견지에서 본다면 어렵겠어요."

스에나가는 늘어뜨렸던 머플러를 목에 감으며 대답했다. "특허 침해 요건이 이만큼이나 갖추어졌으니 뒤집을 실마리조차 없는 셈이죠. 그런데 로열티를 지불할 자금은 어떻습니까? 조달됐습니까?"

이타미는 고개를 천천히 젓고 시선을 발치로 떨어뜨렸다. 쓰쿠다제작소가 출자를 검토 중이라는 이야기는 꺼낼 수 없었다. 스에나가에 대한 신용이 흔들렸기 때문이다.

"지는 싸움이 될 겁니다, 이타미 씨."

스에나가는 재판에서 질 것을 확신하는 투로 말했다.

"변호사님, 나카가와 교이치라는 변호사와 좀 더 협상할 여지를 찾을 수 없겠습니까?"

이타미는 마음을 단단히 먹고 물어보았다. "변호사님과 같은 지식재산 분야 변호사니까 개인적으로 친하다거나, 그렇지는 않으세요?"

"무슨 말씀을 하시는 겁니까, 이타미 씨!"

스에나가가 천만뜻밖이라는 듯이 반응했다. "제가 나카가와 씨와 친했다면 일이 훨씬 수월하게 풀렸을 겁니다."

그 대답에 이타미는 놀라서 낙담의 빛을 감출 수 없었다.

스에나가는 거짓말을 하고 있다.

하지만 스에나가는 특허 분쟁 때문에 이타미의 표정이 울적해진 것이라 판단한 모양이었다.

"기어 고스트가 큰 위기에 처했다는 건 충분히 잘 알고 있습니다. 하지만 이렇게 된 이상, 궁지에서 벗어날 방법은 어떤 형태로

든 자금을 조달해 로열티를 지불하는 겁니다. 대출을 받기가 어렵다면, 산하로 들어갈 수 있는 곳을 다시 찾아봐야겠군요."

스에나가는 아주 간단하다는 듯한 투로 말했다. "지금은 상대를 가릴 때도 아니고, 경영권 운운하며 버티다 협상이 정체 상태에 빠지면 본전도 못 건집니다. 회사와 직원들을 끝까지 지켜내는 것, 그게 이타미 씨의 사명 아닙니까?"

"그건 그냥 패배 아닌가요?"

이타미는 망연자실하게 말했다.

"특허를 침해했다는 사실은 뒤집을 수 없습니다."

스에나가가 준엄하게 단언했다. "듣기에는 섭섭할지도 모르지만 패배는 패배지요. 그걸 인정해야 다음으로 나아갈 수 있지 않을까요? 그럼 저는 다음 일정이 있어서 이만 실례하겠습니다."

손을 들어 택시를 잡은 스에나가가 뒷좌석에 몸을 실었다. 택시가 시야에서 사라질 때까지 지켜본 이타미는 길을 잃은 것처럼 사람들로 붐비는 오테마치의 길거리에 잠시 우두커니 서 있었다.

얼마나 그러고 있었을까, 마침내 도쿄역으로 걸어가려고 했을 때였다.

"이타미 씨. 이타미 사장님!"

뒤에서 누군가 불러서 다시 걸음을 멈췄다.

돌아본 이타미는 자신을 부른 사람을 보고 고개를 갸웃했다. 빌딩 입구 언저리에서 이타미에게 손을 들며 다가온 건, 아까 나카가와 옆에 앉아 있던 변호사 아오야마였다.

"아아, 늦지 않았군요."

그렇게 말하며 아오야마는 주위를 슬며시 둘러보았다. 스에나가를 찾는 걸까. 그런데 그가 없는 걸 알자 "긴히 드릴 말씀이 있는데 시간 괜찮으실까요?" 하고 작게 말했다.

"방금 전 안건에 대해 한 가지 제안할 게 있습니다."

의외의 전개였다.

다만 제안이라면 스에나가도 동석하는 편이 낫다. 전화를 해서 의견을 물어야 할까. 이타미가 망설이고 있을 때였다.

"이타미 씨, 혼자이신 편이 좋은데요."

속내를 꿰뚫어본 것처럼 아오야마가 말했다. "로열티 운운하는 이야기가 아닙니다. 여기 서서 이야기하기도 뭣하니, 수고스러우시겠지만 다시 저희 사무소로 가시는 게 어떨까요. 자!"

어떻게 할까. 하지만 "부탁드립니다" 하고 머리를 숙이는 청년 변호사의 태도가 공손한 것으로 보아 그렇게 나쁜 이야기는 아닐 듯했다.

함께 엘리베이터를 타고 올라가는 동안 아오야마는 아무 말 없이 조용했다.

방금 전의 회의실이 아니라 작은 응접실로 안내받았다. 아오야마는 이타미에게 소파를 권하고 자신은 맞은편 의자에 앉아 단도직입적으로 이야기를 꺼냈다.

"실은 기어 고스트에 흥미를 보이는 회사가 있습니다. 가능하다면 매수하고 싶다는군요. 어떠세요, 관심 있으십니까?"

이타미는 놀라움을 감추지 못하고 아오야마를 빤히 바라보았다. 그리고—.

"어느 회사입니까?"

무심코 그렇게 물었다.

"만약 구체적인 이야기를 듣고 싶으시다면, 비밀유지계약을 체결하신 후에 말씀드리겠습니다."

"그건 딱히 상관없습니다만."

이타미는 머릿속을 정리하며 물었다. "어느 정도 진심이 담긴 이야기입니까? 단순히 흥미 삼아 이야기를 들어보고 싶다는 정도입니까? 아니면……."

"이타미 씨가 승낙하신다면 즉시 매수 의향서를 보낼 수 있는 수준입니다. 기업실사에서 문제가 없다면 분명 어디보다도 빨리 이야기가 진행되겠죠."

느닷없는 이야기에 이타미는 할 말을 잃고 상대를 가만히 쳐다보았다.

이제 쓰쿠다제작소만이 기어 고스트를 건져 올릴 구명줄이라고 생각했다. 그런 와중에 적대 관계인 변호사 사무소에서 새로이 매수 이야기를 꺼낼 줄이야.

"그 회사는 이 일을…… 아니, 케이머시너리와 분쟁이 일어났다는 사실을 알고 있습니까?"

이타미는 물었다. 그게 애로사항임은 몇몇 회사와 출자를 교섭하면서 뼈저리게 느꼈다.

"물론입니다. 어떠세요, 흥미 있으십니까?"

"우선 듣기만 해도 괜찮다면요."

아오야마가 다시 묻자 이타미는 무심코 그렇게 대답했다. 자신이 이 앞뒤가 꽉 막힌 상태에 얼마나 위기감을 느끼고 구제를 갈망하고 있었는지 절절하게 깨달았다.

자리에서 일어난 아오야마가 잠시 후 계약서 몇 부를 들고 돌아왔다. 계약서를 읽어보고 사인하자 아오야마가 옆에 덮어두었던 서류를 테이블 너머로 이타미에게 내밀었다. 기어 고스트를 매수하고 싶다는 회사를 소개한 서류다.

"다이달로스?"

어디서 들어본 것도 같지만, 기억나지 않았다.

"소형 엔진 제조사입니다."

"이 회사는 어디서 저희 이야기를 들었을까요?"

기어 고스트가 곤경에 처했다는 걸 모르고서는 이런 형태의 매수 신청은 불가능하다. 케이머시너리와 분쟁을 벌이고 있다는 정보를 다무라앤오카와 법률사무소에서 제공한 것 아닐까. 이타미가 그렇게 의심하는 것도 무리는 아니다.

"저희가 다이달로스의 고문을 맡고는 있습니다만, 비밀유지의무가 있는만큼 이번 분쟁에 대한 정보는 제공하지 않았습니다. 아무래도 어딘가에서 케이머시너리와 기어 고스트의 분쟁에 대해 얻어들은 모양이에요."

그런 설명을 곧이들을 만큼 이타미는 어수룩하지 않았다. 이런 말쯤은 얼마든지 둘러댈 수 있다.

"다이달로스는 이쪽 사무소와 어떤 관계입니까?"

"설립 당시부터 저희 사무소가 고문을 맡고 있습니다."

그럴 줄 알았다. 이타미가 뭐라고 한마디 톡 쏘아붙이려고 한

바로 그때였다.

자료의 회사 개요란, 거기 적힌 대표자 성명을 보고 이타미는 흠칫 놀랐다.

시게타 도시유키. 어디서 본 이름이었다.

대체 어디서…….

문득 생각에 잠긴 이타미를 아오야마가 가만히 바라보았다.

이윽고 깊은 심연의 바닥에서 기억의 단편이 떠오르자 이타미의 가슴에 파문이 일었다.

시게타공업의 그 시게타 도시유키 아닐까.

"설마!"

그때 시게타는 파산해 사회에서 매장되지 않았던가.

그런데 지금 이렇게 다시 눈앞에 나타났다.

생침을 꿀꺽 삼킨 이타미의 머릿속에 당시의 기억이 생생하게 되살아났다.

4

기어 고스트를 설립하기 전, 이타미는 데이코쿠중공업의 기계사업부에서 엔진과 트랜스미션 기획 제조에 관여했다.

기계사업부는 자동차, 선박, 중장비, 탱크에 이르기까지 여러 분야를 다루었다.

기계사업부의 역사는 2차 세계대전 이전까지 거슬러 올라간다. 다양한 부문을 거느린 데이코쿠중공업에서도 특히 유서가 깊고, 역대 사장을 다수 배출한 핵심 부서로 자리매김하고 있었다.

매년 일류대학을 우수한 성적으로 졸업한 학생들이 대거 입사해 뛰어난 인재들로 넘쳐나는 데이코쿠중공업에서도 엄선된 엘리트만이 기계사업부에 배치됐다.

그런 만큼 직원들의 자존심도 높았다. 도쿄라면 중학교 수험부터 최상위 그룹, 지방이라면 손가락에 꼽는 명문 고등학교를 거쳐 초일류 대학을 최고 수준으로 돌파한 사람들만 모였다. 이타미도 예외는 아니었지만 다른 동료들은 엘리트 부모를 둔 경우가 많은 가운데, 이타미의 내력은 약간 이색적이었다.

이타미 다이는 오타구에서 기계가공을 하는 변두리 공장 사장의 외아들로 태어났다.

이타미의 아버지는 서른 살 때 중견 기계제조사에서 독립해, 결혼한 지 얼마 되지 않은 어머니와 유한회사 이타미공업소를 차렸다. 그로부터 5년쯤 지나 이타미가 태어났다. 어머니는 오타구 이케가미에 있는 친정에 가서 이타미를 낳았지만, 얼마 지나지 않아 다시 공장으로 돌아와 갓난쟁이 이타미를 업고 일했다.

이타미공업소의 주요 거래처는 상장기업인 대기업이 많았지만, 대부분의 사례와 마찬가지로 그 거래는 결코 돈벌이가 되지는 않았다. 납기 기한은 짧고 요구하는 기술 수준은 높아, 자칫 방심하면 불량품이 나오고 금방 적자가 났다.

이타미가 어릴 적에 이타미공업소에는 직원이 열 명 넘게 있었다. 그러다 한 명 줄고 두 명 줄다가 이타미가 고등학교에 진학

할 즈음에는 세 명밖에 남지 않아, 언뜻 보기에도 경영이 어렵다는 걸 똑똑히 알 수 있었다.

그래도 아버지는 이타미에게 진학을 포기하라거나 취직하라는 말을 절대로 하지 않았다. 아버지 본인이 회사에 다니며 학력의 중요성을 통감했기 때문이다. 자신이 힘들다고 해서 아이를 교육시키지 않으면 나중에 아이도 힘들어진다, 힘든 건 자기만으로 충분하다는 것이 아버지의 말버릇이었다.

아버지는 이타미의 교육을 위해서라면 돈을 아끼지 않았다. 학원비는 물론이요, 성적이 우수했던 이타미가 사립 중고일관교*에 가고 싶다고 했을 때도 기꺼이 찬성했다.

"그 대신 이렇게 콩알만 한 공장은 물려받을 생각 마라."

앞으로 변두리 소규모 공장은 글렀다. 작아도 먹고살 수 있는 건 대기업도 흉내 내지 못할 '발명'을 할 수 있는 회사뿐이며, 그저 솜씨 좋게 갈고 자르는 기술만 가지고는 위로 올라갈 수 없다. 그것이 아버지의 지론이었다. 그리고 이렇게 말하는 자신은 회사를 비약시킬 만한 '발명'을 할 수 없다는 말도 뒤따랐다.

이타미공업소는 영세했지만 견실한 작업 실력을 바탕으로 경영을 이어나가다가, 아버지가 폐암에 걸리는 동시에 사업을 축소했고, 아버지가 돌아가시기 반년 전에 30년의 역사를 마감했다. 도산이 아니라 청산으로. 직원에게 퇴직금을 지불하고 거래처와 은행에도 피해를 주지 않은 아버지는 어머니가 여생을 살아갈 만한 저금만 남기고서 세상을 떠났다.

* 중학교와 고등학교를 통합하여 6년제로 운영하는 교육제도.

그런 아버지가 이타미에게 남긴 말이 있다. 당시 이타미는 스물다섯 살로, 대학을 졸업하고 데이코쿠중공업의 직원으로서 드디어 일이 재미있어진 무렵이었다.

"회사는 차리지 마라."

이타미가 병석에 누운 아버지를 뵈러 가자 아버지는 조곤조곤 말했다. "결국 나는 스스로 고생을 짊어지고 살아온 셈이야."

그 무렵 이타미는 일의 재미를 깨닫는 한편으로 데이코쿠중공업이라는 대기업의 숨 막히는 분위기 또한 느끼고 있었다. 아버지는 그러한 심경을 꿰뚫어보았는지도 모른다.

"기업에는 기업의 논리가 있다고 네가 그랬지."

병석에 누운 아버지의 목소리는 가늘고 뚝뚝 끊어졌지만, 희한하게도 스며들듯이 이타미의 머릿속에 와닿았다. "그 말을 듣고 이 애비는 조금 감탄했어. 내 회사에는 논리가 있었나, 만약 있었다면 돈이었겠구나, 하고. 뭐든지 돈이 되느냐 안 되느냐, 돈이 있느냐 없느냐로 결정했거든. 생각해보면 참 비참하잖니. 돈에 얽매이는 것만큼 꼴사나운 일은 없어."

그러고 나서 고작 2주 후에 아버지가 돌아가셨으므로, 그 이야기가 이타미의 마음속에 남았다고도 할 수 있으리라.

당시 이타미가 소속된 기계사업부는 적자의 연속이라 존폐의 위기에 서 있었다.

임원을 다수 배출한 명문 부서로서는 용납할 수 없는 비상사태였다. 얼마 지나지 않아 이사회가 기사회생의 카드로 내려보낸 것이 마토바 슌이치라는 남자였다.

기계사업부 출신이자 당시 최연소의 나이로 부장으로 승진한 마토바는 점잖은 신사가 많은 데이코쿠중공업에서 보기 드물게 저돌적인 유형으로 알려져 있었다.

부장으로 취임하자마자 마토바는 다양한 시책을 잇달아 시행하기 시작했다. 뭉뚱그려 기계사업부라고 하지만 그 범위는 폭넓다. 마토바는 각각의 섹션에 새로운 과제를 부여하고, 성장할 가망성이 없어 보이면 사정없이 쳐냈다. 인정에 얽매이지 않고 과감하게 칼을 휘두른 것이다.

일본적인 경영 관행을 지켜온 데이코쿠중공업은 수많은 하청기업과 오랜 세월에 걸쳐 긴밀한 거래 관계를 유지해왔으며, 그런 하청기업과의 관계를 소중히 여기는 이른바 '전통'이 있었다.

그중에서도 가장 중요하다 할 수 있는 하청기업 중 하나가 바로 이타미가 담당한 시게타공업이었다.

시게타 도시노부 회장은 거래처 협력회[*]의 중진이자 유력자였다. 데이코쿠중공업의 임원과도 돈독하게 교류했고, 당시 데이코쿠중공업 회장이었던 후지오카 미쓰키와는 대학교 동창 사이라 어느 정도 발언력도 있었다. 한편 장남인 시게타 도시유키는 대학을 졸업한 후 한동안 데이코쿠중공업에서 경험을 쌓은 뒤 가업으로 돌아가 사장으로 취임, 순풍에 돛 단 듯 경영 상황이 순조로운 회사를 물려받았다.

그리고 이타미는 이 시게타공업이 싫었다.

---

[*] 특정 대기업에 부품을 납품하는 거래처들의 조직으로, 일본 제조업계는 이 협력회를 중심으로 거래가 이루어지는 관행이 있다.

데이코쿠중공업과 친밀한 관계이며 회사 내에 인맥도 있는 도시유키 사장은 툭하면 이타미의 방식에 참견했고, 비용을 절감하라는 요구에는 이런저런 핑계를 대며 응하지 않았다. 협력회란 명칭이 무색하게 비협조적인 태도였다. 없어서는 안 될 중요 부품을 생산하는 자기네가 하는 말이라면 듣지 않을 수 없을 거라 데이코쿠중공업을 만만하게 보는 듯한 구석도 있었다.

"비용을 절감하라는 데이코쿠중공업의 요구는 적당히 넘어가도 괜찮아."

결국에는 협력회 파티에서 도시유키 사장의 그런 발언까지 귀에 들어왔다. 술자리라고는 하나 그런 소리까지 듣기에 이르자 마침내 이타미는 하청기업을 개혁하자는 목소리를 높이기로 결심했다.

이때 이타미는 상세한 분석을 바탕으로 방대한 양의 기획서를 작성했는데, 그 첫 페이지에 적힌 개요는 이러했다.

여러 번 비용 절감을 요청하였음에도 불구하고 시게타공업의 납품가는 거의 낮아지지 않아 높은 가격대를 유지하고 있다. 시게타 사장은 비협조적인 태도를 고수하고 있으며, 그로 인해 협력회 전체에 비협조적인 태도가 만연한 것으로 보인다. 시게타공업과 오랜 세월 거래해오기는 했지만, 현재 시게타공업과의 관계는 당사가 추진 중인 채산 개선 계획을 방해하는 장애물이다. 이에 시게타공업과의 거래를 전면적으로 재검토해 타사에 거래를 발주함으로써 트랜스미션 사업 전체의 수익을 끌어올렸으면 한다.

기계사업부 내에서 논쟁이 벌어졌다.

시게타공업은 미상장 하청기업이라고는 하나, 연매출이 1천억 엔에 가깝고, 주요 제조품의 절반이 데이코쿠중공업과 관련된 물건이었다.

거래처를 바꾸는 건 시게타공업을 죽이는 셈이나 마찬가지였다. 따라서 이 기획서는 전통을 중시하고 구태의연한 사풍을 간직한 데이코쿠중공업에 일종의 충격을 안겨주었다. 친밀한 주요 하청업체를 솎아내자는 주장은 사내에 만연한 보수적인 가치관을 타파하자는 주장과 다를 바 없었다.

예전의 데이코쿠중공업이었다면 이타미가 아무리 거래 혁신을 주장한들 애송이가 무슨 헛소리냐며 단박에 일축했으리라. 하지만 적자 해소라는 중요한 과제에 직면한 당시, 이 기획서는 애송이가 작성했기에 오히려 문제의식을 품은 이들에게 이용가치가 있었다.

그들은 자기 이름을 걸고 혁신적인 방침을 내세우기는 주저하면서도, 지금 상태로 가다가는 큰일 난다는 문제의식만큼은 품고 있는 중간층들이었다. 그런 자들에게 이타미가 작성한 기획서는 그야말로 호재였다. 이용할 만큼 이용해 먹을 수 있고, 혹시 실패하더라도 자신들에게는 책임이 돌아오지 않기 때문이다.

이리하여 이타미가 던진 돌은 기계사업부를 양분하는 논쟁으로 발전했고, 최종적으로 결단을 내린 것은 신임 부장 마토바 슌이치였다.

마토바는 부서 관리직 회의에서 기획서의 방침에 대해 승인하자마자 이타미를 불러 지시했다.

"시게타공업에 발주 중인 부품을 전량 다른 회사로 돌리게."

데이코쿠중공업의 전통과 온정주의를 타파함으로써, 그야말로 성역에 흙발을 들여놓는 한마디였다.

그로부터 석 달 후, 이타미는 기계사업부 부장 마토바와 함께 하치오지에 있는 시게타공업의 본사 사옥을 방문했다.

그 석 달간 이타미는 죽을 둥 살 둥 일했다. 열 명으로 팀을 꾸려 시게타공업에 발주해온 부품들을 새로이 발주할 거래처를 대부분 찾아놓았다.

"마토바 부장님께서 친히 오시다니, 몸 둘 바를 모르겠군요."

도시유키 사장은 응접실에 들어와 마토바와 이타미를 보자마자 얼굴 가득 웃음을 지었다. "요즘 격조했던지라 안 그래도 인사드리러 갈 생각이었습니다."

"그러실 필요 없습니다. 오늘은 긴히 드릴 말씀이 있어서 온 거니까요."

귀 기울이려는 듯 도시유키는 자세를 바로잡았지만 "전부터 이타미가 부탁드렸던 비용 절감에 대한 이야기입니다"라는 말을 듣고 표정이 흐려졌다.

뭔가 새로이 발주하려는 것이 아닐까 기대했음을 그 반응으로 알 수 있었다.

"여러 번 요청했음에도 지금껏 협조를 받지 못했습니다."

마토바는 중요한 이야기를 꺼내는 낌새 없이 담담하게 말을 이었다. "이타미의 보고에 따르면 귀사는 하청업체와 매입처를 소중히 하시고, 기술력도 그러한 관계를 통해 유지하신다지요?"

"덕분에 질 좋은 재료를 공급받아 최고 품질의 제품을 제공해 드리고 있습니다."

도시유키가 가슴을 폈다.

"그러시다면 이제 됐습니다."

마토바의 갑작스런 한마디에 도시유키는 허를 찔린 듯 입을 다물었다.

"이제 됐다니요?"

"오랜 세월 함께해왔습니다만, 이번 분기를 끝으로 거래를 중단하고자 합니다. 오늘은 그 말씀을 드리러 왔습니다."

도시유키의 표정이 싹 바뀌었다. 지금까지 보여주었던 여유는 산산이 날아갔고, 입술에 핏기가 가시는 동시에 뺨이 바르르 떨렸다. 마토바가 계속 말을 이었다.

"아시다시피 최근 저희는 실적이 몹시 저조하며, 이를 복구하는 것이 저희 회사의 급선무입니다. 여러 번 말씀드렸음에도 귀사가 무시하신 비용 절감 요청은 저희 회사에 꼭 필요한 조치였습니다. 어떻게든 꼭 협력을 받았으면 했습니다."

"그건 아닙니다, 마토바 부장님. 저희는 품질 향상이라는 형태로 협력 중이다, 그렇게 인식하고 있었거든요."

도시유키가 반론에 나섰다.

"외람됩니다만 궤변으로밖에 들리지 않는군요."

마토바는 말 붙일 엄두도 안 날 만큼 싸늘하게 대꾸했다. "게다가 듣자니 사장님이 협력회에서 저희 회사의 시책에 대해 이러쿵 저러쿵 말씀하셨다던데요."

도시유키의 시선이 얼어붙었다.

"양사가 오랜 세월 거래해왔다는 건 잘 압니다. 하지만 저희의 진정한 협력사라고는 할 수 없겠군요. 제게는 부모에게 매달려 등골만 빼먹는 자식처럼 보입니다. 저희는 실적 부진에서 벗어나기 위해 살을 도려내는 개혁을 단행할 각오입니다. 그와 관련해 여기 있는 이타미가 몇 번이고 몇 번이고……."

마토바는 그 말을 되풀이했다. "부탁을 드렸습니다. 그런데 지금까지 거기에 성의 있게 대응해주셨던가요? 저희는 협력할 뜻이 없는 시게타공업과의 거래를 어떻게 할 것인가 사내에서 계속 검토해왔습니다. 그리고 이번에 거래를 중단한다는 최종적인 결론에 다다랐습니다."

뭔가 말하려는 듯 도시유키가 입을 움직였지만 말은 나오지 않았다.

"자, 잠깐만요."

도시유키는 간신히 말을 꺼내며 마토바를 제지하듯 양손을 가슴 앞으로 내밀었다.

"오랜 세월 한솥밥을 먹은 사이 아닙니까."

억지로 지은 웃음이 초조함으로 일그러졌다. "이타미 씨에게 설명은 들었습니다만, 그 정도로 절박하다면 품질 외의 형태로도 협력할 수 있도록 다시 한 번 검토하겠습니다. 제발 부탁합니다, 마토바 부장님."

저자세로 나온 도시유키는 테이블에 양손을 짚고 머리를 깊이 숙였다.

어떻게 할 생각일까.

이타미는 마토바를 힐끗 보았다.

그저 으름장을 놓을 생각이라면 목적은 달성하고도 남았다. "그렇다면 이번만은" 하고 용서하는 것이 아닐까. 하지만 이타미의 눈에 들어온 것은 예상과 달리 냉담한 마토바의 옆얼굴이었다.

"이미 결정된 사항이라서요."

마토바는 그렇게 딱 잘라 말했다.

"자, 잠깐만 기다리십시오."

당혹감에 얼굴이 새파랗게 질린 도시유키는 그렇게 말하고 허둥지둥 방을 나섰다. 뭘 어쩌려나 싶었는데 한 노인을 데리고 금방 돌아왔다.

"아이고, 마토바 부장. 잘 오셨습니다."

회장 도시노부였다. 그는 인사도 하는 둥 마는 둥 "지금 사장에게 이야기 들었습니다" 하고 창백한 얼굴로 말했다.

"저 모르게 대단한 결례를 범한 모양이더군요. 미안합니다."

도시노부가 깊이 머리를 숙였다. 백발이 듬성듬성해 두피가 보이는 머리를 한동안 들지 않았다.

"저희와의 거래, 부디 계속해주시기 바랍니다."

도시노부는 일단 고개를 들었다가 다시 숙였다. 계속해주시면 안 되겠습니까가 아니라, 계속해주시기 바랍니다라는 그 말에서 도시노부 회장의 자신감과 결의가 묻어났다.

"뭔가 착각하시는 것 아닙니까?"

숨 막힐 듯한 분위기로 가득한 응접실에 마토바의 완고한 말소리가 울려 퍼졌다.

"대표권이 있는 회장님이 모르실 리 없죠. 이제 와서 그런 변명은 안 통합니다."

"그렇지만 후지오카 씨에게는 아무 말씀도 못 들었는데요."

도시노부가 데이코쿠중공업 회장의 이름을 꺼냈다. "이런 일을 후지오카 씨가 아실 리가. 사내에서 다시 검토하면 반드시 기회를 주실 걸로……."

"기계사업부의 비용 개혁은 제가 일임받았습니다."

마토바는 한 발짝도 물러서지 않고 말허리를 끊었다. "시게타공업과의 거래는 내년 3월부로 종료하겠습니다. 그렇게 아시고 양해해주시기 바랍니다."

"3, 3월부로……."

회장의 눈이 휘둥그레지더니 "그건 곤란합니다" 하고 붉으락푸르락하는 얼굴로 말했다. "그것만은 좀 봐주시오, 마토바 부장. 내 이렇게 사정하리다."

도시노부가 테이블에 이마를 조아렸다.

그러자 마토바가 매몰차게 뿌리치듯 말했다.

"자업자득 아닙니까? 저희의 요청을 가볍게 보고 무시한 건 시게타공업입니다. 개선될 낌새가 없는 거래 채산에 저희가 얼마나 고통을 받아왔는지 모르시겠죠. 안 그러나?"

갑자기 말이 날아드는 바람에 마른침을 삼키며 대화를 지켜보고 있던 이타미는 황급히 고개를 끄덕였다.

도시노부의 무거운 시선을 받고 이타미는 생침을 삼켰다. 시선 속에서 무시무시하리만치 엄청난 감정이 소용돌이치고 있었기 때문이다.

"따라서 내년 3월까지만 발주하겠습니다. 그렇게 아시고 양해 바랍니다."

마토바가 일어서려 하자 회장이 손을 뻗어 소리가 날 만큼 세게 마토바의 팔을 붙잡았다.

"이렇게 가시면 안 됩니다, 마토바 부장."

회장은 그야말로 필사적이었다. "데이코쿠의 발주가 끊기면 우리는 회사를 꾸려나갈 수가 없습니다. 제발, 제발 재고해주시면 안 되겠습니까!"

마토바는 똑바로 앞을 바라본 채 회장의 손을 힘껏 뿌리치더니 "실례하겠습니다"라는 한마디를 남기고 걸음을 옮겼다.

"부장, 마토바 부장!"

테이블에 다리를 쾅 찧으면서도 회장이 끝까지 매달리려고 했다. 그 옆의 도시유키는 미동도 하지 않았다.

그런 도시유키를 가만히 살피며 이타미는 인간의 이런 얼굴은 처음 본다고 생각했다.

절망과 분노, 침착한 태도로 사지를 향하는 사람을 방불케 하는 처연함. 한곳으로 모여드는 정념이 그 얼굴에 응축되어 있었다.

"정말이지 끈질긴 작자들이로군."

이윽고 건물 앞에 세워둔 업무용 차량 조수석에 올라타자 마토바는 그렇게 말을 툭 내뱉었다.

정말로 이걸로 된 걸까. 이타미는 그런 의문을 품지 않을 수 없었다.

시게타공업에는 수천 명의 직원이 있다.

가슴이 아픈 건 아버지의 회사가 생각났기 때문이었다.

아버지는 직원을 지키기 위해 기를 썼다. 직원과 그 가족이 길바닥에 나앉는 건 경영자 입장에서 최악의 사태다. 그건 변두리 공장 경영자의 아들인 이타미가 뼈에 사무칠 만큼 잘 안다.

그런데 지금 자신은 직원을 길바닥으로 내모는 짓을 저질렀다. 대기업의 논리를 들먹이며.

대체 내 일은 뭘까?

과연 비용 절감에 수많은 사람들을 길바닥으로 내몰고, 그들의 인생을 망칠 만한 가치가 있을까?

데이코쿠중공업의 직원으로서 자신의 업무에 처음으로 느낀 의문이었다.

이타미가 아버지와 마지막 대화를 나눈 것도 이 무렵이었다.

시게타공업과의 거래는 마토바가 선고한 대로 이듬해 3월부로 중단됐고, 이타미가 중심이 되어 선정한 몇몇 하청기업과 새로 거래를 텄다.

그로부터 반년 후, 시게타공업은 기업회생절차에 들어갔고 시게타 부자는 경영에서 물러났다.

5

시게타 부자가 그 후에 어떻게 되었는지 이타미는 모른다.

그로부터 8년도 넘게 지나 도시유키의 이름을 이런 형태로 보게 될 줄은 꿈에도 몰랐다.

기억의 회랑을 헤매다 나오자 관찰하듯 이타미를 가만히 보고 있던 아오야마와 눈이 마주쳤다.

"한 가지 여쭤볼 게 있는데요."

이타미는 물었다. "이 자료에 따르면 시게타 씨라는 분은 5년 전에 다이달로스의 사장으로 취임하셨네요. 그 전에는 어떤 일을 하셨는지요?"

"그 전에도 자기 회사를 경영하셨을 겁니다. 이름은 지금 생각이 안 나지만요."

"시게타 사장님이 그 밖에 뭔가 하신 말씀은 없으시고요?"

"그 밖에 뭔가?"

시치미를 떼는 건지 아오야마는 무슨 말인지 모르겠다는 표정으로 되물었다.

"실은 저, 시게타 사장님과 안면이 있는 것 같아서요."

이타미는 에둘러서 말했다.

"딱히 못 들었는데요."

아오야마가 고개를 저었지만 진짜인지 아닌지는 모른다. 이것저것 캐묻는 걸 피하기 위해 그렇게 말하는 것뿐일 수도 있기 때문이다. 이 남자 또한 속을 모를 구석이 있다.

"뭣하면 직접 여쭤보시는 게 어떨까요? 시게타 사장님이 이타미 씨를 한번 뵙고 직접 의향을 전하고 싶다고 하셨거든요."

이타미는 숨을 스읍 들이마셨다.

시게타와 재회한다고 생각하자 목구멍이 꽉 조이는 듯한 답답함이 밀려왔다.

만나야 할까.

"실은 오늘 협의할 일이 있어 시게타 사장님이 여기 와 계십니다."

망설일 틈도 없이 아오야마가 예상외의 말을 꺼냈다. "만나보시겠습니까? 괜찮으시다면 바로 모셔오겠습니다."

마침 협의하러 왔다니, 그런 우연이 있을 리 없다.

이건 처음부터 계획된 일이다.

그들의 농간에 놀아나고 있는 듯한 느낌에 서늘했지만 이타미는 평정을 가장하고 대답했다.

"알겠습니다. 그러죠."

만날 수 있다니 만나서 확인해두고 싶었다. 상대가 정말로 그 시게타인지 아닌지를. 만에 하나 다른 사람이라면 그건 그걸로 된 일이다.

"다만 만나보기만 할 뿐입니다. 그래도 괜찮다면."

"잠시만 기다리십시오."

아오야마는 방에서 나갔다가 금방 돌아왔다.

"곧 오실 겁니다."

그 말이 끝나자마자 문을 두드리는 소리가 들렸다.

일단 나카가와가 들어왔다. 그는 입술에 능글맞은 웃음을 띤 채 날카로운 눈으로 이타미를 바라보더니 "들어오시죠" 하고 뒤에 있는 남자를 안으로 맞아들였다.

"오랜만이군요, 이타미 씨."

들어본 적 있는 굵직한 목소리에 이타미는 반사적으로 의자에서 일어섰다.

큰 키는 물론 그대로였지만, 일찍이 통통했던 몸은 살이 빠져서 탄탄해 보였다. 또한 기억 속에 있는 교만한 얼굴에는, 예전에는 없던 그늘이 깊게 새겨져 있었다. 수라장을 헤치고 나온 남자의 얼굴이었다.

그건 바로 시게타 도시유키 본인이 틀림없었다.

"나를 기억하나?"

시게타는 이타미 앞에 떡하니 앉아 씩 웃으며 물었다.

"8년 만인가요."

이타미는 긴장감에 사로잡혔지만 또 다른 흥미도 샘솟았다. 기업회생절차를 거치며 이 바닥을 떠났던 남자가 대체 어떻게 부활한 걸까.

"그 후로 어떻게 지내시나 걱정했습니다."

이타미는 시게타의 표정을 관찰하며 말했다.

"잘도 그딴 소리를 하는군."

시게타가 작은 웃음과 함께 시선을 돌렸다가 생생한 감정이 깃든 눈으로 다시 이타미를 바라보았다. "당신들이 우리 부자의 명줄을 끊어놓고선."

시게타의 말에 나카가와와 아오야마는 숨을 죽였다.

"그때는 죄송했습니다."

이타미는 감정 없는 목소리로 대답했다. "다만 그때는 저희에게도 절박한 사정이 있었습니다."

"아버지는 돌아가셨어."

시게타는 느닷없이 벽을 쳐다보고 건조한 목소리로 말했다.

"원래 심장이 안 좋으셨는데 그런 소동이 벌어졌으니. 완전히 실의에 빠져서 돌아가셨지."

"고인의 명복을 빕니다."

이타미는 달리 할 말이 떠오르지 않았다. 그러자 시게타가 말을 이었다.

"당신한테는 고마워. 당신이 내 재능을 일깨워준 셈이나 다름 없으니까."

과연 시게타는 무슨 말을 하려는 걸까.

"지금이니까 말하지만, 솔직히 시게타공업의 사장으로 있을 때는 따분하기 짝이 없었어. 애당초 아버지가 세워서 성장시킨 회사였잖아. 정해진 노선대로 아버지와의 연줄 때문에 다루기 까다로운 거래처와 수많은 직원, 공장이라는 비용 덩어리를 떠안았지. 당시 나는 어쩔 도리도 없는 갑갑함에 사로잡혀 있었어. 그런 데 그런 회사를 당신들이 사정없이 쳐내준 거야."

"그 후에 시게타 사장님은 소형 엔진을 제조하는 회사의 경영에 나서셨습니다."

나카가와가 간드러지는 목소리로 보충 설명했다.

"만에 하나의 경우를 대비해 숨겨둔 자산이 있었거든. 숨겨둔

인플루엔셜
베스트셀러

인플루엔셜은
세상에 영향력 있는
지혜를 전달하고자 합니다.

www.influential.co.kr

베스트셀러《수학이 필요한 순간》의
김민형 교수가 돌아왔다!
자연과 세계, 사고의 본질을 탐구하는
한여름 밤의 위대한 수학 프로젝트!

다시, 수학이 필요한 순간

질문은 어떻게
세상을 움직이는가

김민형 지음 | 448쪽 | 양장 | 값 18,800원

AI·빅데이터 시대를 돌파하는 수학적 사고의 힘!

"초연결시대에 갖추어야 할 융합적 사고란
무엇인지 보여주는 최고의 수학 강의"

— 정하웅(KAIST 물리학 석좌교수)

수학이 필요한 순간

인간은 얼마나
깊게 생각할 수 있는가

김민형 지음 | 328쪽 | 양장 | 값 15,800원

수학책에 쏟아진 유례없는 환호!
세계적인 수학자 김민형 교수의 옥스퍼드대 명강의

"만일 내가 고등학생 때 이 책을 읽었다면
'수포자'가 되지 않았을 텐데."

— 최재천(생물학자·이화여자대학교 석좌교수)

건 내가 아니라 아버지지만. 아버지는 모든 일이 다 정리되고 나면 그걸로 다시 사업을 시작하려고 하셨겠지. 예기치 않게 내가 그 유산을 물려받은 거야."

시게타는 당당하게 말했다. "그 돈으로 뭘 할까 고민하고 있을 때, 어떤 회사가 경영난에 빠졌다는 소식이 귀에 들어왔지. 오래전부터 친밀했고, 우리가 곤경에 처했을 때도 피해를 줄일 수 있도록 대금을 지불해준 회사야. 엔진 관련 회사라 지금까지 축적한 노하우와 인맥도 있었지. 나는 그 회사를 매수하고 시게타 공업 시절에는 꽁꽁 묶어두었던 나만의 방식으로 복귀를 꾀했어. 구조조정을 단행하고, 회사명을 바꾸고, 직원의 의식도 변화시켰지. 아이러니한 이야기지만, 시게타공업이 도산함으로써 비로소 내 방식대로 경영할 자유를 손에 넣은 셈이지."

시게타는 양복 가슴주머니에서 명함집을 꺼내 이타미에게 명함을 한 장 내밀었다.

주식회사 다이달로스
대표이사 시게타 도시유키

"다이달로스는 급성장해 신규 사업 분야를 찾는 단계에까지 다다랐어. 그리고 내가 다음으로 점찍은 게 바로 트랜스미션, 당신 회사야."

시게타는 이타미를 똑바로 바라보며 말을 이었다. "기억나나? 난 예전에도 M&A 중개업자를 통해 댁네에 매수를 제안한 적이 있어. 이름도 대기 전에 문전박대를 당했지만."

그러고 보니 그런 일이 있었던 것이 이타미는 떠올랐다. 회사를 팔 마음이 없었기 때문에 상대의 회사명도 듣지 않고 단칼에 거절했었다. 즉, 시게타는 그 무렵부터 기어 고스트에 눈독을 들이고 있었던 셈이다.

"그런데 최근에 댁네가 분쟁에 휘말렸다고 어떤 정보통한테 들었거든."

그 정보통이 누구인지 시게타는 말하지 않았다. "이건 신이 내게 준 기회다 싶었어. 동시에 이건 당신에게도 기회가 아닐까 내 나름대로 추측하고 있는데."

시게타는 궁지에 몰려 괴로워하고 있는 이타미의 심정을 이미 꿰뚫어보았다.

"이게 시게타 사장님이 제시하신 매수조건안의 골자입니다."

나카가와가 서류 한 장을 밀어주고 시게타를 대신해 내용을 읽었다. "일단 첫 번째, 매수는 시게타 사장님 개인이 아니라 법인 명의인 주식회사 다이달로스가 행합니다. 두 번째, 주식회사 다이달로스는 케이머시너리와의 분쟁과 그 배상 등에 들어가는 비용을 일체 부담하는 대신, 기어 고스트의 모든 주식을 무상으로 양도받을 것을 희망합니다. 세 번째, 직원의 고용은 보장하지 않습니다. 불필요한 직원은 퇴직시키겠습니다. 네 번째, 이타미 씨는 사장직을 계속 맡아주셨으면 합니다."

"어때, 좋은 조건이지?"

시게타는 자화자찬했다. "거절한다는 선택지는 없을 거야."

그리고 이타미를 가만히 바라보며 대답을 기다렸다.

확실히 여기서 승낙하면 당면한 난국에서는 탈출할 수 있으리라.

하지만 그 서류에는 도저히 받아들일 수 없는 한 문장이 있었다.

직원의 고용을 보장하지 않는다는 구절이다. 이걸 받아들이면 변두리 공장 경영자의 아들로 태어난 자신의 정체성을 짓밟는 셈이 되고 만다.

거절해야 한다.

하지만—.

"조건은 알았습니다. 검토할 테니 시간을 주시겠습니까."

스스로도 놀랍게 이타미는 그렇게 말했다. 동시에 아버지의 말이 가슴속에 되살아났다.

—돈에 옭매이는 것만큼 꼴사나운 일은 없어.

그 즉시 이타미의 마음에서 쓸쓸한 뭔가가 배어 나왔다.

6

"이야기는 어떻게 됐어?"

그날 저녁, 이타미가 심각한 표정으로 돌아오자 시마즈는 물었다.

"케이머시너리와는 협상의 여지가 없어."

이타미는 사장실 의자 등받이에 몸을 기대고 짤막한 숨을 내쉬었다. 시선은 시마즈가 아니라 벽의 한 점을 향했다.

"스에나가 변호사님은 뭐라서?"

협상의 여지가 없음은 시마즈도 예상한 바였다.

"그건 물어봤어?"

"나카가와 변호사랑은 친분이고 뭐고 없대."

"거짓말이네."

시마즈는 눈살을 찌푸렸다.

"응, 거짓말이지."

이타미는 뭔가를 생각하며 어쩐지 건성으로 대답했다.

"가미야 변호사님한테 받은 그 기사, 보여줬어?"

"아니. 결국 안 보여줬어."

몹시 지쳤는지 이타미는 귀찮다는 듯 고개를 저었다. "만약 스에나가 변호사가 정말로 상대편과 연결돼 있다면, 우리가 그 사실을 안다는 건 감추는 편이 낫겠지. 괜히 속내를 다 드러낼 필요는 없어."

이타미는 옆에 둔 서류가방을 열고 봉투를 꺼내 테이블에 내려놓았다.

요전번 면담을 마치고 돌아올 때 가미야가 건넨 봉투다.

내용물은 어떤 잡지에 실린 기사의 사본이었다.

재작년 《로 비즈니스》라는 업계지에 게재된 대담 기사다. 양 페이지에 걸쳐 큼지막하게 박힌 사진 오른쪽에는 나카가와 교이치, 왼쪽에는 스에나가 다카아키 두 변호사가 찍혀 있었다.

사법연수생 시절부터 친한 사이로, 지금도 가끔 골프와 술자리로 친교를 다진다는 내용을 위트 있게 서술한 그 기사는 이타미와 시마즈에게 그야말로 청천벽력과 다름없었다.

그 후 조사한 결과, 그 업계지는 작년에 폐간됐으며, 웹에도 실리지 않았으므로 인터넷으로 검색해도 나오지 않는 기사임을 알았다. 나카가와와 친분이 없다고 주장해도 발각될 염려는 없다. 스에나가가 그렇게 생각했으리라는 건 쉽게 상상이 갔다.

"만약 스에나가 변호사가 나카가와와 한통속이라면 이대로 재판을 해본들 좋은 결과는 바랄 수 없을 거야. 역시 가미야 변호사에게 부탁하는 편이 좋지 않을까? 요전 일을 사과하고 부탁하면 수임해줄 것 같은데."

시마즈의 말에 이타미는 무슨 말인지 모를 모호한 대답을 내놓았다.

"저기, 무슨 일 있었어?"

그 태도에 위화감을 느끼고 시마즈가 물었다.

"아니."

쌀쌀맞은 대답과 함께 이타미의 시선이 비스듬히 아래로 내려갔다. "어쩐지 맥이 풀려서."

이어서 이타미가 반쯤 혼잣말하듯 말을 내뱉었다. "결국 인간의 신조라는 건 연약한 것일지도 모르겠어."

스에나가가 이야기를 하는 걸까?

시마즈가 생각하기에는 아닌 것 같았다.

"이타미, 뭔가 망설이고 있는 거야?"

대답은 없었다.

그저 답답한 침묵만이 이타미와 시마즈 사이에 내려앉았다.

그로부터 2주 후, 도쿄지방법원에서 보낸 소송장이 배달됐다.

7

"어서 와. 저녁은 먹었어?"

그날 밤 딸 리나는 밤 11시가 넘어서 집에 왔다.

"아직. 배고파 죽겠어."

리나는 녹초가 된 얼굴로 쓰쿠다가 앉아 있는 소파 옆자리에 몸을 던지더니 "오늘도 또 공부야? 아빠도 참 열심히 하네" 하고 앞쪽 테이블에 가득 펼쳐진 논문과 전문지 더미를 보며 감탄스럽다기보다 어이없다는 표정을 지었다.

"좀 쉬지 그래? 많이 피곤해 보이는데."

쓰쿠다는 요즘 연일 일본, 미국, 영국, 더 나아가 프랑스의 전문지와 논문을 닥치는 대로 읽고 있었다.

"논문을 이렇게 달달 읽어서 또 뭘 개발하려고?"

"개발하려고 읽는 거 아니야."

쓰쿠다는 그렇게 대답하고 들고 있던 전문지에서 얼굴을 들었다. "실은 어떻게든 구하고 싶은 회사가 있어서."

"구하고 싶은 회사?"

리나는 얼떨떨한 표정으로 물었다. "논문을 읽으면 회사를 구할 수 있어? 대체 뭔 소리람."

가미야 변호사에게 들은 이야기를 리나에게 해주자 "그렇구나" 하고 감탄했다.

"그 발상도 눈이 번쩍 뜨일 정도지만, 그런 고비에서도 포기하지 않고 싸운다는 게 굉장해."

덧붙여 그런 감상을 말했다. "그런 점에서 우리 회사는 한심하다니까."

"무슨 일 있었어?"

쓰쿠다는 은근슬쩍 물어보았다.

대학을 졸업한 리나가 데이코쿠중공업에 연구직으로 입사해 우주항공본부에 소속된 게 3년 전의 일이다. 지금 리나는 로켓 발사를 지원하는 기술자 중 하나로 현장을 지켜보고 있다.

"오늘 마토바 이사가 개발 부문 회의에 참석했는데, 대형 로켓의 채산이 좋지 못하다는 둥, 로켓 본체뿐만이 아니라 인원 삭감도 포함해 비용 절감을 검토해야 한다는 둥, 아무튼 어깃장을 놓더라고. 유일하게 의지할 만한 자이젠 부장님도 머지않아 현장을 떠난대서 다들 낙담이 커. 나도 마찬가지고."

"이대로 가면 대형 로켓에서 손을 뗄지도 모른다는 거야?"

리나는 비통한 표정으로 고개를 끄덕였다.

"로켓 발사 장면을 보고 데이코쿠중공업에 들어가기로 결심했던 건데. 만약 대형 로켓에서 손을 떼면 앞으로 어째야 할지 모르겠어. 게다가 만약 우리 회사가 로켓 사업을 그만두면 쓰쿠다제작소도 곤란하잖아."

"그렇게 되면 우리 밸브 시스템도 쓸모없어질지 모르겠군. 하지만 과연 어떠려나.”

쓰쿠다는 거실의 허공을 바라보며 생각에 잠겼다. “우여곡절은 있을지언정 일본에서 대형 로켓이 없어지지는 않을 것 같은데.”

“어째서 그렇게 생각해?”

리나가 물었다.

“대형 로켓에는 세상에 자랑할 만한 최첨단 기술이 사용돼.”

쓰쿠다는 말을 이었다. “그건 로켓을 쏘아 올리고자 열정을 불태우는 기술자들이 오래도록 키워온 존귀한 노력의 결정체야. 바보같이 눈앞의 이익만 보고 그토록 귀중한 재산을 버리다니, 그런 기도 안 차는 일이 어디 있겠어. 이 나라도, 그리고 데이코쿠중공업도 그렇게 어리석지는 않아. 이제는 변두리 중소기업 사장이지만, 한때 로켓 발사에 관여한 기술자 나부랭이로서 그렇게 믿어.”

잠자코 듣고 있던 리나가 입술을 깨물더니 억지웃음을 지어보였다.

“나도 언젠가 그런 기술자가 되면 좋겠다.”

“이미 훌륭한 기술자면서.”

쓰쿠다는 눈물을 글썽이는 딸을 격려했다. “이제 나처럼 좌절하지만 않으면 돼.”

“좌절했을지도 모르지만, 아빠는 훌륭한 기술자야.”

리나는 아주 진지한 얼굴로 말했다. “존경할 만한 연구자라고 생각해.”

생각지도 못한 말에 쓰쿠다는 병한 표정으로 딸의 얼굴을 보았다. 평소 이런 말을 하지 않는 딸이지만, 리나도 제 나름대로 생각하는 바가 있었으리라.

"기뻐서 날아갈 것 같은데."

쓰쿠다는 웃으며 일부러 농담하듯 말했다. "앞으로 어떻게 될지는 제쳐놓고, 지금은 눈앞의 일을 완벽하게 해내는 것만 생각해. 그러면 결과는 잠자코 있어도 알아서 따라올 거야."

"아빠도."

논문 더미를 흘끗 본 리나는 "아아, 배고프다" 하며 소파에서 일어나 부엌으로 가서 남은 저녁식사를 데우기 시작했다.

그로부터 며칠 후, 쓰쿠다는 드디어 한 논문을 찾아냈다.

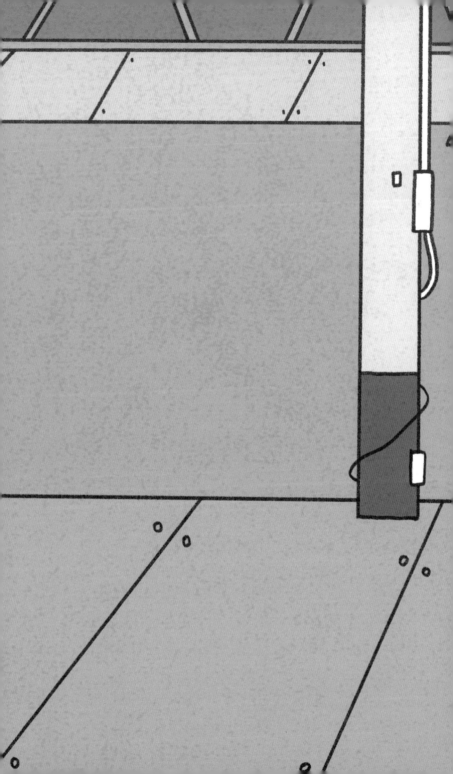

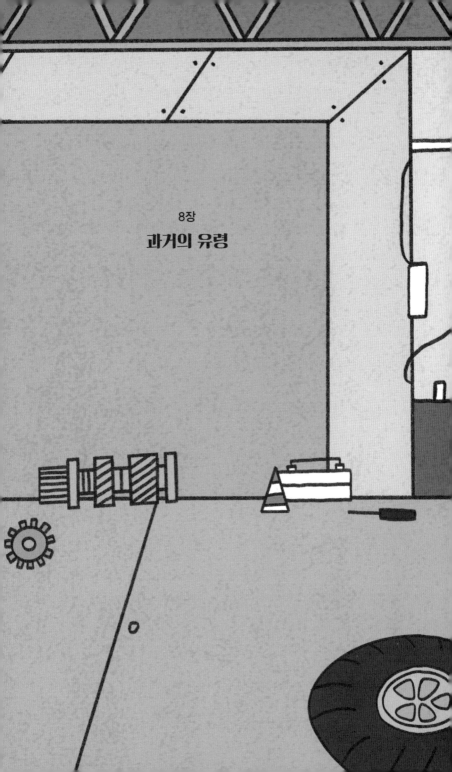

8장

과거의 유령

1

소송장의 내용은 지금까지 교섭하면서 상대편이 주장해온 내용과 똑같았다.

기어 고스트에서 제조한 트랜스미션 T2에 대해 특허 침해를 주장하며 본래 받았어야 할 로열티로 청구한 금액은 15억 엔. 패소하면 기어 고스트는 잠시도 버텨내지 못하고 허물어질 만한 금액이었다.

그리고 현재로서는 한없이 패소에 가까운 상황이었다.

"이게 절체절명이라는 거로군. 어떻게 할 거야?"

소송장을 훑어본 시마즈는 팔걸이의자에 앉아 생각에 잠긴 이타미에게 물었다. "스에나가 변호사랑은 이제 갈라서야겠지."

"아까 쓰쿠다 씨한테 연락해서 소송장이 왔다고 이야기했어."

이타미는 한숨을 섞어 말하고 "내일 오후에 앞으로 어떻게 할지 상담하러 갈 거야. 같이 갈 거지?" 하고 시마즈에게 물었다. "결국 가미야 변호사가 옳았어. 그건 인정하는 수밖에."

시마즈는 아직 가슴속에 뭔가 품고 있는 듯한 이타미의 얼굴을 이상하다는 듯이 들여다보았다. 오랜 세월 함께해온 시마즈이기에 알 수 있는 미묘한 감각이었다.

사무실에 있는 직원들이 불안한 표정으로 유리창 너머 사장실을 바라보고 있었다. 케이머시너리에게 특허 침해로 고소당했다는 사실은 이미 모두 다 알고 있었다.

사장실을 나선 이타미가 직원들을 불러 모아놓고, 기어 고스트가 처한 상황을 요약해서 설명했다.

"만약 재판에서 지면 로열티를 지불할 수 있습니까?"

가시와다가 창백한 얼굴로 머뭇머뭇 물었다.

"솔직히 우리 힘만으로는 무리야."

이타미는 숨김없이 인정했다. "케이머시너리는 그걸 알고서 소송을 걸어왔어. 우리를 뭉개기 위해서지. 한편으로 힘을 빌려주려는 회사도 있어. 하여튼 모두의 일자리는 내가 반드시 지킬게. 걱정되겠지만 지금까지처럼 안심하고 일을 계속해줘. 부탁한다."

힘 있는 이타미의 말에 고개를 끄덕이는 직원도 있는 가운데, "저어" 하고 가시와다가 다시 손을 들었다.

"힘을 빌려주려는 회사는 어디인가요?"

대답하기까지 약간 시간이 걸린 건, 이타미 자신에게 망설임이 있었기 때문인지도 모른다.

쓰쿠다제작소라는 이름에 직원들이 어떻게 반응할까.

과연 쓰쿠다제작소가 정말로 도와줄까.

애매모호하게 넘어가는 방법도 있었지만, 이타미는 그러지 않았다.

"첫 번째 후보는 쓰쿠다제작소야. 쓰쿠다 씨는 진심으로 협력을 해주겠다는 태도야."

시마즈의 눈에는 직원들 사이에 미묘한 분위기가 흐른 것처럼 보였다. 모두가 대기업의 이름을 기대했을 것이기 때문이다.

몇 가지 질문이 더 있은 후에 이타미는 직원들을 해산시켰다.

뭔가가 달랐다.

평소의 이타미라면 좀 더 힘차고 설득력 있는 발언으로 모두를 납득시켰으리라. 하지만 이번에는 직원들을 끌고 나갈 만한 뭔가가 없었다고 시마즈는 생각했다.

마음에 걸리는 점이 하나 더 있었다.

쓰쿠다제작소를 가리켜 첫 번째 후보라고 했다. 그렇다면 두 번째 후보도 있다는 건가.

역시 뭔가가 평소와 다르다. 하지만 그게 무엇인지 이때 시마즈는 몰랐다.

"어떻게든 헤쳐 나갔으면 좋겠네요."

가시와다가 그날 밤 몇 번째인지 모를 한숨을 쉬고, 뻑뻑해서 잘 여닫히지 않는 유리창 밖으로 멍한 얼굴을 돌렸다.

회사에서 가까운 단골 술집에 동료 몇 명과 함께 왔다. 창가 테이블석에 앉은 과장 홋타가 "이렇게 된 이상 사장님한테 맡겨두는 수밖에" 하며 뼈만 깨끗하게 남은 닭날개 튀김을 접시에 내려놓고 체념한 표정으로 냅킨을 들어 손을 닦았다.

"사장님한테라기보다 쓰쿠다제작소에게 맡겨야 한다는 느낌인데요."

역시 불안한 듯이 말을 꺼낸 건 영업과의 야마시타였다. 가시와다보다 늦게 입사했지만, 경력직이라 나이는 가시와다보다 세 살 많은 서른 살이다. "조만간 주식 상장할 수 있다기에 기대하고 입사했는데. 속은 건가."

야마시타는 그렇게 투덜거렸다.

"어휴, 상장이고 나발이고 회사가 존속할 수 있느냐 없느냐가 걱정인걸요."

옆에서 같은 영업과인 시무라가 끼어들었다. 평소 무슨 말이든 거침없이 꺼내놓는 성격이지만, 이날은 그 날카로운 언변도 무디어졌다. "쓰쿠다제작소는 우리랑 엇비슷한 중소기업이잖습니까. 도움이 될까요?"

이타미의 설명을 들었을 때 다들 같은 의문을 품었을 게 틀림없었다. 그때 의문을 표하지 않은 건 이타미를 배려했다기보다 묻기가 무서웠기 때문 아닐까.

"나도 얻어들었는데, 쓰쿠다제작소는 자금력이 제법 빵빵한 우량기업이래. 우리가 요구받은 로열티를 어떻게 해줄 수 있을지도 몰라."

홋타가 푸념을 늘어놓던 세 사람이 입을 다물 만한 정보를 내놓았다.

"그럼 그 자금을 투입해준다는 겁니까?"

야마시타는 말하고 나서 잠깐 생각에 잠겼다. "한데 그러면 우리가 쓰쿠다제작소의 산하로 들어간다는 거 아니에요?"

"뭐, 그런 셈이 되겠지."

홋타의 한마디에 잠시 멀어졌던 음울한 분위기가 다시 돌아왔다.

"그 밖에 다른 정보는 없습니까?"

가시와다는 딱딱한 표정으로 소주잔을 입에 가져가는 홋타에게 물었다. "아까 시마즈 씨랑 이야기 나누셨죠?"

마시던 소주를 뿜어낼 뻔한 홋타는 "잘도 봤구나. 좀 더 일에 집중하라고" 하고 말했지만 얼버무리고 넘어갈 수는 없겠다고 생각한 모양이었다.

"여기서만 하는 이야기야."

홋타는 그렇게 서론을 깐 후 몸을 앞으로 구부리고 목소리를 낮추었다. "쓰쿠다제작소가 지식재산 분야에서 우수한 변호사를 소개해줄 거라나 봐. 일단 법정에서 싸우는 거지. 만에 하나 져서 정말로 로열티를 지불해야 하면 쓰쿠다제작소에 도움을 요청한다. 즉, 이중 방어망이야."

"변호사까지 쓰쿠다제작소에 부탁한다는 겁니까?"

시무라가 실망스럽다는 듯이 말하고 담배에 불을 붙였다. "그래도 괜찮으려나 모르겠네요. 저는 그런 변호사 믿음이 안 가요. 우수하다고요? 말은 쉽지. 이런 상황에서 뭘 할 수 있다는 말입니까. 제가 보기에는 그냥 쓰쿠다제작소가 고문변호사에게 일거리를 하나 물어다준 것 같은데요."

"어떻게든 힘이 되고자 하는 쓰쿠다제작소의 마음은 진짜입니다."

가시와다는 물방울이 맺힌 하이볼 잔을 꽉 움켜쥐었다. "리버스 엔지니어링을 했을 때, 그들은 온 정성을 다해서 도와줬어요. 그건 진심이었어요."

"그래봤자 중소기업이잖아."

서글프게 웃는 시무라에게 "우리도 마찬가지잖습니까" 하고 가시와다는 울컥해서 반박했지만, 더는 할 말이 없었다.

지금 할 수 있는 일은 하늘에 운을 맡기고 그저 기다리는 것뿐이었다.

2

"사장님, 그 후로 기어 고스트는 어쩌고 있습니까?"

저녁에 3층으로 훌쩍 올라온 쓰쿠다에게 다치바나가 물었다. 그 옆에는 걱정스러운 듯 이맛살을 찌푸린 아키가 있었다.

"소송장이 날아왔다나 봐. 아까 연락이 왔어."

"그럼, 결국은 재판으로 가는 건가요?"

아키가 놀라서 눈을 동그랗게 떴다.

"순식간에 지지 않으려나."

마침 그 자리에 있던 가루베가 그렇게 말했다.

"불길한 소리 하지 마세요, 가루베 씨."

"로열티를 조금 깎는 정도가 고작이겠지."

아키가 나무라도 가루베는 가차 없는 의견을 내놓았다. "기어 고스트의 변호사에게 뭔가 비책이라도 있으면 모르지만, 그런 게 그렇게 쉽게 생길 리도 없고 말이야."

"변호사 말인데, 가미야 변호사님께 부탁하고 싶다더군."

쓰쿠다가 말했다.

"지금까지 일을 맡았던 변호사는 어쩌고요? 기어 고스트에도 고문변호사는 있을 텐데요?"

다치바나가 놀라서 물었다.

"고문 계약을 종료하기로 했대."

쓰쿠다의 한마디에 어지간한 일에는 눈도 꿈쩍 않는 가루베도 "정말입니까?" 하고 깜짝 놀랐다. 쓰쿠다는 나카가와와 스에나가의 관계에 대해 이야기해주었다.

"변호사의 윤리성도 땅에 떨어졌군."

가루베는 화가 난 건지 기가 찬 건지 모를 표정으로 천장을 올려다보았다. "어떤 업계에든 좋은 사람도 있고, 쓰레기도 있는 법이지. 아무튼 그렇다면 기어 고스트가 케이머시너리의 특허를 침해했다는 단순한 이야기가 아닐 것 같은데. 고문변호사 입장이라면 기어 고스트의 개발 정보를 훔쳐서 케이머시너리에 넘겼을 수도 있겠지. 한발 먼저 케이머시너리의 특허를 성립시키고, 그걸 근거로 삼아 기어 고스트를 특허 침해로 고소하게 했을 가능성도 없는 건 아니야."

"그런 건 범죄잖아요!"

아키가 언성을 높였다. "어떻게 조치를 취할 수 없을까요?"

"스에나가라는 변호사가 정보를 유출했다는 걸 증명하면 조치를 취할 수 있겠지만, 과연 어쩌려나."

가루베는 고개를 기울이고 생각에 잠겼다. "처음부터 그런 짓을 계획했다면 그렇게 쉽게 꼬리를 잡힐 만한 짓은 안 할 거야. 하물며 정평이 난 악덕 변호사와 손을 잡았다면 더하겠지."

"그런데 가미야 변호사님은 이 소송을 맡아주실까요?"

다치바나가 핵심을 짚었다. "승산이 거의 없는 싸움인데요. 어떤가요, 사장님?"

"일단 가미야 변호사님께 이야기는 드렸어."

쓰쿠다는 상황을 설명했다. "내일 이타미 씨와 만나 결정하기로 했는데, 솔직히 나도 어떻게 될지 모르겠군. 하지만 승산이 전혀 없는 건 아니야."

"이야, 그런가요?"

가루베가 재미있다는 듯이 물었다. "어떤 방법을 사용하시려고요?"

"여기서만 하는 이야기인데, 힌트는 논문이야."

쓰쿠다가 설명을 시작하자 모두가 진지하게 귀를 기울였다.

3

"바쁘신 와중에 시간 내주셔서 감사합니다."

쓰쿠다제작소의 사장실을 찾아온 이타미와 시마즈는 송구한 표정으로 소파에 나란히 앉았다. 지난번에 가미야앤사카이 법률사무소에서 반쯤 싸우다시피 헤어진 경위가 있는 만큼 더욱 겸연 쩍어 보였다.

"다시 한 번, 알려드리겠습니다."

이타미는 두 주먹을 양쪽 무릎에 얹고 무슨 선언이라도 하듯이 허리를 쭉 폈다. "저희가 상담을 드렸던 일, 교섭해본 보람도 없 이 어제 법원에서 소송장이 날아왔습니다. 내용은 전화로 말씀드 린 바와 같습니다."

이타미는 그렇게 말하고 갈색 봉투에서 소송장을 꺼내 쓰쿠다 앞에 펼쳐놓았다.

"결국 왔군요."

"저희로서는 가미야 변호사님께 변호를 부탁드리고 싶은데요."

이타미가 쓰쿠다를 똑바로 처다보았다. "모르고 그랬다고는 하나, 요전에 가미야 변호사님께 실례를 범했습니다. 분명 기분 이 많이 상하셨겠죠. 쓰쿠다 씨가 좀 도와주시면 안 되겠습니까? 부탁드립니다."

이타미는 시마즈와 함께 머리를 숙였다.

"그거 말씀인데요. 가미야 변호사님이 곧 여기로 오실 겁니다."

이타미와 시마즈의 눈이 놀라움으로 휘둥그레졌고, 거의 동시 에 사무실 문을 두드리는 소리가 들렸다.

"안녕하십니까."

평소처럼 점잖고 당당한 태도로 들어온 것은 다름 아닌 가미야 본인이었다.

이타미와 시마즈가 공손한 표정으로 일어섰다.

"변호사님, 요전번에는 실례가 많았습니다. 정말 죄송합니다."

이타미가 허리를 푹 숙여서 가미야에게 사죄했다. 시마즈도 이타미를 따라 고개를 숙였다.

"아아, 괜찮습니다."

가미야는 가볍게 받아넘기고 거두절미하고 물었다. "그런데 어땠습니까. 그 잡지의 사본, 도움이 됐습니까?"

"제 불찰이 부끄럽기 그지없습니다."

이타미는 입술을 깨물었다.

"상황을 자세하게 들려주시겠습니까?"

가미야는 나카가와와 교섭한 결과, 그러고 나서 스에나가와 나눴다는 이야기에 잠시 귀를 기울였다.

"스에나가 변호사가 케이머시너리에 개발 정보를 누설했다는 걸 증명할 수 있으시겠습니까?"

이야기가 끝나자 가미야가 물었다.

"제 개발용 파일에 부정 접속했다면 증명할 수 있을지도 모르지만, 애당초 그런 징후가 있었다면 사전에 알아차렸을 겁니다."

시마즈가 대답했다. "제가 스에나가 변호사에게 넘긴 정보가 외부에 유출됐다면 이쪽에서 증명하기는 불가능하겠죠."

가미야는 고개를 끄덕이고 이타미에게 물었다.

"스에나가 변호사와는 어떻게 하실 생각이십니까?"

"고문 계약을 종료할 생각입니다."

이타미는 무릎을 모았다. "이렇게 무례한 부탁을 드려도 될는지 모르겠습니다만, 가미야 변호사님께서 저희 회사의 대리인을 맡아주시면 안 되겠습니까? 부탁드립니다.”

이타미는 그렇게 말하고 또다시 시마즈와 함께 머리를 숙였다.

“하나 여쭙겠습니다.”

가미야는 두 사람에게 물었다. “두 분은 이 재판, 이길 수 있다고 생각하십니까?”

“그건······.”

이타미는 시선을 돌리고 어물어물 말을 꺼냈다. “크로스 라이선스를 노릴 요소도, 정보가 누설됐다는 증거도 없습니다. 정황상 힘든 재판이 될 건 각오했습니다. 다만 최악의 결과가 나오더라도 남에게 책임을 떠넘기지는 않겠습니다. 결과는 오롯이 저희 책임으로 받아들이겠습니다.”

“그러시군요. 그런데 이타미 씨, 처음에도 말씀드렸습니다만, 저는 지는 재판은 하지 않습니다.”

가미야의 명확한 대답에 이타미는 당혹스러운 표정을 지었다.

“하지만 지금 상황으로서는······.”

가미야는 이타미의 말을 막고 시마즈에게 물었다.

“시마즈 씨, 요전에 이야기를 들었을 때 문제의 부변속기에 대해 이렇게 말씀하셨죠. ‘예전부터 알려져 있는 기술을 응용했을 뿐이라고 생각했다’고. 왜죠?”

“왜냐고 물으신들······.”

천재라는 시마즈도 대답하기 난감한 질문이었다. 가미야는 시마즈의 얼굴에 날카로운 눈빛을 던지다가 시마즈가 대답이 없자 가방에서 서류 한 부를 꺼냈다.

설명은 없었다. 그저 "보시죠" 하고 시마즈 앞에 밀어주었을 뿐이다.

잠시 후 당황한 표정으로 서류를 펼친 시마즈가 놀라서 눈이 동그래지는 걸 쓰쿠다는 보았다.

"쓰쿠다 씨가 이 논문을 찾아서 제게 보내주시지 않았다면 이번 재판 변호, 검토할 것도 없이 거절했을 겁니다."

가미야는 이타미와 시마즈에게서 쓰쿠다에게 시선을 돌렸다.

"실은 저도 그 후로 논문집과 전문지를 몇 가지 조사해봤지만, 이 논문은 찾지 못했습니다. 솔직히 놀랐어요, 쓰쿠다 씨. 용케 이걸 찾아내셨군요. 진심으로 감탄했습니다."

"아니요, 무슨 말씀을."

쓰쿠다는 얼굴 앞에서 손을 내저었다. "처음에는 저도 변호사님처럼 유명한 논문집과 전문지의 논문 데이터베이스를 찾아봤어요. 그런데 없더라고요. 그래서 생각이 닿은 게 공개되어 있지만 눈에 잘 띄지 않을 가능성이 있는 논문."

쓰쿠다는 시마즈를 보았다. "바로 도쿄기술대학에서 발행한 논문집입니다. 시마즈 씨가 거기 다니시던 무렵, 당시 대학원생이었던 분이 쓰신 논문을 찾기는 그리 어렵지 않았습니다."

"과연, 대단한 추리력이십니다."

가미야가 감탄의 눈빛을 던지자 쓰쿠다는 운이 좋았을 뿐이라고 겸손하게 말한 후 가미야에게 진지하게 부탁했다.

"기어 고스트의 대리인 역할을 맡아주시겠습니까?"

이타미와 시마즈가 숨을 삼키고 가미야를 쳐다보았다.

"물론이죠."

가미야는 고개를 끄덕이고 힘 있게 말했다. "케이머시너리를, 아니 나카가와 교이치를 철저하게 때려 부숴봅시다."

4

"이제 소송장이 도착했을 것 같은데, 이타미 사장이 아무 말도 않던가요?"

나카가와의 말에 스에나가는 술을 따르려던 손을 멈췄다.

아카사카에 있는 일식집이었다. 눈이 튀어나올 만큼 비싸고 요리도 아주 전문적이라, 어지간한 미식가 아니고는 그 오묘한 차이를 가늠하기 어렵다.

"아무 말도 없었어."

스에나가는 곰곰이 생각하는 얼굴로 대답했다. "도착했다면 당장 연락이 왔을 텐데. 요전에 매수 이야기는 했지?"

"저희는 예정대로 시게타 사장과 면담을 했습니다. 이타미 사장 입장에서는 아주 충격이었을 거예요."

나카가와는 고약한 웃음을 지었다. "검토하겠다고 말하고 돌아갔습니다. 결론부터 말하자면 이타미 사장은 매수 요청을 받아들이는 것 외에 선택지가 없을 듯합니다만."

"그건 나도 동감이야."

스에나가의 표정이 흐려졌다. "그런데 한 가지 마음에 걸리는 게······."

스에나가는 그와 나카가와와 어떤 관계인지 요전에 이타미가 물어보았다고 알려주었다.

나카가와가 웃음기를 싹 거두고 의심스러운 듯한 시선을 스에나가에게 던졌다.

"왜 그런 이야기가 나온 겁니까? 뭔가 눈치챌 만한 말씀을 하신 건 아니겠죠?"

말도 안 된다며 스에나가는 언짢은 듯 고개를 저었다.

짭짤한 돈벌이가 있다고 나카가와가 제안한 건 이럭저럭 3년여 전이었을까. 친하게 지내는 사이라 편하게 일을 부탁하는 것이라고 당시 스에나가는 가볍게 생각했다.

나카가와가 단골로 드나드는 긴자의 이탈리안 레스토랑에서 만나 평상시처럼 즐거운 시간을 보낸 후, 2차로 간 바의 카운터에서 나카가와가 목소리를 낮추었다.

"그런데 기어 고스트라는 회사, 변호사님이 고문을 맡고 계시지 않습니까?"

같은 해 사법시험에 합격했지만, 스에나가가 두 살 위라서인지 나카가와는 늘 존댓말을 썼다.

"기어 고스트?"

뜬금없는 이야기라 약간 당황해하면서도 스에나가는 고개를 끄덕였다. "일단 고문이긴 한데, 그건 왜?"

"실은 그, 개발 정보를 받을 수 있을까 해서요."

나카가와는 단도직입적으로 제안했다.

"안 돼, 안 돼. 무슨 말도 안 되는 소리를⋯⋯."

스에나가도 일단은 거절했다. 그런데―.

"이만큼 드리겠습니다."

나카가와가 손가락을 세 개 세웠다.

3백만 엔인가. 스에나가가 고개를 저으려 하자 나카가와가 속삭이듯 말했다.

"단위는 억입니다."

지식재산 전문이라는 간판을 달고 있지만, 변변한 곳의 고문을 맡지 못해 솔직히 사무소를 경영하기가 편하지는 않았다. 그러한 처지를 알고서 나카가와가 접근한 건지도 모른다.

"유익한 정보라면 받자마자 일단 이만큼 드리겠습니다."

나카가와가 검지를 세웠다. "나머지는 매수가 완료된 단계에서 드리지요. 스에나가 변호사님께는 절대로 피해를 끼치지 않겠습니다."

스에나가의 가슴속에서 소용돌이치던 갈등은 오래지 않아 가라앉았다. 그만한 돈이 있으면 사무소를 재정비하는 것은 물론, 원하는 차와 골프 회원권도 어렵지 않게 구입할 수 있다.

"개발 정보라니, 어떤 게 필요한데?"

'거절한다'는 선택지는 사라졌다.

나카가와의 계획은 실로 주도면밀했다. 과격한 지식재산 전략을 펼치는 고객 케이머시너리에게 기술 정보를 넘겨 먼저 특허를 취득하게 한 후, 특허 침해로 고소하는 법정 전략이다. 그리고 기어 고스트가 궁지에 몰렸을 때 다이달로스의 매수안을 제시한다.

15억 엔이나 되는 로열티를 요구할 계획이지만, 사실은 그 대부분이 변호사 비용과 컨설팅료로 나카가와와 다이달로스에 되돌아오게끔 사전에 합의한 것이 틀림없었다.

그로부터 몇 달 후, 스에나가는 기어 고스트의 새로운 트랜스미션 T2에 관한 개발 정보를 나카가와에게 제공했다.

이리하여 일은 계획대로 진행됐고, 요전번에는 교섭 후에 매수자를 소개하고 싶으니 빌딩 앞에서 이타미와 잠깐 이야기를 나누어달라고 부탁받았다. 헤어진 후 아오야마가 쫓아와서 말을 거는 수순이었다. 그렇듯 번거로운 연출을 할 때 이타미가 스에나가에게 나카가와하고 어떤 관계냐고 물어보는 계산 밖의 사태가 발생한 것이다.

변호사업에 종사해온 스에나가의 근간을 뒤흔드는 질문이었다. 받은 보수에 합당한 위험 부담이라고 여길 수도 있겠지만, 막상 그러한 일이 벌어지자 스에나가 자신에게는 태연하게 받아넘길 만한 배짱이 없다는 걸 알았다.

"아무튼 조만간 스에나가 변호사님께 매수 제안에 대해 상담하겠죠. 그때 응하도록 유도해주십시오. 그것도 지불할 커미션에 포함되어 있는 사항이라고 보시면 됩니다. 괜찮으시겠죠?"

"여부가 있나."

어쨌거나 잔액 2억 엔이라는 성공보수가 걸려 있다.

그로부터 이틀 후 기어 고스트의 이타미가 스에나가에게 연락을 취했다.

5

"요전에는 고생 많으셨습니다. 그 후로 좀 어땠습니까?"

수첩을 들고 회의실로 들어간 스에나가는 일어선 이타미와 시마즈에게 앉으라고 손짓했다.

"실은 케이머시너리가 보낸 소송장이 왔습니다."

이타미의 말에 스에나가는 놀란 표정을 짓고는 소송장이 도착한 날짜를 묻고 "이타미 씨, 좀 더 빨리 말씀해주셨어야죠" 하며 쓴소리를 했다. "첫 번째 구두변론 기일은 언제입니까?"

스에나가는 그렇게 말하고 이타미가 소송장을 꺼내놓기를 기다렸다. 하지만 이타미는 미동도 없이 스에나가를 응시할 따름이었다.

"일단 소송장을 보여주시겠습니까? 가져오셨죠?"

스에나가의 재촉에 이타미는 냉담한 시선을 던지다 입을 열었다.

"스에나가 변호사님, 갑작스레 죄송합니다만 이번 달부로 고문 계약을 끝냈으면 합니다만."

과연 이건 무슨 의미인가. 스에나가는 머리가 혼란스러워 생각이 정리되지 않았고, 뱃속 깊은 데서 위기감만 급속도로 밀려 올라왔다.

"그게 무슨 말씀입니까?"

"정말 모르시겠습니까?"

이타미는 말하면서 스에나가의 눈을 힐끗 들여다보았다. 이타미의 눈빛에 결코 잘못 볼 수 없을 만큼 확고한 의혹이 깃들어 있는 걸 보고 스에나가는 속으로 동요했다.

이 남자는 다 안다.

"검토한 결과 다른 변호사에게 부탁하기로 했습니다. 오랫동안 고생 많으셨습니다."

이타미는 일방적으로 말하고 머리를 숙였다.

"계약을 끝내겠다는 말씀이시라면 뭐, 알겠습니다."

스에나가는 최대한 허세를 부렸다. "하지만 이번 재판, 누가 맡아도 똑같아요. 그건 아시길 바랍니다. 변호사를 바꾼들 번거롭기만 하지 아무 이득도 없어요."

"그건 변호사님 생각이고요. 저희 생각은 다릅니다."

스에나가의 자존심을 상처 입히는 한마디였다. 당혹스러움이 싹 밀려가고 스에나가의 내면에 분노의 불이 붙었다.

"누구, 이길 수 있다는 변호사라도 있습디까?"

"네, 있습니다."

이번에는 시마즈가 대답했다. "저희는 그 변호사님께 승패를 걸기로 했어요."

"흐음!"

스에나가는 턱을 내밀고 물었다. "그래서 누구한테 부탁할 건데요?"

"가미야 슈이치 변호사요."

이타미가 이름을 꺼낸 순간 스에나가는 숨을 헉 삼켰다. 스에나가는 가미야 슈이치가 이런 안건을 받아들였나 싶어 놀랐다. 동시에 기어 고스트가 거물 변호사로 갈아탄 것에 대한 질투의 불길이 타오르기 시작했다.

"가미야 씨라. 제법이군요."

스에나가는 무시하듯이 말했다. "이봐요, 거물에게 맡기면 재판에 이길 수 있을 것 같습니까?"

"이기지 못할 재판이라면 그만두는 편이 낫다……. 가미야 선생님은 그렇게 말씀하셨습니다만."

"그럼 때려치워야겠군."

스에나가는 발끈해서 말을 내뱉었다. "어딘가의 매수 요청을 받아들여서 로열티를 지불하는 것, 결론부터 말하자면 그 방법밖에 없습니다."

이타미는 입을 꾹 다물었다. 가만히 응시하는 눈빛이 스에나가의 옷과 피부를 뚫고 마음속까지 찌르는 듯했다.

"알겠습니다. 내 알 바 아니죠."

견디기 어려운 침묵에 스에나가는 정색하고 말했다. "마음대로 하세요. 결국 시간과 돈 낭비였다는 걸 나중에야 알겠지."

그때였다.

"변호사님, 이번 소송을 언제부터 예상하고 계셨나요?"

시마즈의 갑작스런 질문에 스에나가는 숨을 삼켰다.

"뭐라고요?"

"일이 이렇게 될 줄 변호사님이 언제부터 알고 계셨나 싶어서요."

시마즈가 말을 이었다. "스에나가 변호사님, 나카가와 교이치하고 아주 사이가 좋으시다면서요? 왜 말씀을 안 해주신 거죠?"

"그, 그게 무슨 말씀입니까?"

스에나가는 급소를 찔려 쩔쩔맸다. "나카가와하고 친하기는요. 누가 그딴 소리를 합디까? 사람을 오해하는 데도 정도가 있지."

"이야, 그러세요?"

시마즈는 싸늘하게 말한 후 "가자. 이 사람은 글렀어" 하고 옆에 앉은 이타미를 재촉했다.

그 태도에 스에나가는 결국 뚜껑이 열렸다.

"이봐, 실례 아닌가! 무슨 근거로 그딴 소리를!"

이타미와 함께 일어선 시마즈는 다시금 스에나가와 맞붙으려는가 싶더니ー.

"지금까지 고생 참 많으셨습니다."

머리를 꾸벅 숙였다.

"이건 작별 선물이에요."

시마즈는 가방에서 꺼낸 봉투를 내밀고 냉큼 회의실에서 나갔다.

"예의는 어디다 팔아먹었는지 원."

하지만ー.

힘껏 테이블을 내리친 후 봉투 속을 확인한 스에나가는 손이 떨리는 걸 주체할 수 없었다.

손에 든 기사 사본에서 자신과 나란히 사진에 담긴 나카가와 교이치가 웃는 얼굴로 스에나가를 올려다보고 있었다.

그리고.

퍼뜩 정신을 차린 스에나가는 호주머니에서 휴대전화를 꺼내 허둥지둥 번호를 눌렀다.

"네, 어쩐 일이십니까?"

점잔 빼는 나카가와의 목소리에서 자신과 정반대로 언제나 여유가 배어나서 신경에 거슬렸다.

"기어 고스트 건 때문에. 지금 통화 괜찮나, 나카가와 변호사?"

"네, 괜찮습니다. 매수에 응하기로 했습니까?"

만족스럽게 웃는 듯한 기척이 목소리에 더해졌다.

"아니."

스에나가는 휴대전화를 꽉 움켜쥔 채 고개를 저으며 짤막하게 대답했다.

무슨 말인지 이해가 안 된다는 듯 전화 저편이 조용해졌다. 스에나가는 그 침묵을 향해 말을 내던졌다.

"고문 계약을 종료하겠대."

허, 하는 목소리가 들린 후 전화 저편이 다시 조용해졌다. 이번에는 이해가 안 된다기보다 말문이 턱 막힌 듯했다.

"자네와의 관계가 들통났어. 예전에 업계지에서 대담을 했었잖아. 그 기사의 사본을 들이밀고 돌아갔어. 괜찮을까?"

"괜찮다니, 뭐가요?"

"내가 정보를 제공한 거 말이야. 발각되지는 않겠지?"

"당연하지 않습니까."

나카가와의 목소리가 까칠해졌다. 예상치 못한 상황에 적지 않게 충격을 받은 것을 알 수 있었다. "그런데 이미 폐간된 그 업계지의 기사를 어떻게……."

"가미야 짓이야. 가미야 슈이치!"

스에나가는 외치듯이 말했다. "가미야가 고문으로 붙은 모양이야."

침묵이 흘렀다.

"그거 재미있군요."

잠시 후 웃음기가 담긴 나카가와의 목소리가 들렸다. "가미야가 기어 고스트의 고문변호사가 됐다 그겁니까? 가미야에게 맡기면 이길 수 있다고 생각하는 건가."

"재판에서 이길 거래. 재판이 끝날 때까지 매수 운운하는 이야기는 씨알도 안 먹힐 거야."

"멍청하군요. 이길 수 있으면 이겨보시지."

나카가와는 한번 붙어보자는 듯 한마디를 내던졌다.

"나한테 말고, 가미야한테 말해."

바로 받아친 스에나가는 "하여튼" 하고 말을 이었다. "내가 정보를 제공했다는 건 절대로 새어 나가지 않도록 부탁할게. 그리고 매수에 성공하면 약속한 성공 보수도 받을 거야."

"유념하겠습니다."

나카가와는 다시 점잔 빼는 말투로 대답하고 전화를 끊었다.

그때 회의실 문을 두드리는 소리가 났다.

"뭐야!"

퉁명스럽게 대답한 스에나가는 문을 열고 고개를 디민 비서와 그 바로 뒤편의 시마즈를 보고 깜짝 놀랐다.

"또 왜……."

흐트러지려는 마음을 가다듬으며 스에나가가 묻자 시마즈는 아무 대답 없이 성큼성큼 방으로 들어와 아까 자기가 앉아 있던 의자 옆에서 작은 토트백을 집어 들었다. 한순간 토트백에 프린트된 곰의 장난기 어린 얼굴이 스에나가를 향했다.

"이걸 두고 가서요. 이제 다시는 안 올 거예요."

스에나가는 그렇게 내뱉듯이 말하고 돌아가는 시마즈를 그저 멍하니 바라보는 게 고작이었다.

6

농사일을 끝내고 집으로 돌아왔을 때는 이미 해가 뉘엿뉘엿했다. 본가의 중정은 서쪽에 자리한 창고의 지붕이 드리우는 그림자에 폭 감싸여 있었다. 아버지가 툇마루에 홀로 앉아 밖을 바라보고 있길래 도노무라는 "안 추워요?" 하고 말을 걸었다.

4월이라고는 하나 저녁이 되면 기온이 내려가서 으슬으슬 추울 정도다.

"그래봤자 봄바람이잖아. 딱 좋아."

아버지의 태평한 대답에 도노무라는 쓴웃음을 지으며 창고에 트랙터를 넣고 시동을 껐다. 운전석에서 내려온 도노무라는 목에 건 수건으로 땀을 닦고, 고무장화의 부걱부걱 소리와 함께 중정을 가로질러 별 생각 없이 아버지 옆에 앉았다. 단숨에 고요함이 밀려왔다.

"피곤하냐?"

"운동에 그만이던걸요."

그런 대화를 나누며 도노무라는 들고 있던 페트병의 물로 목을 축였다.

집 안에서 아내와 어머니가 함께 짓고 있는 저녁밥 냄새가 났다.

―몸 상태가 괜찮으니까 올해도 농사를 짓고 싶대.

2월경 어머니에게 그런 전화가 걸려왔다.

"그만두는 편이 낫지 않을까."

도노무라는 그렇게 말하며 부엌에 서 있는 아내 사키코를 힐끗 보았다.

작년에 아버지가 쓰러지신 뒤로 사키코는 도노무라를 따라 시 댁에 가서 집안일과 농사일을 도왔다. 진보초 세무사 사무소에서 사무직으로 일하는 아내 입장에서는 꿀맛 같은 휴일까지 반납하 고 시댁 일을 도와야 하니 불만이 이만저만 아니었으리라.

그때 사키코는 등을 돌린 채 통화 내용을 듣고 있었다. 무슨 이 야기인지 짐작이 갔을 것이다.

"그게 말이다, 올 한 해만 더 하겠다며 말을 듣질 않는구나."

"둘이서 할 수 있어요?"

질문 형식이었지만 답은 알고 있었다. 가능할 리 없다. 다만 아 버지는 그렇게 말하지 않으리라. 판단력이 흐릿해지는 것도 노화 현상 중 하나일지 모른다.

"내가 아무리 말해봤자 안 되니, 네가 말 좀 해주련?"

어머니가 부탁하자 도노무라는 난감했다.

"또 하시는구나."

도노무라가 수화기를 내려놓자 그제야 아내가 돌아보고 말했다.

"열심이시네, 아버님."

비아냥거리는 것처럼 들렸다.

─올해는 돕겠지만, 만약 내년에도 농사를 지으시겠다고 하면 난 못 해.

아버지가 쓰러지고 농사를 돕기 시작했을 무렵, 사키코는 그렇게 말했다.

"그래서, 어쩔 건데?"

"그만두시라고 하는 수밖에."

도노무라의 대답에 사키코는 의외의 말을 내놓았다.

"뭐, 괜찮지 않을까?"

"하지만 당신, 올해는 안 도울 거라면서."

"음, 내가 그랬나."

사키코는 고개를 끄덕이고 잠시 생각에 잠긴 표정을 지었다.

"그런데 돕다 보니까 그리 나쁘지 않다는 생각이 들더라고."

사키코는 오른손의 국자로 냄비를 휘저어 카레 루를 녹이면서 말을 이었다.

"논을 돌보는 것도 만만치는 않지만 생각해보면 세무사 사무소 일보다는 나아. 매일매일 아침부터 밤까지 숫자만 들여다보는 거, 제법 힘들거든. 일이란 다 그런 법이려니 했는데, 쌀농사같이 자연을 대하는 일도 그 나름의 보람이 있구나 싶더라. 당신도 그렇지 않아?"

예리한 질문이었다. 확실히 처음에는 도노무라도 성가시기는

했다. 하지만 돕는 동안 이건 이것대로 할 만하다는 생각이 든 것도 사실이었다.

"뭐 어때, 아버님 직성이 풀리실 때까지 하시라고 하지 뭐."

아내가 말했다. "만약 도중에 우리도 도울 수가 없어서 안 될 것 같으면, 농업 법인 사람들에게 팔든지 빌려주든지 하면 되잖아."

툇마루에는 부드러운 봄날 석양이 비치고 있었다.

노란색으로 희미하게 물든 하늘이 보였다. 가끔 어디선가 냉기가 섞인 바람이 불어왔지만 아버지는 개의치 않고 캔 맥주를 마셨다.

그때였다.

"네가 전에 했던 이야기, 생각해볼까 해."

아버지의 그런 말이 귀에 들어와 도노무라는 고개를 돌렸다. 무슨 소리인지 바로 짐작이 가지 않아 아버지를 바라보았다.

"논을 빌려주거나 팔라고 했었잖아. 왜, 네 친구 누구더라?"

"이나모토요?"

아버지는 말없이 고개를 끄덕였다.

"그 이야기, 좀 자세하게 들어보고 오지 않겠냐."

"정말로 괜찮겠어요?"

도노무라는 아버지의 옆얼굴을 가만히 들여다보며 물었다. 볕에 탄 옆얼굴은 오랜 세월 농사일을 한 탓에 피부가 무두질한 가죽 같았다.

"역시 이런 반 병자 같은 몸으로 할 수 있을 만큼 쌀농사는 만만치 않다 싶어서 말이야. 참 한심하지."

아버지가 잠긴 목소리로 말했다. 불을 붙인 담배 연기가 도노무라의 콧구멍을 스치고 지나갔다. "너랑 며늘아기한테도 폐만 끼치고 말이다. 그렇다고 논을 그냥 놀리면 조상님들을 뵐 면목이 없잖니. 혹시 우리 논을 부쳐주겠다는 사람이 있으면 그것도 괜찮지 않나 싶더구나."

"큰돈은 안 될 거예요."

대강 얼마인지는 요전에 만났을 때 들었다. 도노무라가 깜짝 놀랄 만큼 낮아서, 팔든 빌려주든 그것만으로는 여생을 꾸려나갈 정도가 안 됐다.

"팔 바에야 빌려주는 편이 그나마 나으려나요."

도노무라가 말했다. "그러면 매년 얼마쯤은 들어올 테니, 연금과 합치면 입에 풀칠은 할 수 있겠죠. 혹시 논에 나올 수 있을 것 같으면 땅은 돌려받으면 되고."

"이제 됐다."

아버지는 쓸쓸하게 고개를 저었다. "물러날 때가 된 게지. 그럴 때는 맺고 끊는 게 중요해. 각오하던 바야."

"정말로 그래도 괜찮겠어요?"

"실컷 했어."

확실히 사람이라면 누구나 한계가 올 나이다. 하지만 그러한 인간의 섭리를 부모 자식의 인연으로 보완해온 것이 도노무라 집안의 300년 아니었을까. 거기에 마침표를 찍어도 될까. 도노무라의 가슴속에 갈등이 소용돌이쳤다.

아버지는 실눈을 뜨고 남색이 섞이기 시작한 하늘을 올려다보고 있었다. 이 집안 사람들이 300년간 보아온 하늘이다. 농가에게 하늘은 그냥 하늘이 아니다. 내일 날씨와 기온, 다가오는 저기압과 바람 등 다양한 기후변화를 보여주는 바로미터다.

"부탁이 하나 있는데요."

도노무라는 묵묵히 담배를 피우는 아버지에게 말했다. "쌀농사 이야기를 좀 해줘요. 아버지 머릿속에만 있는 지식과 경험을 가르쳐줘요."

"그런 건 들어서 어쩌려고. 넌 회사원이잖니."

도노무라의 속마음을 깨닫고 아버지가 말했다. 농사는 그렇게 쉬운 일이 아니라고 그 옆얼굴에 쓰여 있었다. "그만둬라. 회사원이면 안정적일 게 아니냐."

"회사원이 안정적이기는요."

도노무라는 저도 모르게 반박했다. "내키지 않는 일을 명령받고, 불합리하게 욕을 먹고, 미움받고, 따돌림을 당해도 그만둘 수 없는 게 회사원이라고요. 경제적인 안정을 얻는 대신 마음의 안정과 인생의 가치를 희생해가며 싸우는 거예요. 저는 그렇게 살아왔어요. 오로지 참으며 살아왔다고요. 하지만 이제 자식도 다 컸겠다, 하고 싶은 일 하나 정도는 마음대로 해도 된다고 생각해요."

아버지는 말없이 담배를 피웠다. 해가 드디어 서쪽으로 지고, 아버지와 도노무라가 앉은 툇마루도 어슴푸레해졌다. 어디선가 벌레가 울기 시작했다.

아버지와 아들은 벌레 울음소리를 들으며 말없이 앉아 있었다.

7

다이달로스는 시나가와구 오사키역에서 가까운 깔끔한 오피스 빌딩에 입주해 있었다. 12층 건물의 꼭대기층이다.

엘리베이터에서 내리자 정면 벽에 '주식회사 다이달로스'라는 표찰이 박힌 무인 안내데스크가 있었다. 해외 및 국내 공장을 관리하는 본사 기능이 여기에 집약돼 있다고 한다.

한 대뿐인 전화의 수화기를 들어 안내에 따라 '9'를 누른 후, 자동문 안쪽으로 안내받았다.

몇 분 정도 흘렀을까.

"기다리게 해서 미안하군."

느긋한 목소리와 함께 시게타가 얼굴을 불쑥 내밀었다.

시게타는 일어서려던 이타미에게 그냥 앉아 있으라고 말하고 맞은편 팔걸이의자에 편하게 앉았다.

어제 시게타에게 요전에 했던 이야기를 마저 나누고 싶다고 연락이 왔다.

그 제안을 거절할 수도 있었다. 아니, 원래대로라면 거절해야 했겠지만 이타미는 그럴 수 없었다. 시게타의 이야기에는 이타미를 끌어당길 만한 흡인력이 있었다. 그리고 그건 이타미 입장에서는 잊어버리기 힘든 과거와 밀접하게 결부되어 있었다. 여태 납득도 가지 않고, 용서할 수도 없는 데이코쿠중공업 시절의 씁쓸한 과거와.

"요전번 이야기라면, 시간을 좀 더 주시면 안 되겠습니까?"

이타미는 그렇게 부탁했다

"그런 소리를 들으려고 부른 게 아닌데."

시게타가 말했다. "일찍이 당신은 데이코쿠중공업에서 쫓겨났어. 자존심을 갈기갈기 찢긴 채 말이야. 자신을 쫓아낸 자들에게 앙갚음을 하고 싶겠지."

어디서 들었는지는 모르지만, 시게타는 아직 데이코쿠중공업 내부 또는 그 거래처에 정보원을 가지고 있는 게 틀림없었다. 시게타가 입에 담은 과거는 마음속에 아물지 않고 상처로 생생하게 남아 이타미를 괴롭혀왔다.

"당신은 너무 경솔했어."

시게타는 이타미의 내면을 꿰뚫어본 것처럼 말을 이었다. "너무 눈에 띄어서 데이코쿠중공업이라는 조직에 이용당할 틈을 내어주고 말았지. 당신이 하려고 했던 일은 조직에 필요한 일이기는 했지만, 동시에 그들의 정체성에 대한 반역이기도 했어. 당신은 오래된 재벌계 기업에 만연한 이중 잣대라는 함정에 빠진 거야."

시게타의 분석은 이타미의 말문을 막기에 충분했다. 이타미의 뇌리에 예전 기억이 순식간에 되살아났다.

그것은 시게타가 경영하던 시게타공업이 도산한 후의 일이었다.

"자네들도 알겠지만, 이 정도 수익률로는 아직 멀었어. 비용을 더욱 철저히 재검토해서 수익 상승을 노리도록 해."

구체적인 숫자가 나온 순간, 회의실에 소리 없는 한숨이 퍼져나가는 것을 알 수 있었다. 철저한 비용 절감에 매진했던 만큼 아직도 모자라느냐는 분위기가 감돌기 시작했다.

기계사업부에서 열린 수익 회의석상이었다.

제조 기종별로 다섯 개로 나뉜 사업 부서와 이타미가 소속된 사업기획과를 합쳐 약 일흔 명. 한가운데 자리에서 직원들을 독려하고 있는 것은 부장 마토바 슌이치였다.

"쉽지 않겠는데……."

회의실 한쪽 구석에 있던 이타미의 귀에 고뇌에 찬 중얼거림이 들렸다. 과장 데루이 가즈오였다.

데루이라는 남자를 한마디로 표현하자면 '무사안일주의'였다. 보수적이고 전통을 중시하는 전형적인 데이코쿠중공업인. 이타미가 보기에는 혁신을 싫어하며, 선배들에게 물려받은 업무 습관을 유지하다 후배들에게 물려주는 것이 자신의 사명이라 착각하는 어리석은 인물이었다.

채산을 개선하기 위해 시게타공업과 거래를 끊고 싶다고 했을 때 정면으로 반대한 사람도 바로 데루이였다.

그 일로 이타미에 대한 평가는 찬반양론이 뒤섞이게 됐다.

마토바에게 인정받고 거래처를 근본적으로 개혁한 풍운아로 높은 평가가 나오는 한편, 기존의 틀을 파괴하고 마토바 부장에게 빌붙어 자기 좋을 대로 설치는 경계 대상으로 악평 또한 뿌리 깊었다.

반은 칭찬을 받고 반은 비난을 받는 입장이 됐다는 건 이타미도 물론 자각하고 있었다. 그래도 자신이 한 일은 옳고, 시간이 흐르면 다들 이해해줄 거라 낙관적으로 생각했던 것도 사실이다. 그 직후에 이타미가 작성한 한 기획서가 예상외의 물의를 일으키기까지는.

〈기계사업부의 공급망에 관한 평가와 제안〉

이는 결과적으로 데이코쿠중공업 직원으로서 이타미가 마지막으로 제안한, 일대 프로젝트의 시안이라 할 수 있었다.

핵심은 구태의연한 거래처 협력회의 해산과, 거래의 근본적인 재검토다. 협력회라는 미지근하고 케케묵은 구조를 파괴함으로써 발생하는 경쟁력을 비용에 반영해, 기계사업부의 구조적 전환을 꾀한다. 말하자면 유서 깊은 부서와 거기에 매달린 거래처가 오래도록 이어오면서 익숙해진 전통을 부정하는 것이었다.

이타미가 이 새로운 기획을 떠올리게 된 계기는 시게타공업이었다. 시게타공업을 도산으로 이끈 건 무엇이었는가. 비용 절감에 응하지 않아서 거래가 중단된 것을 원인으로 보는 건 잘못이다. 이타미는 그렇게 생각했다. 아니, 생각하고 싶었다.

애당초 시게타공업의 기술력과 체력이라면 회사를 더 크고 강하게 만들 수 있었을 것이다. 그렇게 하지 않은 건 오로지 데이코쿠중공업에 과도하게 의존하는 체질 때문 아니었을까. 쉽고 편안한 거래에 안주해 본래 가져야 할 위기의식을 잃은 것이다. 거래처를 과도하게 중시하는 데이코쿠중공업의 특수성과 협력회 소속이라는 안일함이 없었다면, 시게타공업은 기술을 더욱 갈고닦아 새로운 거래처를 확보하고 가격 경쟁력을 갖춘 우량기업이 될 수도 있었다.

제2의 시게타공업이 나오지 않도록 하기 위해 지금 필요한 건, 한시라도 빨리 협력회를 해체하고 진정한 경쟁을 바탕으로 한 거래 관계를 구축하는 것이다. 그래야만 거래처가 튼튼해지고, 더 나아가 데이코쿠중공업의 수익 기반도 확고해질 것이 틀림없었다. 이타미의 기획서는 그야말로 그 이상에 다다르기 위한 장대한 로드맵이라고 할 수 있었다.

일개 평사원이 이렇게까지 대담한 개혁안을 내놓은 건 데이코쿠중공업이 창업한 이래 처음 있는 일이었다.

"이런 게 받아들여질 리 없어."

아니나 다를까, 기획서를 읽어본 데루이는 거부 반응을 보였다.

그렇다면 어떤 기획이어야 받아들여진단 말인가. 대체 방안도 없으면서 일단 부정하고 본다. 적자 체질에서 탈피하기 위해 근본적인 개혁이 급선무라면서, 데루이와 그 외 수많은 직원들은 '기존의 틀 속에서'라는 암묵적인 규칙 아래 움직였다.

"기획을 과장님 혼자 판단하고 내치시겠다는 겁니까?"

콧대가 센 이타미는 평소 속으로 무시하던 데루이에게 항의했다. 이런 남자가 과장이 아니었다면 기계사업부는 한참 전에 좋아졌을 거라는 생각도 있었기에 가차 없는 말이 나왔다. "결재를 올려주십시오. 그래서 안 된다면 포기하겠습니다."

"이봐, 마토바 부장님이 이런 걸 높이 평가할 것 같나?"

데루이는 데루이대로 이타미를 무시하는지 피식 웃으며 말했다. "그래, 알았어. 정 그렇다면 올려주지. 하지만 자네 사상은 데이코쿠중공업의 관습과 전통에 전혀 어울리지 않아. 극히 제멋대로고 위험한 발상이라는 걸 지금 이 자리에서 말해두지. 다들 잘 들어. 자기만 좋으면 된다는 발상으로는 비즈니스가 잘 풀리지 않는 법이야."

데루이는 귀를 기울이고 있던 직원들에게 잘 들으라는 듯이 목소리를 높였다.

"그건 그릇된 해석입니다. 그런 의도로 기획서를 쓴 게 아니에요. 이건 새로운 비즈니스 모델입니다."

"그렇게밖에 안 읽히는데, 자네 필력이 너무 딸려서."

이타미의 반론에 데루이는 업신여기듯이 말하고 이타미의 기획서를 움켜쥐더니 "됐어, 가봐" 하며 뿌리치듯이 손을 흔들었다.

이 녀석은 글렀다.

이타미는 몸속에서 타오르는 분노를 주체하지 못하고 발끈 화난 표정으로 자리에 돌아왔다.

기계사업부에는 무한한 가능성이 있다. 그런데 구태의연한 거래 관행이 발목을 잡고, 성역으로 일컬어지는 협력회에 대한 배려가 본래의 사고 능력을 빼앗는다. 데루이에게는 그런 상황을 타파할 만한 기개도 배짱도 없다.

이타미는 자신의 기획서에 자신이 있었다.

데루이 과장이 뭐라 말하든 지금 기계사업부를 구하기 위해서는 사업구조를 대담하게 개혁하는 수밖에 없다. 이타미는 확신으로 부풀어 오른 마음을 기획서에 담았다. 그런데—.

그 기획을 심의하는 과장 회의에서 이타미의 확신은 간단히 배신당했다.

"이런 짓을 했다간 기계사업부의 공급망이 붕괴돼."

"시게타공업을 예로 들었는데, 거기는 도산했잖아. 그게 자네에게는 성공인가?"

"자만심이 지나치군."

"두각을 나타내는 경영자 행세도 좋지만, 좀 더 기본적인 부분을 공부해야 하지 않겠나."

"너무 어처구니가 없어서 더 들어볼 가치도 없어."

기획을 설명하기 위해 회의에 참석한 이타미에게 속속 혹평이 날아들었다. 전부 기획보다는 이타미 본인을 부정하는 말처럼 들려서 가슴에 콱콱 꽂혔다.

화살처럼 쏟아지는 모멸과 적의, 멸시가 뒤섞인 의견을 홀로 받아내며 이타미는 깨달았다. 이 발언들의 이면에는 데루이의 강력한 사전 공작이 있었음이 틀림없다고.

결국 이타미에게 찬성하는 사람은 한 명도 없었고, 이런 부하 직원을 둬서 참 힘들겠다고 데루이를 동정하는 사람까지 나오는 지경이었다.

그래도 이타미는 희망을 완전히 버리지 않았다.

아직 가능성이 있었다.

바로 마토바였다. 마토바라면 이 기획을 반드시 높게 평가해줄 것이다. 과장 회의에서 아무리 폄하하든 올바른 판단력을 발휘해 결과를 뒤집어줄 것이다.

기획서는 과장 회의에서 나온 부정적인 의견이 덕지덕지 덧붙여져 마토바에게 결재가 올라갔다. 그날 마토바가 의견을 물어볼 것이라 생각해 이타미는 외출을 삼가고 자기 자리에 머물러 있었다.

하지만 아무리 기다려도 마토바의 호출은 없었다. 대체 어떻게 된 걸까.

초조함이 쌓이기 시작한 저녁녘.

"이봐, 이타미."

뒷자리에 앉은 데루이가 부르더니 이타미의 기획서를 던져주었다.

"반려."

데루이는 한마디 툭 내뱉었다. "이제 알겠나!"

그러고는 이타미를 무시하듯 아무 말도 없이 서류를 읽기 시작했다.

이타미는 멍한 걸음걸이로 자기 자리에 돌아왔다. 기획서를 펼치자 열람했음을 알리는 마토바의 도장과 함께, 빨간 볼펜으로 큼지막하게 '보류'라고 적혀 있었다.

코멘트나 설명은 전혀 없었다.

동료들 몇 명이 풀 죽은 이타미를 멀찌감치 바라보았지만, 아무도 말을 걸지는 않았다.

어느덧 이타미는 부서에서 겉도는 존재가 되고 만 것이다.

"잘났다는 듯이 설치더니만."

누군가가 들으라는 듯 내뱉은 말이 귀에 쑤셔 박혔다.

이타미는 자신이 이제 기계사업부에서 방해자에 불과함을 깨달았다. 착각에 빠져 회사의 전통에 반발하다 꼴사납게 버림받은 인간. 그게 이타미에게 붙여진 꼬리표였다. 보수적인 데이코쿠중 공업에서는 한번 꼬리표가 붙으면 다시는 떼어낼 수 없다.

그로부터 얼마 지나지 않아 이타미는 총무부로 발령이 났다.

"혁신을 주장하려면 조직을 처음부터 다시 공부해야지."

허울 좋은 핑계와 함께 보내진 총무부에서 이타미에게 맡겨진 일은 지루한 사무 작업뿐이었다.

이타미는 업무의 제일선에서 완전히 밀려나 하고 싶은 일을 빼앗기고, 조직의 한구석으로 추방된 것이다.

그 기획서로 구축한 비즈니스 모델은 옳았다. 어찌됐든 이타미의 확신은 변하지 않았다.

그자들은 전부 틀렸다. 순 얼간이들이다.

하지만 이대로 여기 머물러본들 이타미를 기다리고 있는 건, 평생 출세하지 못하는 월급쟁이 인생뿐이다. 그러한 앞날을 달게 받아들일 것인가, 아니면 이 조직에 본때를 보여주기 위한 '행동' 에 나설 것인가.

이타미는 날마다 갈등과 고민을 되풀이했지만, 기계사업부에 복귀한다는 한 줄기 희망을 완전히 버리지 못했다. 기계사업부의 업무에는 빠삭하니까 맡겨만 준다면 누구보다도 성과를 올릴 자신이 있었다.

이타미가 총무부로 발령되고 얼마 지나지 않았을 무렵, 야에스에 있는 호텔의 소연회장을 대절해 조촐한 반기 결산 회식이 열렸다.

모두가 의무적으로 참가해야 하는 회식은 시끌벅적 신나는 분위기였지만, 이타미는 아무래도 홍이 나지 않아 연회장 한쪽 구석에서 혼자 술을 마시고 있었다.

"오, 이타미. 실컷 마셨나?"

병맥주를 들고 직원들 사이를 돌아다니고 있던 과장 시오타가 이타미의 어깨를 두드렸다. 회식도 끝이 가까워졌을 무렵이었다.

"아, 네."

동료와 수박 겉핥기 식의 대화로 시간을 때우고 있던 이타미는 "자" 하고 시오타가 재촉하자 회식이 시작된 후로 계속 한자리에 놓아두었던 김 빠진 맥주를 반쯤 마시고 술잔을 내밀었다. 꽤 많이 마셨는지 시오타가 불안한 손놀림으로 맥주를 따랐다. "감사합니다" 하고 이타미는 형식적으로 맥주를 살짝 입에 댄 후 술잔을 테이블에 내려놓았다.

"자네, 종신형이야."

시오타는 대뜸 그렇게 말했다.

무심코 고개를 든 이타미의 눈에 들어온 것은 싸늘하니 흔들림 없는 조직인의 눈빛이었다. "이제 기계사업부 복귀는 물 건너갔어. 기대하지 마. 원망할 거면 데루이를 원망해."

술김에 했으리라. 연회장이 시끄러워 아무도 듣지 않을 거라는 생각도 있었으리라. 하지만 그 말은 틀림없이 진심이었으며, 조직이 내린 '판결'이 분명했다.

이타미는 다시 비틀비틀 연회장을 돌아다니는 시오타를 그저 멍청히 바라보았다.

"여기, 데이코쿠중공업의 무덤이거든."

그때 그런 목소리가 들렸다.

돌아보자 동료 하나가 뒤쪽에 비스듬히 서서 안쓰럽다는 듯이 이타미를 쳐다보고 있었다. 아무래도 시오타가 한 말을 전부 들은 모양이었다.

"데이코쿠중공업의 무덤?"

이타미는 앵무새처럼 되뇌었다.

"그래."

동료는 짧게 한숨을 내쉬었다. "부서에서 겉돌고 쓸모없다고 판단되면 여기로 보내지지."

이타미는 그 동료의 이름을 몰랐다. 모두의 얼굴과 이름을 기억하기에는 총무부에서 일한 시간이 너무 짧았다.

자주 보는 얼굴이었지만 경력이 어떤지조차도 몰랐다.

"저, 당신은……?"

"시마즈라고 해. 시마즈 유."

상대는 이름을 대더니 반갑다며 가볍게 고개를 숙였다. 젠체하는 구석 없이 수더분한 분위기의 여자였다.

"아아, 당신이 그……."

트랜스미션 개발팀에 시마즈라는 천재 여성 엔지니어가 있다는 이야기를 들은 기억이 났다. 소문과 실제 인물이 일치한 순간이었다.

이타미의 가슴속에 그 천재 엔지니어가 왜 '무덤'에 있느냐는 소박한 의문이 떠올랐다.

그 이유를 이타미에게 들려준 사람은 다름 아닌 시마즈 본인이었다. 시마즈는 숨김없이 그저 담담하게 그간의 경위를 말해 주었다.

"조직에 천재는 필요 없다 그건가."

중얼거린 직후, 이타미의 머릿속에 하늘의 계시와도 같은 아이디어가 떠올랐다. 그렇다면 천재가 필요한 조직을 만들면 되지 않는가.

기계사업부에서 완전히 부정당한 아이디어를 더욱 갈고닦은 비즈니스 모델이 머릿속에 그려졌다.

종신형. 시오타의 그 한마디에 이타미는 각오를 굳혔다. 데이코쿠중공업을 뛰쳐나가 회사를 차린다.

그리고 이 비즈니스 모델을 실행해 자신의 능력을 낮잡아보고 부정한 놈들에게 본때를 보여주는 것이다.

하지만 그러기 위해서는 꼭 필요한 조건이 있었다.

천재 시마즈 유가 이 사업에 참가하는 것이다.

성공을 확신할 수 있는 수준까지 비즈니스 모델을 꼼꼼히 검토한 이타미는 어느 날 결심하고 시마즈에게 가서 말했다.

"야, 나랑 같이 회사 차리지 않을래?"

시마즈는 재미있는 농담을 해서 웃기려고 하는 친구를 보듯 피식 웃었다.

"어떤 회사?"

퇴근 후 근처 술집에서 이타미는 밤을 샐 기세로 자신의 계획을 열띠게 설명했다.

이타미의 비즈니스 모델에 시마즈의 기술력.

이 두 가지야말로 사업의 근간을 이루는 두 축이었다. 거듭 질문을 해가며 이야기를 듣던 시마즈가 마지막으로 꺼낸 말은 "그런데 회사 이름은?"이었다.

"기어 고스트."

이타미는 그렇게 대답했다. "우리는 무덤 속에 살고 있으니까. 우리는 트랜스미션을 만들기 위해 무덤에서 기어 나온 별난 유령이야."

시마즈는 한바탕 웃음을 터뜨린 후에 오른손을 내밀었다.

"알았어. 같이 하자."

8

"당신이 자리를 빼앗기고 지원 부서로 밀려난 후, 기계사업부는 어떻게 됐지?"

무슨 꿍꿍이속인지 모르지만 시게타가 물었다.

"마토바 씨의 활약으로 실적이 급상승했죠. 결국 적자 체질에서 탈피했고요."

이타미는 대답했다.

"맞아. 결국 사업을 재구축해야 한다는 당신의 제안은 필요 없었던 셈이야."

시게타는 단언했다. "기존의 거래처를 잘 활용해, 예전 이상으로 수익을 거두었지. 당신의 패배야."

패배.

그 말을 들었을 때 이타미는 알았다. 그렇다, 패배다. 지금까지 자신이 인정하지 못하고 피해 다닌 것이 있다면, 그야말로 그것 아닐까. 패배를 인정하기 싫어서 데이코쿠중공업을 뛰쳐나와 그들이 무시한 비즈니스 모델로 본때를 보여주려 했던 것 아닐까.

"그런데 신기하지 않나?"

과거에 맛본 쓴맛을 곱씹고 있는 이타미에게 시게타가 다시 물었다.

"거래처들이 협력회라는 이름 아래 안주하고 있어서는 비용 절감이 어렵다고 당신은 판단했을 거야. 그런데 기계사업부는 거래처를 그대로 활용해 수익을 상승시켰지. 뭘 어떻게 한 걸까?"

시게타의 지적이 이타미의 머릿속에 묵직하게 울려 퍼졌다.

깊이 생각해본 적은 없었지만, 확실히 그 말대로였다. 거래처와의 관계, 비용 구조를 그대로 둔 채 수익을 개선시켰다면 그건 기적이다. 하지만 마토바는 그 기적을 일으켰다.

"당신은 모르겠지만, 비용 절감에 비협조적이라는 이유로 기계사업부가 우리와 거래를 중단한 후로 협력회의 경계심과 반발이 강해졌어."

시게타는 천천히 말을 이었다. "마토바는 기계사업부의 재정비를 지시받아 성역 없는 개혁을 단행했겠지만, 한편으로 그런 방식에 위기감을 느끼거나 반발하는 이들도 있었지. 덧붙여 한 신문기사가 결정적이었어. 《도쿄경제신문》이 사회면에 데이코쿠중공업의 비정한 구조조정으로 천 명 가까운 비정규직이 해고

됐다는 기사를 내서 데이코쿠중공업을 비판한 거야."

그건 이타미도 알고 있었다. 수익지상주의의 희생자는 언제나 약자라는 논조는 일반인들에게 잘 먹힌다. 일본을 대표하는 대기업이자 재벌그룹의 대표격인 데이코쿠중공업으로서는 내버려둘 수 없는 이미지 손실이었다.

"그러자 마토바는 그러한 사회적 이미지를 신경 쓰는 상부에 알랑거리는 태도로 근본적 개혁에 제동을 걸었지. 그뿐만이 아니야. 실무자들에게 명령해서 당신이 제출한 사업 재구축 기획서를 철저하게 비판했고, 더 나아가 당신을 기계사업부에서 내치기로 결단을 내렸어. 당신을 희생양으로 만들어 잘못된 개혁의 본보기로 삼은 거지."

"설마요……."

이타미는 더 이상 말을 잇지 못하고 시게타를 바라보는 게 고작이었다.

"이봐, 데루이 과장이 당신을 내쫓았다고 생각하지?"

시게타는 마치 이타미의 마음을 들여다본 듯이 말하고는 "하지만 그건 완전히 착각이야" 하며 단언했다. "확실히 데루이는 얼간이지. 비겁한 예스맨에, 보수적이고, 제 한 몸밖에 챙길 줄 모르는 놈이야. 하지만 당신을 쫓아내고 변방 부서로 추방한 건 데루이가 아니야. 마토바지. 이제 데이코쿠중공업 차기 사장 후보로 거론되는 그 마토바 순이치라고."

보이지 않는 실이 교차하듯 팽팽한 침묵이 찾아왔다.

"마토바는 거래처와의 관계를 유지해 상층부와의 알력을 회피

했어. 본보기로 당신에게 벌을 줌으로써 자신은 다르다고 주장한 셈이지. 하지만 그 정도만으로는 해결이 되지 않았어. 왜냐하면 마토바는 수익을 개선해야 한다는 사명을 안고 있었으니까. 자, 여기서 처음 질문으로 돌아가지. 과연 마토바는 어떻게 예전 거래처를 그대로 유지하며 수익을 개선했을까?"

의문형이었지만 이타미에게 묻는 것은 아니었다. 시게타의 자문자답인 셈이었다.

답이 아주 기가 차는지 시게타는 진절머리 난다는 듯한 표정으로 의자에 등을 기대고 잠시 뜸을 들였다.

"거래 관계는 유지했어. 그 대신 마토바는 하청기업을 철저하게 쥐어짰지. 시게타공업에 무슨 일이 벌어졌는지 모르는 회사는 없었어. 그걸 이용해서 거래 유지를 조건으로 철저하게 비용을 절감한 거야. 발주할 때의 조건을 무시하고 지불할 때 가격을 더 깎아내리는 일이 비일비재했지. 상부는 그걸 못 본 척했어. 그게 전부야. 기계사업부의 거래처는 비용 절감으로 체력을 빼앗겨 점점 피폐해졌지. 데이코쿠중공업의 기계사업부는 겉보기와는 딴판으로, 그때 당신이 제안했다는 비즈니스 모델과는 비교도 안 될 만큼 야비하고 잔인한 거래를 억지로 진행했을 뿐이야."

"그게 진상이라고요……."

이윽고 이타미는 중얼거리듯이 말했다. "어떻게 그런 걸 아시는 거죠?"

"협력회 사람들과는 아직도 교류하며 지내거든. 데이코쿠중공업 직원들이 상상하는 것 이상으로 협력회에는 다양한 정보가 들

298

어와."

과거와 관련된 생각지도 못한 진상을 듣고 이타미는 눈이 번쩍 뜨이는 기분이었다. 관점이 뒤바뀌었다고 하면 과장일지 모르나 이타미는 그에 가까운 충격을 받았다.

완전히 맥이 풀린 이타미에게 시게타가 말했다.

"나는 당신을 원망하지는 않아. 왜냐하면 당신도 피해자라는 걸 알았으니까. 마토바 슌이치에게 속아서 놀아나다가, 쓸모가 없어지자 버려진 똑같은 피해자인 거야."

이타미는 그저 망연자실하게 초점이 맞지 않는 시선을 시게타에게 던지는 것이 고작이었다.

"이대로 있을 건가. 당하기만 하고서 아무렇지도 않아?"

이타미의 멍한 얼굴에 대고 시게타가 물었다. "만약 마토바에게 앙갚음을 하고 싶다면 나와 손을 잡자. 손을 잡고 놈을 쳐부수는 거야. 차기 사장 후보라고? 웃기고 있네. 마토바만은 절대로 용서할 수 없어. 난 당신한테 복수하려고 매수를 제안한 게 아니야. 당신과 함께 싸우려고 제안한 거지."

시게타의 진지한 눈빛이 이타미를 꿰뚫었다. "재판까지 가서 발버둥치는 건 당신 자유야. 하고 싶으면 해. 하지만 나와 손잡는 게 당신 입장에서도 손해는 아닐걸. 만약 마토바 슌이치를 쳐부숴 데이코쿠중공업의 얼간이들을 깜짝 놀라게 하고 싶다면 말이야."

시게타는 그 말을 끝으로 자리에서 일어났다. "더 이상은 권할 마음 없어. 이제 당신이 결정할 일만 남았지. 기다릴게."

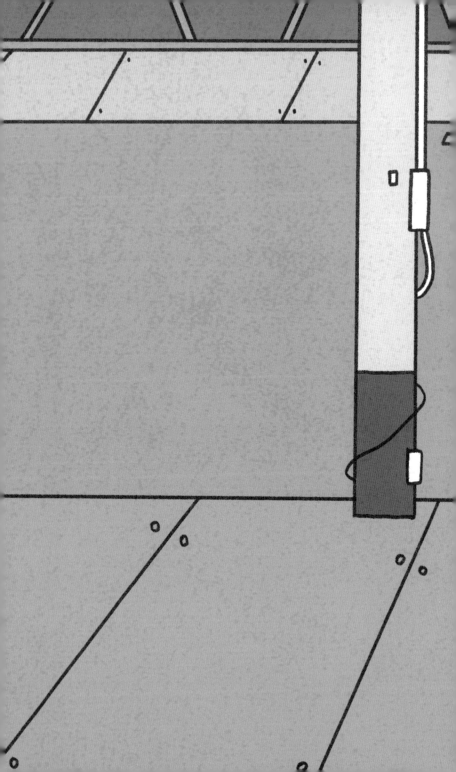

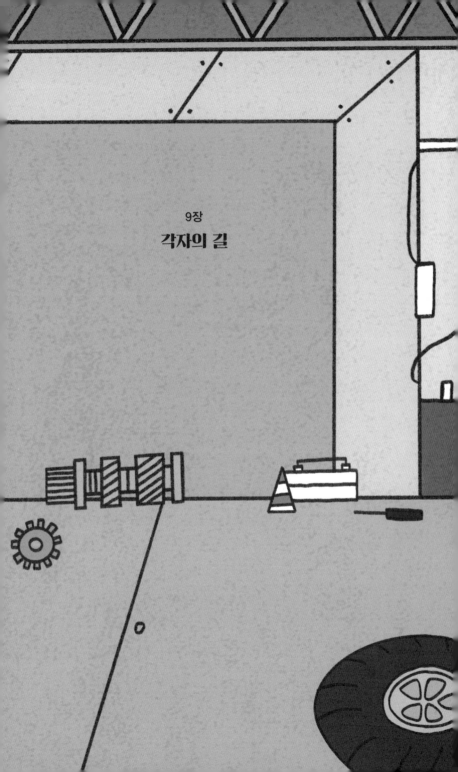

9장

각자의 길

1

첫 번째 구두변론 기일 전날 밤, 쓰쿠다는 야마사키와 도노무라를 불러 근처 술집에서 조촐한 단합의 자리를 가졌다.

"이번 재판에는 기어 고스트뿐만 아니라 우리 미래도 걸려 있으니까요. 가미야 변호사님이 어떻게든 힘써주셔야 합니다."

야마사키가 눈을 부릅뜬 채 거센 콧김을 내뿜으며 말했다. "트랜스미션용 밸브의 사활이 달린 승부예요."

"그렇지만 재판에 백 퍼센트는 없으니까요. 졌을 경우도 생각해둘 필요가 있습니다. 어떻게 할까요, 사장님?"

도노무라가 진지한 어조로 물었다. 주말에 농사일을 하느라 볕에 탄 도노무라의 얼굴은 다부지고 늠름해 보였고, 어쩐지 현실을 담담하게 받아들이는 기백 같은 것이 느껴졌다.

"그때는……."

쓰쿠다는 이미 결연한 뜻을 굳혔다. "즉시 기어 고스트에 출자하겠어."

야마사키가 표정을 다잡았다. 쓰쿠다는 말을 이었다. "재판 결과에 달렸지만, 출자액은 15억 전후겠지. 내 조건은 하나뿐이야. 기어 고스트의 모두가 회사에 남아 쓰쿠다제작소 그룹의 일원으로서 지금까지처럼 부가가치가 있는 사업을 계속해 나가는 것. 우리는 기어 고스트와 제휴해 엔진과 트랜스미션, 양쪽을 선보이는 제조사가 될 거야. 재판에서 이기든 지든 우리는 앞으로 나아간다."

쓰쿠다는 단언하고 새삼 도노무라에게 물었다. "도노, 그때는 출자를 허락해줄 거지?"

턱을 바짝 끌어당긴 도노무라는 풀무치같이 기다란 얼굴 속의 커다란 눈을 더 동그랗게 떴다.

"이번에 출자를 하면 우리의 지불 능력은 거의 3분의 1 수준으로 축소됩니다. 개발자금도 지금까지보다 더 신중을 기해 선별해야 할 테고요. 그래도 출자하시겠습니까, 사장님?"

"확실히 일시적으로 자금이 크게 줄어들겠지. 하지만 반드시 복구할 수 있을 거라 믿어."

쓰쿠다는 마치 거기에 먼 미래가 있는 것처럼 술집의 허공을 응시했다.

"다들 힘을 합치면 어떻게든 될 거야. 힘을 빌려줘."

야마사키가 각오한 표정으로 고개를 크게 끄덕였다. 한편 도노무라의 얼굴에 약간의 동요가 스치고 지나갔다는 걸 이때 쓰쿠다는 깨닫지 못했다.

"드디어 내일이로군."

사원이 거의 퇴근해 기어 고스트는 휑했다. 낡은 목조 사옥과 비교적 새것인 사무책상이 불균형적이고 미덥지 못한 인상을 풍겼다. 하지만 시마즈는 이 사무실이 숙명적으로 갖추고 있는 그 불균형함이 좋았다.

낡은 것과 새것이 혼연일체가 되어 무질서하게 공존하는 이 공간이 실은 기어 고스트의 현재 상태가 아닐까 싶은 기분이 들었다.

아직 젊고 힘이 있다고 생각한다. 하지만 규모도 실적도 어중간해서 세상에서 널리 인정받는 위치에까지는 아직 다다르지 못했다.

그런 조그마한 회사인데 고소를 당했다.

그 사실이 몹시 비현실적이라, 생각하면 할수록 우스꽝스러웠다. 이타미와 함께 죽어라 일해온 6년. 실패와 성공을 비교하면 압도적으로 실패가 많은 회사다. 재산이라고 자신 있게 말할 수 있는 건 우수한 직원들과 비즈니스 모델, 그리고 트랜스미션을 제조하는 기술력뿐이다.

어느 틈에 경계 대상이 된 걸까.

어느 틈에 배신당한 걸까.

생각하면 한도 끝도 없다.

"도쿄지방법원 입구 앞에서 만나자."

하루 종일 바쁘게 돌아다닌 탓인지 이타미의 표정은 어쩐지 흐렸다.

언제부터 이런 아저씨가 된 걸까. 이 사람, 몹시 지쳤어. 시마즈는 잠시 그런 생각을 하다가 그럼 너는 어떠냐고 스스로에게 반문했을 때 생각을 그만뒀다. 피차일반이다.

"알았어. 그런데……."

시마즈는 표정을 가다듬고 이타미에게 물었다. "만약 우리가 지면 쓰쿠다제작소가 도와줄까?"

대답은 바로 돌아오지 않았다.

쓰쿠다제작소 쪽에서 손을 내밀어주려는 의사가 있다는 건 의심할 여지가 없었다. 문제는 정말로 손을 내밀어주느냐 마느냐다. 그러기 위해서는 기업실사 등 밟아야 할 절차와 넘어야 할 벽이 수없이 많았다.

매수 교섭이 성립되지 않으면 기어 고스트는 단숨에 위태로운 지경에 몰린다. 과연 그때 어떻게 될 것인가. 시마즈는 그러한 위기감을 공유하고 싶었다.

"안 지겠지."

하지만 이타미는 시마즈가 꺼낸 가설 자체를 부정하는 데 그쳤다.

"나 말이야, 재판에 지더라도 쓰쿠다제작소와 함께 일할 수 있으면 나쁘지 않을 것 같아."

이타미는 어깨만 으쓱할 뿐 대답하지 않았다. 그리고―.

"안 진다니까. 괜한 가정하지 마."

다시 그렇게 말했다.

"현실과 아주 가까운 가정이야."

시마즈는 약간 뾰로통하니 대꾸한 후, 어느 틈엔가 남처럼 돼

버린 이타미와의 관계에 대해 생각했다.

요 6년간 이타미와 내내 함께 일해왔지만, 개인적인 감정을 품은 적은 한 번도 없었다.

또래 남녀가 아침부터 밤까지 한곳에서 머리를 맞대고 있는데도 관계에 아무 발전도 없었다. 따지자면 시마즈에게 이타미는 연애 대상이 아니라, 가족에 가까웠다. 아니면 같은 목적을 향해 나아가는 평온한 공동체. 동시에 서로 속속들이 알고, 서로 존경하면서 포용할 수 있는 파트너이기도 했다.

애당초 이타미가 시마즈에게 공동경영자를 제안한 이유는 실로 합리적이었다.

이타미에게는 비길 데 없는 발상과 비즈니스 모델이 있었지만, 정작 기술력은 없었다.

한편 시마즈에게는 기술력이 있었지만, 그걸 돈으로 바꿀 장사 재주는 없었다.

두 사람은 데이코쿠중공업이라는 구태의연한 대형 조직의 아귀다툼에 피폐해졌고, 미래의 청사진을 그리지 못한 채 시간만 낭비되는 곳으로 내몰렸다.

그때 두 사람에게는 그 폐쇄적인 상황을 탈피하고 자신들의 미래를 스스로의 손으로 되돌려 그들의 통제 아래 두기 위한 뭔가가 필요했다.

이타미와 시마즈가 재능을 합쳐서 탄생시킨 기어 고스트는 회사 조직의 무의미하고 비효율적인 혼돈에서 빠져나오기 위한 꿈의 탈것이 될 터였다.

데이코쿠중공업을 뛰쳐나왔을 때 이타미는 3년 안에 기어 고스트를 상장시킬 것이라 큰소리쳤다.

하지만 현실이 그렇게 만만치 않다는 것을 금방 실감했다.

트랜스미션은 생각처럼 만들어지지 않고, 팔리지도 않아 마치 진흙탕 속을 기어 다니는 것 같은 나날이 펼쳐졌다. 보이던 빛이 멀어지고 희망조차 손에 닿지 않았으며 돈도 없었다. 그런 상황을 어떻게든 극복한 것은 공동경영자 이타미가 있었기 때문이라 단언할 수 있다.

시마즈에게 이타미는 스스럼없는 친구이자 한마음으로 싸울 수 있는 전우다.

회사를 차린 지 6년이 지났다.

상장은 하지 못했고, 상장할 수 있다는 전망도 보이지 않는다.

하지만 그런 건 아무래도 상관없었다. 지금 시마즈가 제일 걱정되는 점은 이타미의 속내를 알 수 없는 순간들이 있다는 것이었다.

한때는 곁에 있던 이타미를 잃어버렸다. 같은 일을 하면서도 서로 생각이 엇나간다.

지금도 그랬다.

뭔가에 골몰한 듯 이타미의 얼굴에 그늘이 졌지만, 과연 그것이 무엇인지 시마즈는 알 수 없었다. 이타미는 혼자 뭔가를 끌어안고 고민하고 있다. 그리고 그것을 시마즈의 손이 닿지 않는 곳에 숨겨놓았다.

"저기, 무슨 일 있었어?"

시마즈는 작심하고 물어보았다.

"아니."

되는대로 던진 대답에서 어쩐지 시마즈를 거부하는 듯한 낌새마저 느껴졌다.

지금 여기에 있는 이타미는 요 6년간 시마즈가 의지해온 이타미가 아니다. 예전의 이타미는 어디로 가버린 걸까. 시마즈는 그 행방을 찾지 못하고 갈팡질팡했다.

2

쓰쿠다가 연 조촐한 단합대회는 도노무라의 마음속 어딘가에 지울 수 없는 씁쓸함을 남겼다.

―다들 힘을 합치면 어떻게든 될 거야.

쓰쿠다의 그 말에 순순히 찬성할 수 없는 사정이 있었기 때문이다.

지난주 일요일이었다.

모내기를 마치고 농로로 나오자 언제부터 거기 있었는지, 비쩍 마른 몸으로 지팡이를 짚은 아버지 마사히로가 홀로 서 있었다.

날이 저물어 해질녘 바람을 맞고 있는 마사히로는 아직 정정하니 형형한 기운이 느껴지는 눈빛을 똑바로 던지고 있었다.

그 눈앞에는 반세기 가까이 자신이 소중히 지켜온 드넓은 논과 역사가 펼쳐져 있었다. 도노무라는 이앙기의 시동을 끄고 말을 걸려다가 문득 입을 다물었다.

아버지가 발치에 지팡이를 내려놓고 머리를 숙이며 조용히 합장했기 때문이다.

기도는 좀처럼 끝나지 않았다.

다가가려던 도노무라는 그것이 얼마나 진지한 기도인지를 눈치채고 저도 모르게 걸음을 멈췄다. 그저 풍년을 바라는 기도가 아님을 알아차렸기 때문이다. 이번이 마지막 모내기가 되리라는 것을 아버지는 각오했다. 아버지는 과거 300년에 걸쳐 도노무라 집안을 먹여 살린 논에 감사하는 마음과 결국 자신이 그 가업을 끝맺는다는 아쉬움을 품고 있는 게 틀림없었다.

긴 기도였다.

그건 한 노인이 자연과 결별을 맞는 그림처럼 보였다. 자연과 인간 사이에 길게 이어져온 숭고한 인연이 마무리된다.

그때 도노무라의 가슴속 깊은 곳에서 솟아오른 감정이 거부하기 힘든 격류로 변해 마음을 자극했다.

도노무라 집안은 이 지방에서 300년이나 쌀농사를 지어왔다. 그 행위 자체가 신의 가호 아닐까. 도노무라는 신에 대한 믿음이 그리 강하지 않지만, 이때 그렇게 생각한 것은 도노무라가 이 땅에서 나고 자란 한 인간이기 때문일지도 모른다.

동시에 이 세상에 300년이나 이어지는 사업은 거의 없다는 생각이 가슴을 때렸다. 인간이 삶을 영위하는 데 꼭 필요하기에 농사는 계속되는 것이다.

아버지도 어머니도 쌀농사에 인생의 대부분을 바쳤다.

돈은 안 될지도 모른다. 가끔 자연재해로 뼈아픈 경험을 할 때도 있으리라. 그래도 이 논은 과거의 조상들을 먹여 살렸고, 아버지와 어머니의 생활을 지탱했으며, 도노무라가 살아갈 인생의 기초를 닦아주었다.

이 장대한 역사와 은혜를 앞에 두고 지금 자신이 하고 있는 일에는 과연 어떤 의미가 있을까.

날마다 바쁘게 아득바득 일하고, 속을 앓아가며 남을 섬기고, 회사를 지탱한다. 그건 그것대로 귀중한 일이리라.

하지만 좀 더 숭고하고 잊어서는 안 될 것이 있지 않을까. 기도해야 할 것이 있지 않을까. 도노무라는 그 사실을 갑작스레 깨달았다. 그때―.

어떤 생각이 하늘에서 힘차게 쏜 화살처럼 날아들어 도노무라의 가슴을 꿰뚫었다.

나는 여기로 돌아와야 하는 것 아닐까. 그래야 마땅하지 않을까, 라는 생각이.

도노무라는 지금 자기 집 거실에서 다시금 그 생각에 사로잡혔다. 이미 많이 마셨는데도 냉장고에서 캔 맥주를 꺼내서 마개를 땄다.

"너무 과음하는 거 아니야?"

차를 마시며 텔레비전을 보고 있던 아내 사키코가 그렇게 말하더니 "무슨 일 있었어?" 하고 물었다.

"우리 논 말인데."

텔레비전에서 연예인들이 시끄럽게 떠들기 시작하자 사키코
는 리모컨으로 음량을 줄이고 도노무라를 보았다.

"내가 물려받을까 싶어서."

사키코가 구멍이 뚫릴 것처럼 똑바로 도노무라를 쳐다보다가
이윽고 물었다.

"농사를 이어받겠다는 거야?"

"음, 뭐…… 그런 뜻이지."

사키코가 다시 리모컨을 집어 텔레비전을 껐다.

"회사는 어쩌고."

도노무라는 턱을 바싹 당겼다.

"그만두려고."

사키코는 잠시 아무 말이 없었다.

"계속 생각해왔던 거야?"

"생각에 생각을 거듭한 끝에 내린 결론인데, 당신 생각은 어때?"

도노무라는 자세를 가다듬고 아내와 마주보았다. "나와 같이
농사짓지 않겠어?"

도노무라를 보고 있던 사키코가 시선을 위로 들고 글쎄, 하며
팔짱을 낀 채 잠시 생각에 잠겼다.

"나는 안 할 거야. 적어도 당분간은."

이윽고 사키코가 똑 부러지게 말해서 도노무라는 말문이 막
혔다.

"그렇구나……."

낙담한 것은 예전에 사키코가 농사일에 대해 호의적으로 말했

기 때문이었다. 어쩌면 같이 농사를 짓자고 말해주지 않을까 도노무라는 은근히 기대하고 있었다.

"일이 잘 안 풀렸을 때도 생각해야지. 만약 내가 일을 그만두면 그럴 때 어떻게 되겠어? 쌍으로 망하는 거잖아."

맞는 말이었다. 도노무라보다 아내가 위험성을 더 정확하게 파악했다. "당신은 지금까지 20년이나 은행에서 열심히 일했고, 쓰쿠다제작소에서도 고생하며 지내왔어. 그러면서 우리 가족을 건사했지. 그건 정말로 고마워. 그러니 이제 당신이 새로운 일을 하고 싶다면 반대는 하지 않을게. 해보지 그래."

구름 낀 것처럼 침침하던 마음이 확 밝아졌다. 사키코가 말을 이었다. "하지만 그만두면서 회사에 피해를 끼치지 않도록 조심해야겠지."

"알아."

도노무라의 머릿속에 쓰쿠다제작소에서 경험한 다양한 일들이 일제히 되살아났다.

파견을 와서 직원들이 거북하게 여기자 도노무라는 사실 반쯤 체념했다. 은행에서도 새 직장에서도 역시 자신은 미움받을 운명이라고. 하지만 미움을 받든 사람들이 멀리하든 주어진 일만큼은 우직하게 해내기로 결심했다.

회사의 실적이 신통치 못했던 발령 당시, 도노무라가 일부러 쓴소리를 하는데도 쓰쿠다는 귀를 기울여주었다. 지식재산 문제로 고소를 당해 고생하고, 수소엔진 밸브 시스템을 둘러싸고 데이코쿠중공업과 앞날을 예측할 수 없는 공방전을 벌이는 등, 회사의 존속이 위태로울 수도 있었던 위기를 몇 번이나 넘겨왔다.

그런 경험을 통해 도노무라는 드디어 쓰쿠다제작소의 일원으로 받아들여졌고, 모두에게 인정받는 동료가 됐다.

회사원 생활 마지막에 이르러 이렇게 행복한 경험을 할 수 있을 줄 누가 상상했을까.

전부 다 쓰쿠다 고혜이라는 열정 넘치고, 인정 많고, 대쪽같이 성미가 올곧은 남자가 떠받쳐준 덕분이다.

도노무라는 그런 쓰쿠다제작소를 떠날 결심을 했다.

과연 그것이 올바른 선택인지는 스스로도 모른다.

하지만 하나만은 안다. 설령 떠날지언정 자신은 쓰쿠다제작소를 진심으로 사랑한다는 것이다.

쓰쿠다, 야마사키, 쓰노, 가라키다, 에바라를 비롯한 영업부 사람들까지, 모두 열심히 살고 있다. 그렇듯 뜨거운 사람들이 도노무라는 좋았다. 진정한 동료라고 생각했다.

내가 없어도 다들 열심히 해.

집에서 맥주를 마시며 도노무라는 속으로 동료들에게 뜨거운 성원을 보냈다.

모두와 함께한 시간은 내게 둘도 없는 보물이야.

3

원고 측 대리인석에는 다무라앤오카와 법률사무소의 나카가와 교이치와 아오야마 겐고를 비롯한 변호사 네 명이 이미 앉아 있었다. 그들은 테이블에 펼친 서류를 보거나 팔짱을 낀 채 뭔가 생각하며 아직 비어 있는 피고 측 대리인석에 가끔 시선을 던졌다.

도쿄지방법원의 소법정이었다. 개정 시간인 10시까지 10분쯤 남았다. 원고 쪽 방청석에는 나카가와 변호인단이 대리인을 맡은 케이머시너리의 지식재산 본부 소속 직원들이 다섯 명쯤 앉아 있었다. 한편 그 반대쪽에는 기어 고스트의 이타미 일행이 앉아 있었다. 나카가와가 슬며시 이맛살을 찌푸린 건 무슨 이유인지 거기에 쓰쿠다제작소의 쓰쿠다 고헤이 일행도 있었기 때문이다.

왜 쓰쿠다가.

나카가와가 의문을 품었을 때였다.

"오늘은 안 오지 않을까요?"

아오야마가 비어 있는 대리인석을 보며 귓속말했다. 재판의 개시를 알리는 첫 번째 구두변론 기일, 즉, 첫 재판 때는 원고 측 대리인과 법원이 일시를 정한다. 그러므로 피고 측 대리인은 일정이 맞지 않는다는 이유로 결석하는 경우도 드물지 않다.

"아니, 올 거야."

나카가와는 말했다. 그렇지 않다면 피고 측 방청인이 법정에 올 리가 없기 때문이다.

아니나 다를까 그때 방청석 뒤쪽 문이 열리는가 싶더니 나카가와가 잘 아는, 그리고 별로 보고 싶지 않은 사람이 들어왔다.

가미야 슈이치다. 같은 사무소의 젊은 변호사를 데리고 들어온 가미야는 말없이 가볍게 고개를 숙여 인사하고 자리에 앉았다. 그러길 기다렸다는 듯이 판사들이 자리에 앉고 개정 시간을 맞았다.

"원고 측 대리인이 소송장과 청구 및 청구 원인을 제출했는데요. 원고 측 대리인, 진술은 의제하시겠습니까?"

"예, 그러겠습니다."

재판장의 질문에 나카가와는 여유 있는 표정으로 대답했다. 진술의 의제란 서면으로 제출한 내용을 법정에서 낭독한 것으로 친다는, 이른바 생략을 뜻한다.

보통 첫 번째 구두변론 기일 때는 이다음에 피고 측 대리인이 사전에 제출한 답변서에 대해 마찬가지로 진술을 의제하고, 다음 번 기일 일정을 정한 후 폐정하는 것이 일반적인 흐름이다.

시간으로 따지면 기껏해야 5분에서 10분 정도. 순식간에 끝난다. 보통 두 번째 구두변론 기일부터 구체적인 싸움에 들어간다.

"피고 측 대리인은 어떻게 하시겠습니까?"

일주일쯤 전 가미야가 제출한 답변서에는 특허 침해에 관한 논점에 대해 '대응하겠다'라고만 적혀 있을 뿐, 그 근거조차 제시하지 않았다. 손쓸 방법 없음. 그렇게 받아들인 나카가와는 가미야가 시간 벌기에 나서며 추한 꼴을 보이지 않을까 예상했다.

그런데 그 예상은 아무래도 빗나간 것 같았다.

"이번에 제출기한까지 준비서면을 갖추지 못했습니다만, 드디어 정리가 끝났으므로 오늘 이 자리에서 제출하고자 합니다. 꽤

찮겠습니까?"

재판장의 허가를 얻어 준비서면을 제출하자 사본이 즉시 원고인 측 대리인석으로 전달됐다.

"논점만 진술해도 괜찮겠습니까?"

가미야가 그렇게 신청해서 나카가와는 더욱 놀랐다.

이례적인 일이기 때문이다.

"읽어보면 알 텐데요. 어차피 이 자리에서는 회답도 못 할 테고요."

나카가와는 바로 제지하고 나섰다. 그러자—.

"바로 회답할 수 있는 사항도 포함되어 있습니다. 아주 중요한 사항이니 진술을 허락해주십시오."

예상치 못한 전개였다. 가미야의 주장에 재판장은 잠시 생각에 잠기더니 "그럼, 하시죠" 하고 진술을 인정했다.

뭘 어쩌려는지는 모르지만 적어도 지금은 가미야가 주도권을 잡았다. 재판장이 술렁거리는 방청석을 조용히 시키자 가미야가 진술을 시작했다.

"논점이 없는 부분은 생략하고 답변서 '3'에 대해 낭독하겠습니다. 피고 기어 고스트는 원고 케이머시너리가 침해를 주장하는 해당 특허에 대해 무효를 주장하며 을 1호 증거를 제출한다."

무슨 말도 안 되는 소리인가. 나카가와는 벌어진 입이 다물어지지 않았다. 방청석을 보자 케이머시너리의 지식재산부 부장 간다가와가 놀라서 얼떨떨한 표정으로 있다가 나카가와에게 시선을 돌렸다. 간다가와는 어처구니없다는 듯 두 어깨를 으쓱하더니 불쾌하기 짝이 없다는 눈으로 피고인 측 대리인석을 보았다.

가미야의 진술이 이어졌다.

"을 1호 증거는 도쿄기술대학 구리타 쇼고 부교수가 2004년에 발표한 논문 〈CVT에 장착되는 소형 풀리의 성능 최적화에 대한 연구〉입니다. 실은 구리타 교수님이 이틀 전까지 해외 학회에 참석하고 계셨거든요. 귀국하시길 기다렸다가 이 논문의 주지에 대해 이야기를 들어야 해서 준비서면 제출이 늦어진 점을 사과드리겠습니다. 어제 제가 구리타 교수님을 뵙고 을 1호 증거인 논문에 대해 이야기를 들었습니다."

나카가와는 그 논문이 있는 부분을 난폭하게 펼치고 거기에 실린 부변속기에 대한 내용을 홀린 듯이 읽어나갔다.

설마.

나카가와는 고개를 번쩍 들었다. 몸에서 식은땀이 흘렀다. 그 내용이 나카가와가 스에나가에게 얻은 개발 정보에 근거해 신청하고 취득한 특허의 내용과 거의 일치했기 때문이었다.

나카가와는 온몸에서 핏기가 가시는 느낌을 맛보았다. 혼미해졌던 의식이 다시 법정으로 돌아오자, 가미야가 여전히 담담하게 발언을 하는 중이었다.

"특허법상, 출원하기 전에 이미 공개된 발명은 특허로 인정되지 않습니다. 다만 논문 집필자는 특허법 30조에 의거해 논문 발표 후 6개월 이내에 특허를 신청할 수 있습니다. 그러나 구리타 교수님은 자동차회사의 기술 발전을 위해 특허를 신청하지 않으셨죠. 따라서 이 논문을 통해 발표된 기술 정보는 공공의 이익에

귀속시키고자 공개한 것이므로, 근간이 되는 대부분에 이 기술을 응용한 원고 측 특허는 무효임을 주장하는 바입니다."

나카가와는 절망의 벼랑 끝에 섰지만 아직 논파당한 것은 아니라고 스스로를 격려했다. 확실히 구리타 부교수의 논문에 실린 부변속기의 구조는 많은 부분에서 특허와 내용이 겹친다. 하지만 완전히 동일하지는 않으니, 새로운 부분을 찾아낼 수 있으면 특허가 성립할 것이다. 거기로 재판의 쟁점을 옮기면 어떻게든 된다.

하지만 가미야의 진술은 아직 끝나지 않았다.

"다음으로."

당혹감을 간신히 억누른 나카가와는 어금니를 꽉 깨문 채, 진술을 이어나가는 가미야를 노려보았다.

"원고 측이 신청한 특허의 정당성에 대해 의문을 제기하는 바입니다. 케이머시너리가 획득한 해당 특허는 신청하기 직전에 기어 고스트에서 개발한 부변속기와 아주 흡사합니다. 기어 고스트의 부변속기는 을 1호 증거 논문으로 발표된 구조와 기술을, 기어 고스트가 자사의 노하우를 활용해 독자적으로 해석하고 수정한 것인데요, 그렇듯 수정된 부분까지 원고 측 특허에 포함돼 있는 것은 아주 부자연스러운 우연이라 하지 않을 수 없습니다. 딱 한 가지 납득할 만한 해석이 있다면, 기어 고스트 내부에서 기술 정보가 부정 유출됐다는 것인데요, 그 방증으로 을 2호 증거를 제출하겠습니다."

그렇게 말하고 가미야가 높게 쳐든 것은 녹음기였다.

"지금으로부터 3주쯤 전, 기어 고스트의 이타미 사장과 시마즈 부사장은 스에나가 다카아키 변호사를 방문해 본건에 관해 상담했습니다. 스에나가 씨는 당시 피고의 고문변호사였습니다. 그때 피고는 대화 내용을 녹음기에 녹음했는데요, 녹음기를 잊어버리고 스에나가 변호사의 사무소를 나섰다가 10분쯤 후에 찾으러 갔습니다. 이건 그때 우연히 녹음된 스에나가 변호사와 어떤 인물의 대화 내용입니다. 중요한 증거이므로 들려드려도 괜찮겠습니까? 몇 분이면 끝납니다."

"지금 여기서 들을 필요가 있습니까?"

재판장의 질문에 가미야의 시선이 똑바로 나카가와를 향했다.

나카가와 교이치는 보이지 않는 손으로 비트는 것처럼 위장이 아팠고, 심장이 입으로 튀어나올 것처럼 쿵쿵 뛰었다.

설마. 그때 내가 무슨 이야기를 했지.

정신이 급류에 휘말려 의식의 저편으로 쓸려갈 것 같은 기분으로 나카가와는 스스로에게 물었다.

"네. 본건에 아주 중요한 내용이므로 지금 이 자리에서 들어야 큰 의미가 있습니다."

가미야가 칼날처럼 날카로운 눈빛으로 나카가와를 사정없이 쏘아보았다. "그 진위에 대해 당사자에게 물어볼 수 있으니까요."

"얼마나 중요한지는 불분명합니다만, 괜찮겠습니까, 원고 측 대리인?"

느닷없이 재판장이 물어보았다.

"필요하다고는 생각지 않습니다."

나카가와는 간신히 목소리를 쥐어짜냈다. 필사적이었다. 지금 여기에 자신의 변호사 인생이 걸려 있었다. "나중에……."

나카가와는 말을 하다 말고 핏발 선 눈을 부릅뜨며 힘껏 고함을 질렀다. "야, 하지 말라고 했잖아, 가미야!"

—기어 고스트 건 때문에. 지금 통화 괜찮나, 나카가와 변호사.

나카가와의 이의를 무시하고 테이블에 놓인 대형 스피커에서 목소리가 크게 흘러나왔다.

그 한마디가 흘러나왔을 때 판사, 그리고 방청인 몇 명이 나카가와를 쳐다보았다. 놀라서 휘둥그레진 눈으로.

—아니. ……고문 계약을 종료하겠데. 자네와의 관계가 들통났어. 예전에 업계지에서 대담을 했었잖아. 그 기사의 사본을 들이밀고 돌아갔어. 괜찮을까?

—내가 정보를 제공한 거 말이야. 발각되지는 않겠지?

—가미야 짓이야. 가미야 슈이치! 가미야가 고문으로 붙은 모양이야.

—재판에 이길 거래. 재판이 끝날 때까지 매수 운운하는 이야기는 씨알도 안 먹힐 거야.

—나한테 말고, 가미야한테 말해.

그렇게 대꾸한 스에나가의 목소리가 "하여튼" 하고 이어졌다.

—내가 정보를 제공했다는 건 절대로 새어 나가지 않도록 부탁할게. 그리고 매수에 성공하면 약속한 성공 보수도 받을 거야.

가미야가 스피커를 끄자 법정에 적막이 찾아왔다.

가만히 생각에 잠긴 듯한 침묵 속에서 모두의 시선이 피고 측 대리인의 스피커와 나카가와 사이를 왕복했다.

"을 3호 증거는 이 대화 속에 등장하는 업계지 기사입니다. 봐 주시기 바랍니다."

재판장이 확인하고 눈살을 찌푸렸다.

"이 대담 기사를 보면 스에나가 다카아키 변호사가 원고 측 대리인 나카가와 교이치 변호사와 친밀한 관계임을 알 수 있는데요, 스에나가 다카아키 변호사는 기어 고스트에 원고 측 대리인 나카가와 교이치 변호사와 친분이 전혀 없다고 주장했다고 합니다. 그럼, 나카가와 변호사님께 묻겠습니다."

가미야의 눈빛에 살기가 감돌았다. "녹음된 전화에서 스에나가 변호사와 통화한 건 당신이죠, 나카가와 변호사님?"

나카가와는 숨이 턱 막혔다.

"기, 기억이 안 납니다."

"기억이 안 나다니요. 아주 최근의 통화인데요."

"기억이 안 납니다."

오로지 그 말만 되풀이하는 나카가와를 얼마나 응시했을까. 가미야가 시선을 거두고 다시 담담한 목소리로 말을 꺼냈다.

"을 4호 증거는 이 녹음 파일을 들은 스에나가 다카아키 변호사가 본인이 통화 당사자임을 인정하는 내용의 확인서입니다. 동시에 통화 상대가 나카가와 교이치 변호사라는 것, 그리고 나카가와 변호사에게 부탁받아 부변속기에 관련된 기어 고스트의 개발 정보를 제공한 것도 이미 인정했습니다. 가령 을 1호 증거로 제시한 논문 내용과 비교해 해당 특허의 신규성이 인정되더라도,

그것은 이 같은 부정한 수단으로 획득한 것임을 증명하는 바입니다. 제 진술은 이상입니다."

가미야가 자리에 앉자 그때까지 모두가 긴장해서 숨 쉬는 것조차 잊어버렸던 듯 방청석에서 일제히 한숨이 새어 나왔다. 재판장마저 예상외의 전개에 당황스러워하는 것처럼 보였다.

"원고 측 대리인, 지금 피고 측 대리인이 지적한 내용에 대해서 어떻게 하시겠습니까?"

단상에서 재판장이 물었다.

"……다음 구두변론 기일에 회답하겠습니다."

얼굴이 완전히 창백해진 나카가와는 그렇게 대답하는 것이 고작이었다.

파란의, 그리고 첫 번째 구두변론 기일치고는 이례적인 법정은 흥분의 도가니 속에서 폐정됐다.

4

10월 첫 번째 주 금요일 오후, '특허 무효'라는 승소 판결이 내려졌다.

첫 번째 구두변론 기일 때 가해진 강력한 선제공격에 원고 측 주장은 논리적으로도 도의적으로도 완전히 무너져내렸다. 아무런 반론의 여지도 없이 고작 반년 정도 만에 내려진 판결이었다. 판결에 앞서 그저께는 기어 고스트에서 개발 정보를 유출시킨 스에나가 다카아키, 그걸 지시한 나카가와 교이치가 부정경쟁방지법 위반 혐의로 체포됐다.

"그나저나 아까운 짓을 했네요."

저녁에 회의실에서 열린 조촐한 축하회에서 가라키다가 씩 웃으며 말했다. "만약 우리가 이 소송을 맡는 대신에 주식을 양도받았다면 기어 고스트가 공짜나 다름없이 손에 들어왔을 텐데."

"뭐, 괜찮잖아."

쓰쿠다는 웃어넘겼다. "그런 식으로 매수해도 속인 것 같아서 기분만 찜찜했을 거야."

"사람 좋고 장사에는 어수룩한 게 사장님의 좋은 점이니까요."

쓰노가 그렇게 말했다.

"그거 칭찬이야, 욕이야?"

쓰쿠다가 대뜸 묻자 "당연히 칭찬이죠" 하고 쓰노가 진지한 얼굴로 대답했다. "상장기업이라면 늘 높은 성장을 추구하겠지만, 저희는 다르니까요. 이득을 위해 도의를 굽히지 않고 당당하게 사람의 도리에 맞는 길을 간다…… 이렇게 고지식한 회사가 하나쯤 있어도 되지 않겠습니까."

"아무래도 칭찬처럼은 안 들리는데, 기분 탓인가."

쓰쿠다가 고개를 갸웃하고 캔 맥주를 마시자 직원들이 웃음을 참았다.

"공짜나 다름없이 매수는 못했지만, 기어 고스트와의 거래 폭은 훨씬 넓어지겠죠."

술기운과 승소했다는 기쁨으로 도노무라의 뺨은 발그스레하게 물들어 있었다. "사장님은 돈이 되느냐 마느냐 이전에 인간으로서 올바르냐 그르냐는 기준으로 경영 판단을 하신 겁니다. 참 멋지다고 생각해요."

"도노무라 부장님 말씀이 맞습니다."

에바라가 아주 차분하게 말했다. "합법적이지만 도의적이지 못한 회사가 적지 않으니까요. 물불 가리지 않고 돈벌이를 일삼는 기업 때문에 얼마나 많은 사람들이 눈물을 흘리는지 모릅니다."

"법 조항만 어기지 않으면 상관없다는 사고방식이지. 하지만 지금은 그런 회사가 일반적이야."

가라키다도 입을 열었다. "법률 이전에 지켜야 할 도덕과 신의가 있는데 말이지."

"정말 그렇습니다."

고개를 끄덕인 에바라가 화제를 바꾸었다. "그러고 보니 기어 고스트의 이타미 사장에게 연락은 있었습니까?"

"아까 고맙다고 연락이 왔었어. 내일 인사를 하러 오겠대."

"그것 잘됐군요. 다만 마음에 좀 걸린다고 할까요."

에바라가 문득 말을 꺼내고는 입을 다물었다.

"뭔가 있나?"

궁금해져서 쓰쿠다가 묻자 "이타미 씨가 예전에 데이코쿠중공업에서 하청업체를 많이 괴롭혔다는 이야기를 들었거든요" 하고 에바라가 의외의 이야기를 꺼냈다.

"이봐, 그거 정말이야?"

흘려들을 수 없다는 듯 쓰노가 몸을 내밀었다. "누구한테 들었는데?"

"도쿠라 사장님요."

도쿠라제작소는 쓰쿠다제작소가 친밀하게 거래하고 있는 회사 중 하나다. 기계 제조 분야에서 유서 깊은 중견 기업으로, 데이코쿠중공업과도 오랫동안 거래를 해왔을 것이다.

"이타미 씨가 무리하게 비용 절감을 요구하다 거래를 중단해서 도산한 회사가 있다던데요. 그게 회사 내부에서 문제가 돼 그만두지 않을 수 없는 상황에 몰렸다는 이야기였습니다."

"진짜야?"

쓰노가 흔들리는 눈빛을 둘 곳을 찾아 허공을 쳐다보았다. "우리가 그런 사람을 구해준 거라고?"

"어디까지나 소문이잖아."

가라키다가 냉정하게 말했다. "도쿠라 사장님도 얻어들은 이야기에 지나지 않아. 하지만 우리는 이타미 씨가 어떤 사람인지 직접 봐서 알고 있잖아. 뭘 믿을지는 두말하면 잔소리지. 설령 불찰이 있었다고 해도 과거는 과거야. 인간은 변하는 법이라고."

"어떤 이유로 데이코쿠중공업을 그만뒀든, 지금은 우리에게 중요한 거래처입니다. 그거면 족하지 않겠습니까."

도노무라도 딱 잘라 말했다. "앞으로 함께 사업을 확대시켜 갈 수 있다면 더할 나위 없다고 생각합니다."

"그건 그렇죠."

에바라가 약간 미안한 듯이 머리를 숙였다. "죄송합니다, 괜한 소리를 했네요."

"그만한 조직에서 나름대로 제 역할을 했다면 다양한 말이 나올 수밖에 없는 법이지."

쓰쿠다는 에바라를 나무라는 기색 없이 말했다. "중요한 건 과거가 아니야. 앞으로 어떤 거래를 할 수 있느냐 아니겠어?"

기어 고스트와 쓰쿠다제작소. 함께 싸운 두 회사에 이번 일은 명실공히 파트너로서 공존하고 함께 발전하기 위한 귀중한 첫걸음이 될 터였다.

5

"다행이야. 정말 잘됐어."

법원에서 판결문을 들은 순간 시마즈는 무심코 일어나서 양손에 얼굴을 묻었다. 그리고 곁에 있는 이타미와 가벼운 포옹을 나누었다.

승소했다는 소식을 알리고 회사로 돌아오자 홋타가 준비한 듯 축하 회식연이 마련되어 있었다.

출장요리와 맥주로 직원들과 승리를 축하한 후, 근처 술집으로 2차를 갔다. 정리할 일이 남았던 시마즈는 2차가 끝나자 다시 회사로 돌아왔다. 잠시 후 이타미가 불쑥 나타났다.

"어, 노래방 갔던 거 아니야? 빨리 왔네."

시마즈가 놀라자 "뭐, 그냥" 하고 이타미는 왠지 골똘히 생각에 잠긴 듯한 표정으로 대답하고 가까이 있던 의자를 끌어당겨

앉았다.

"너랑 할 이야기가 있어서."

이타미에게서 평소와는 다르게 심상치 않은 낌새가 느껴졌다. 술을 꽤 많이 마셨지만, 이타미의 얼굴은 오히려 창백해 전혀 취한 것처럼 보이지 않았다.

"소송장이 날아오기 전에 나랑 스에나가 변호사가 마지막 교섭을 하러 나카가와 변호사를 찾아갔던 거 기억하지?"

"결렬됐다는 그거?"

"응."

이타미는 고개를 끄덕인 후 망설이듯 잠시 뜸을 들이다가 텅 빈 사무소에 정처 없는 시선을 던졌다. "분명 교섭은 결렬됐어. 그런데 그 후에 나를 부르더니 우리 회사를 매수하고 싶다는 회사가 있다고 그러더라."

처음 듣는 이야기에 시마즈는 눈이 휘둥그레졌지만, 목소리가 나오지는 않았다. 잠자코 이타미에게 이야기를 재촉했다.

"다이달로스라는 회사야. 너도 알겠지만 소형 엔진 제조사지. 하지만 그 이상으로 놀란 건 사장이 시게타 도시유키였어. 시게타공업 사장이었던 그 시게타 말이야."

시마즈의 커진 눈에 경악의 빛이 서렸다.

"예전에 도산했다는 그 회사?"

시게타공업의 도산에 이타미가 관련됐다는 이야기는 예전에 들었다. 당시 데이코쿠중공업 내부에서는 유명한 사건이었다.

"시게타 사장한테 들었는데, 그때 나를 기계사업부에서 내친

328

건 데루이 과장이 아니었어."

이타미는 담담하게 말했다. "마토바였어. 부장 마토바 슌이치였다고. 그 자식이 나를 배신하고 내친 거야."

재판에서 승소한 날 밤에 할 이야기는 아니었다.

"그런데 놈은 지금 어떻지? 자신의 책임을 전부 내게 떠넘기고 지금은 데이코쿠중공업의 사장 후보야. 나는 놈에게 실컷 이용당하고 버려진 거야."

이타미는 허공을 노려보며 조용히 분노를 내뿜었다.

"옛날 이야기는 이제 됐잖아."

시마즈는 타이르듯이 말했다. "이제 잊어버려. 왜 지금 그런 이야기를 하는 건데?"

"이제부터 시작이니까."

이타미의 표정에 부글부글 끓듯 뜨거운 원한이 깃들어 있는 걸 보고 시마즈는 숨을 삼켰다.

"확실하게 결판을 내주겠어."

이타미는 중얼거리듯이 말했다.

"저기, 잠깐만. 결판을 내겠다니 어쩌려고?"

"시게타 사장과 함께할 거야."

이타미의 의도를 파악하지 못해 시마즈는 당혹스러웠다.

"함께하겠다니, 뭐야 그게?"

"다이달로스의 자본을 받아들이고, 업무도 제휴하려고."

"잠깐, 그게 무슨 소리야?"

시마즈는 허둥지둥 따졌다. "쓰쿠다제작소를 배신하겠다는 거야? 우리를 위해 그렇게 애써줬잖아. 그 마음을 짓밟고 경쟁사와 손을 잡겠다고?"

시마즈가 서슬이 시퍼레서 몰아세우는데도 이타미는 전혀 동요하는 기색 없이 태연하게 대답했다.

"다이달로스가 쓰쿠다제작소보다 장래성이 높아. 우리는 다이달로스와 손을 잡아야 해. 그리고 마토바에게 복수하는 거지."

"너, 그거 진심이야?"

시마즈는 화가 나서 언성을 높였다. "쓰쿠다제작소는 기술력이 뛰어나. 다이달로스에 대해서는 나도 아는데, 그냥 조립업체야. 어디랑 손을 잡아야 할지 생각하고 말고 할 것도 없어."

"다이달로스는 급속도로 힘을 기르고 있어. 기술력도 금방 쓰쿠다제작소를 앞지르겠지. 그쪽 엔진과 우리의 트랜스미션을 조합하면 무시할 수 없는 존재가 될 수 있어."

"그래서 뭐? 눈에 띄는 존재가 돼서 마토바한테 과시라도 하려고?"

시마즈는 벌떡 일어서서 의자에 대충 걸터앉은 이타미를 노려보았다. "네가 데이코쿠중공업을 그만둔 사정을 속에 품고 있다는 건 알고 있었어. 하지만 이미 극복했으리라 생각했지. 내 착각이었나 보네. 넌 확실히 비즈니스 모델에 관해서는 천재적이야. 하지만 내가 생각했던 것보다 훨씬 그릇이 작구나. 과거의 굴레에 얽매이는 것보다 현재가 훨씬 중요하잖아. 과거로 거슬러 올라가서 어쩌자는 거야?"

시마즈는 이타미에게 호소했다. "제발 정신 차려, 이타미!"

하지만 이타미는 성가시다는 듯한 표정을 지었다.

"난 언제나 냉정해. 분명 쓰쿠다제작소에는 신세를 졌지. 하지만 그건 그거고, 이건 이거야. 앞으로 어디랑 손을 잡아야 회사에 기여할지, 조금만 생각해보면 너도 알 텐데. 이미 결정한 일이야."

"왜 그걸 혼자 결정하는 건데?"

시마즈는 다시 언성을 높였다. "난 공동경영자잖아. 공동경영자의 의견을 무시하는 거야?"

이타미의 어깨가 문득 흔들렸다. 웃은 것이다. 그리고—.

"싫으면 됐어. 넌 이제, 필요 없어."

얼어붙은 시마즈는 말을 꿀꺽 삼키고 그저 이타미를 바라만 보았다.

6

날씨가 쾌청한 3월 다네가시마에 바람이 불었다. 초속 3미터의 남풍이다.

이 바람은 로켓 발사장이 내려다보이는 언덕 위에 있는 구경꾼들의 머리카락을 흔들겠지만, 로켓 발사에 지장을 줄 정도는 아니었다.

지금—.

최종 작업이 진행 중인 로켓 발사장에서는 준천정위성 야타가라스가 탑재된 길이 56미터의 대형 로켓이 발사될 순간을 기다리고 있다.

엔진은 쓰쿠다제작소가 만든 밸브 시스템을 핵심 부품으로 장착한 코드네임 '모노톤'이다. 야타가라스는 이 7호기로 발사가 완료된다. 이로써 위치 측정 시스템의 정밀도가 눈에 띄게 향상될 것이다.

쓰쿠다 옆에서는 자이젠이 전에 없이 딱딱한 표정으로 모니터 속의 로켓을 가만히 바라보고 있었다.

자이젠은 도마 사장이 구상한 스타더스트 프로젝트의 리더로서 프로젝트를 지금까지 떠받치고 이끌어왔지만, 이번 야타가라스 7호기 발사를 끝으로 현장을 떠나는 것이 정식 결정됐다.

현장 분위기가 평소 이상으로 긴장감 넘치는 건 이번이 자이젠에게 마지막 로켓 발사임을 여기 있는 모든 사람들이 알기 때문이다.

"괜찮아요. 잘될 겁니다."

쓰쿠다가 일부러 밝게 말을 걸었을 때, 발사 1분 전을 알리는 안내방송이 발사통제소 스피커에서 흘러나왔다. 발사 예정 시각은 오전 7시 1분 37초다.

발사까지 30초가 남자 냉각수가 분사되기 시작했다.

이윽고 카운트다운이 한 자릿수가 되고, 모든 시스템의 준비가 완료됐을 때―.

"주엔진 가동!"

쓰쿠다 옆에서 자이젠이 꺼낸 말이 장내 방송과 겹쳤다.

"발사! 모노톤!"

이번에는 절제된 자이젠의 목소리가 확실하게 들렸다.

"발사!"

화염과 연기에 감싸인 발사장에서 로켓이 천천히 떠오르는가 싶더니, 굉음을 내뿜으며 약간 흐린 봄 하늘에 꽂힐 듯이 날아갔다.

자이젠이 모니터에 비친 로켓을 기도하는 듯한 눈으로 바라보았다. 마치 그 용맹한 모습을 기억의 스크린에 새기려는 것처럼.

기체는 순식간에 작아져 금세 시야에서 사라졌다. 뒤에는 연기가 그린 궤적만이 남았다.

연소를 마친 고체 로켓 부스터가 분리되고, 오가사와라 추적소에서 로켓을 추적하기 시작했다.

"순조롭군."

누군가의 목소리가 들렸지만, 통제소는 여전히 긴장에 감싸여 있었다.

"힘내라, 모노톤!"

모니터에 비친 경로를 노려보며 쓰쿠다는 주먹을 움켜쥐었다.

1650초 후.

―2단 엔진 연소 정지.

안내방송에 모두가 숨을 삼키고 모니터를 들여다보았다.

―야타가라스, 분리.

그 방송 소리에 박수와 환성이 인 건 로켓이 발사되고 약 28분 후였다.

"쓰쿠다 씨."

자이젠이 오른손을 내밀었다. "많은 도움 주셔서 감사합니다."

"저야말로요."

두 사람은 악수를 나누었다. 자이젠은 발사통제소를 돌아다니며 사람들과 이야기를 나누고, 어깨를 두드리며 격려의 말을 건넸다.

꽃다발이 통제소에 들어오자 박수 소리가 한층 커졌다.

자세히 보니 꽃다발을 든 사람은 리나였다.

"자이젠 부장님, 고생 많으셨어요. 지금까지 정말 감사했습니다."

눈물 맺힌 눈으로 꽃다발을 건네는 리나를 쓰쿠다는 조금 떨어진 곳에서 지켜보았다.

"정말 고마워."

자이젠은 모두에게 꽃다발을 들어 올려 보였다. 박수 소리가 그치고 정적이 찾아오자 자이젠의 마지막 인사가 시작됐다.

"스타더스트 프로젝트가 발표됐을 때, 데이코쿠중공업은 대형 로켓 발사 사업 진입을 꿈꾸었습니다. 미국과 유럽에 비견할 수 있는 성능의 로켓을 쏘아 올려 우주항공사업에서 성공을 거두는 것이 도마 사장님이 그리신 목표였죠. 그로부터 십수 년간, 저는 여러분과 함께 거기에 이르는 과정을 지켜보아왔습니다. 꿈을 실현한다고 하면 듣기에는 좋지만, 그 실상은 고난의 연속이죠. 프로젝트 자체가 좌절될 뻔했던 적도 몇 번이었는지 모릅니다. 그렇게 힘들 때 도망치지 않고 맞서서 새 국면을 개척할 수 있었던 건, 여기 있는 모두가 지혜를 발휘하고 서로 똘똘 뭉쳐준 덕분입니다. 우리 모두는 같은 꿈을 꾸며 그 꿈을 좇아왔습니다. 꿈은 우리에게 힘을 줍니다. 꿈은 우리를 성장시켜줍니다. 돌이켜보면 그걸 확인한 십수 년이었습니다."

자이젠은 잠깐 말을 끊고, 자신을 바라보는 수많은 직원들 한 명 한 명을 둘러보았다. "그렇게 우리는 지금, 스타더스트 프로젝트의 일정대로 대형 로켓 사업에 진입하기에 이르렀습니다. 아직 갈 길이 멀다고는 하나 꿈의 일부를 실현한 셈입니다. 그런데 꿈이란 참 희한해서, 실현한 순간 현실로 바뀝니다. 경쟁 상대와 치열하게 싸우다 보면 수익성이 걸림돌이 되어 꼼짝없이 비용 절감의 물결에 휩쓸리죠. 경영 환경도 달라졌습니다. 영업 실적이 악화돼 우리에게는 돈 먹는 부문이라는 꼬리표가 붙었고, 사업에서 철수할 가능성이 현실로 들이닥쳤습니다. 지금까지 쌓아올린 것들이 무너질 위기에 처한 겁니다. 그렇지만, 위험성 없는 사업은 존재하지 않습니다."

자이젠은 신념이 담긴 말을 힘겹게 꺼냈다. "위험을 극복하고, 장애를 뛰어넘어야 사업은 진정한 성장을 이루어냅니다. 궁극적으로 사업의 존폐를 결정하는 건 회사의 사정이나 경영 방침이 아닙니다. 세상의 평가입니다. 세상의 평가를 얻기 위해서는 그저 대형 로켓을 쏘아 올리는 것만으로는 충분하지 않습니다. 만약 우리에게 모자란 점이 있다면, 그것은 바로 대형 로켓 발사가 얼마나 중요하고 도움이 되는지 세상에 알리고자 하는 노력입니다."

자이젠의 지적은 사내로만 향하기 십상인 직원들의 사고방식에 거시적인 시각을 더했다.

"저는 이번 발사를 끝으로 임무를 마치고 현장을 떠납니다. 다음으로 부임할 곳은 우주항공기획추진 부서입니다."

자이젠이 부임한다는 부서는 이번에 처음으로 말이 나왔다. "로켓 발사에 관련된 다양한 사업을 추진하는 이 부서에서 제가 제일 먼저 손대려 하는 사업은 바로 저것과 관련된 일입니다."

자이젠이 똑바로 벽을 가리키자 직원들이 웅성거렸다.

거기에 위성 포스터가 붙어 있었기 때문이다.

준천정위성 야타가라스. 아까 그 마지막 기체인 7호기를 막 발사했다.

"이제부터 저는 로켓 발사 사업의 가치를 알리기 위해 여러분을 측면에서 지원할 겁니다. 우리 생활에서 로켓이 얼마나 중요하고 필요한지 알리는 거죠. 이건 일종의 홍보 활동이자 꿈의 다음 지평을 보기 위한 땅고르기입니다. 지금까지 십수 년간, 여러분이 저를 떠받쳐주었습니다. 이제부터는 제가 여러분을 떠받치기 위해 온 힘을 다하겠습니다. 그러기 위해 제가 첫 번째로 구상한 사업 대상은 바로 농업입니다. 저는 위기에 처한 우리 농업을 살리고 싶습니다."

직원 몇 명의 눈이 동그래졌다.

"농업……."

여기저기서 그렇게 중얼거리는 소리가 들렸다. 누구 하나 가릴 것 없이 얼굴에 의문이 떠올라 있는 것처럼 보였다. 하지만 쓰쿠다는 가슴속에서 흥분이 솟구쳐 올라 몸이 떨릴 것만 같았다.

자이젠은 재미있는 남자다.

뭘 생각하나 했더니만 농업인가. 작별 인사를 미래에 대한 전망으로 바꾸어버린 연설도 신선했다.

야타가라스와 농업이라. 재미있지 않는가.

"오랫동안 정말 고마웠습니다."

자이젠이 촉촉하게 젖은 눈으로 인사했다. "언젠가 다시 로켓 발사 현장으로 돌아와 여러분과 함께 일할 기회가 있을지도 모릅니다. 하지만 지금은 새로이 주어진 직무에 온 힘을 쏟아붓고자 합니다. 우리의 꿈은 언제나 우주와 연결되어 있습니다. 여러분의 건투를 기대하겠습니다."

터져 나갈 듯한 박수 속에서 자이젠은 꽃다발을 쳐들며 천천히 사령실 밖으로 나갔다.

쓰쿠다의 가슴속에 찾아온 건 슬픔이나 쓸쓸함이 아니라 미래에 대한 희망이었다.

고마워요, 자이젠 씨. 언젠가 또 같이 일합시다. 그때까지―.

쓰쿠다는 작은 목소리로 말했다.

"잠깐의 작별이야."

7

사직서

일신상의 이유로 주식회사 쓰쿠다제작소를 사직하고자 합니다.

큰 은혜를 베풀어주신 쓰쿠다제작소를 떠나려니 안타깝고 슬프기 그지없습니다만, 사직 후에는 가업을 이어받아 쓰쿠다제작소에서 배운 것들을 헛되이 하지 않고 농사에 매진할 생각입니다.

오랫동안 감사했습니다.

도노무라 나오히로

도노무라가 사장실에서 나간 후, 쓰쿠다는 책상에 놓인 사직서를 몇 번이고 다시 읽었다.

읽는 동안 뜨거운 뭔가가 주체할 길 없이 밀려 올라와 시야가 흐려졌다.

쓰쿠다는 은행에서 파견을 나온 도노무라의 딱딱한 표정이 지금도 눈앞에 생생했다. 도노무라는 누구나 꺼내길 주저하는 쓴소리를 쓰쿠다에게 해주었다. 데이코쿠중공업에 밸브 시스템이 도입되기를 응원했고, 누구보다도 걱정하고 속상해했으며, 성공을 기뻐해주었다.

늘 쓰쿠다의 곁에서 버팀목이 되어준 남자.

그 남자가 오늘 쓰쿠다제작소를 떠나기로 결단한 것이다.

"많이 힘들었겠지, 도노. 힘이 되어주지 못해 미안하다."

아무도 없는 사장실에서 쓰쿠다는 홀로 몸을 떨며 눈물을 흘렸다.

8

"시간 좀 내주시겠습니까?"

4월 중순, 기어 고스트의 시마즈가 쓰쿠다에게 그런 전화를 걸어왔다.

아직 봄인데도 몹시 더운 날이었다. 쨍쨍한 햇살이 여름 햇살과 크게 차이 없다고 느껴질 정도였다.

"대체 세상이 어떻게 되려고 이러나."

쓰쿠다는 도로가 내려다보이는 사장실 창가에 서서 반쯤 입버릇이 된 불평을 늘어놓았다. 그때 역에서 이어지는 언덕길을 내려오는 여자가 보였다. 약간 통통하고, 수더분한 분위기가 느껴졌다.

시마즈였다.

기울어진 석양을 거스르듯 앞을 똑바로 보고 성큼성큼 걸어오는 시마즈는 몹시 결연한 표정이었다. 그 모습은 이윽고 쓰쿠다 제작소의 건물에 가려졌다.

"사장님, 기어 고스트의 시마즈 씨가 오셨습니다."

잠시 후 직원이 알리는 소리와 함께 시마즈가 쓰쿠다 앞에 나타났다.

"어서 오세요."

쓰쿠다가 맞이하자 시마즈는 살짝 웃음을 머금고 "소송 때는 정말 감사했습니다" 하며 머리를 깊이 숙였다.

"아니요. 도움을 드릴 수 있어서 다행입니다."

쓰쿠다는 언젠가 이타미가 인사를 하러 왔을 때의 기억이 되살아났다. 승소한 후였다. 그러고 보니 그때는 시마즈 없이 이타미 혼자 왔다. 그리고 재판 이외에 구체적인 이야기는 전혀 없이, 형식적인 인사만 하고 돌아갔다.

그러고 보면 슬슬 야마타니가 차기 트랙터 사양을 결정하고, 기어 고스트의 트랜스미션을 탑재할지 말지 결정할 시기가 됐다. 쓰쿠다는 그걸 계기로 기어 고스트와 관계를 다지고 새로운 사업을 개척할 수 있기를 기대 중이었다. 그 이야기를 하러 온 걸까.

시마즈는 딱딱한 표정으로 양손을 무릎에 얹고 등을 쭉 펴고 있었다. 아무래도 그다지 좋은 이야기는 아닐 것 같다고 쓰쿠다는 생각했다.

"오늘은 쓰쿠다 씨께 보고와 사과를 드리고자 왔습니다."

시마즈가 말을 꺼냈다. "어제부로 기어 고스트는 다이달로스와 자본 제휴를 맺었습니다. 자본을 상호 보유하고, 앞으로 양사가 기획, 제조, 그리고 영업 활동에서 서로 협력한다는 취지의 계약을 체결했어요."

"뭐라고요?"

너무나 갑작스런 말에 쓰쿠다는 동요해 할 말을 잃었다.

"대체 뭐가 어떻게 된 겁니까?"

쓰쿠다는 간신히 입을 열었다. "이타미 씨에게는 아무 말도 못 들었는데요. 저희는 궁지에 처한 기어 고스트를 구하기 위해 직원들이 똘똘 뭉쳐 협력을 아끼지 않았습니다. 그건 우리가 함께 할 수 있을 거라 생각했기 때문입니다."

"여러분의 마음은 잘 압니다."

시마즈는 속상한 듯이 입술을 깨물었다. "정말로 죄송합니다."

그러고는 소파에서 일어나 허리를 깊이 숙였다.

쓰쿠다는 "자, 앉으세요" 하고 말했지만 어떻게 대응해야 할지 막막했다. 잠시 후 겨우 입을 열었다.

"어쩌다 그렇게 됐는지 가르쳐주시겠습니까?"

시마즈는 굳은 표정으로 잠시 침묵했다. 그리고—.

"이타미는 과거의 굴레에서 빠져나오지 못했어요."

결심한 듯 그간의 경위를 들려주었다.

데이코쿠중공업 시절부터 지금에 이르기까지의 긴 이야기였다. 동시에 이타미와 시마즈라는 전도유망한 두 젊은이의 청춘, 그리고 도전과 좌절의 이야기이기도 했다.

"이타미가 다이달로스의 시게타와 손을 잡고 뭘 어쩌려는지는 저도 모르겠어요. 하지만 이것만큼은 말할 수 있습니다. 저희가 만든 기어 고스트라는 회사에는 꿈이 있었어요. 전에 없이 참신하고, 쾌적하고, 승차감이 뛰어난 트랜스미션을 만든다는 꿈이요. 저한테는 가족끼리 자동차를 타고 외출했을 때가 즐거운 추억으로 남아 있어요. 자동차를 좋아하는 아버지가 운전대를 잡고, 제가 조수석에, 어머니와 남동생들이 뒷좌석에 탔죠. 그 기억은 제게 무엇보다 소중한 재산이에요. 저희가 만드는 트랜스미션은 사람들의 꿈을 태우고 달리기 위한 것이고, 세상에 공헌하는 것이 트랜스미션 제조의 본질이에요. 복수나 과거 청산과는 무관해요. 그런 목적을 위해 기어 고스트를 설립한 게 아니라고요."

시마즈는 고뇌에 찬 표정으로 하소연했다. "그렇지만 저희의 마음은 어느 틈엔가 뿔뿔이 흩어지고 말았어요. 이타미에게는 이타미의 길이 있겠죠. 하지만 저는 그 길을 함께 걸어갈 수 없어요."

그렇게 말하고 시마즈는 쓰쿠다를 똑바로 쳐다보았다. "저는 오늘 기어 고스트를 퇴사했습니다. 짧은 시간이었지만, 정말 큰 도움을 받았습니다. 감사합니다."

그리고 지금.

쓰쿠다는 아까처럼 사장실 창가에 서서 땅거미가 내린 주택가의 언덕길로 멀어지는 시마즈의 모습을 바라보고 있었다.

천재라 불린 엔지니어는 짙은 황혼에 물든 채 쓰쿠다의 앞에서 모습을 감추었다.

옮긴이 **김은모**

경북대 행정학과를 졸업했다. 출판 번역가로 활동하며 다양한 작가의 작품을 소개하고자 노력하고 있다. 옮긴 책으로 우타노 쇼고의 《밀실살인게임》 시리즈, 고바야시 야스미의 《앨리스 죽이기》, 《클라라 죽이기》, 이사카 고타로의 《화이트 래빗》, 《후가는 유가》, 미야베 미유키의 《비탄의 문 1, 2》, 후지마루의 《너는 기억 못하겠지만》을 비롯해 《열대야》, 《시인장의 살인》, 《지푸라기라도 잡고 싶은 짐승들》, 《변두리 로켓》, 《변두리 로켓: 가우디 프로젝트》 등이 있다.

변두리 로켓 고스트

초판 1쇄 2021년 2월 25일

지은이 │ 이케이도 준
옮긴이 │ 김은모

발행인 │ 문태진
본부장 │ 서금선
책임편집 │ 허문선   편집 4팀 │ 박은영 허문선

기획편집팀 │ 김예원 정다이 오민정 송현경 박지영 김다혜   저작권팀 │ 정선주
마케팅팀 │ 김동준 이재성 문무현 김혜민 김은지 정지연   디자인팀 │ 김현철
경영지원팀 │ 노강희 윤현성 정헌준 조샘 최지은 김기현
강연팀 │ 장진항 조은빛 강유정 신유리

펴낸곳 │ ㈜인플루엔셜
출판신고 │ 2012년 5월 18일 제300-2012-1043호
주소 │ (06040) 서울특별시 강남구 도산대로 156 제이콘텐트리빌딩 7층
전화 │ 02)720-1034(기획편집) 02)720-1027(마케팅) 02)720-1042(강연섭외)
팩스 │ 02)720-1043   전자우편 │ books@influential.co.kr
홈페이지 │ www.influential.co.kr

한국어판 출판권 ⓒ ㈜인플루엔셜, 2021

ISBN 979-11-91056-46-4 (04830)
ISBN 979-11-91056-26-6 (세트)